Rolf Dobelli

Himmelreich

Roman

Diogenes

Umschlagillustration:
Ramón Lombarte, ›Verano 1‹,
1992 (Ausschnitt)
Website und E-Mail-Adresse
des Autors:
www.dobelli.com
rolf@dobelli.com

Semacode:

www.dobelli.com

Copyright © 2006
Diogenes Verlag AG Zürich
www.diogenes.ch
100/06/52/1
ISBN 13: 978 3 257 06537 4
ISBN 10:   3 257 06537 X

Zürich – New York. Abflug mit Verspätung, wofür sich bei mir niemand zu entschuldigen braucht – schon gar nicht der Pilot. Verspätungen sind meine Rettung vor der Realität. Man erreicht den Punkt, wo man sich nach nichts anderem sehnt als nach einer Flugzeugkabine, Business oder First. Spiel mit der Sitzsteuerung, was auch nichts ändert. Offenbar war's einer am Gate, der ein Theater gemacht hat, einer, der nicht wußte, ob er fliegen soll oder nicht. Es ist lachhaft.

Wenn einer nicht weiß, was er will, dann soll er bitteschön in Therapie – statt dreihundert Passagiere aufzuhalten. Es gehört zum Leben, daß man weiß, was man will.

An Bord: ein Jude, der vor dem Start im Gang seine Gebete hochschickt. Er betet für alle, auch für mich, anders geht es gar nicht.

Start Richtung Süden. Runway 16. Das Fauchen der Triebwerke. Das Abkippen der Schwerkraft. Zürich. Der See eine Sichel im Grauweiß der Landschaft, das Geschmier von Häusern und Straßen und Ortschaften an den Rändern. Weit hinten das Weiß der Alpen. Die Alpenkette wie sauber geputzte Zähne. Die nicht enden wollende Rechtskurve. Plötzlich Sicht auf den Flughafen von oben. Maschinen wie Spielzeuge auf den Taxiways. Der Schatten der eigenen Maschine, wie er über die verschneiten Felder flattert. Der rote, dicke Strich auf dem Monitor, der anzeigt, daß es jetzt endlich vorwärts geht, nach Westen. Rechts der Schwarzwald, die Vogesen im Dunst. Basel. Der Rhein. Frankreich.

Ich muß eingeschlafen sein. Als die Flugbegleiterin mir auf die Schulter tippt: Meer, so weit das Auge reicht. Ich entscheide mich für südafrikanischen Merlot. Zwei Scheiben geräucherter Lachs auf einem Tellerchen, dazu ein Brötchen und Butter aus heimischer Produktion.

Jemand hat dem Meer Dauerwellen verpaßt.

Ihre Brüste sind klein, aber schwer wie volle Cappuccinotäßchen, sie liegen tief, was mich nicht stört, im Gegenteil, ich finde sie aufreizend, gerade in Proportion zu ihrem sehr schlanken Körper. Ihr Haar ist schwarz, aber nicht pechschwarz, und wollte man es malen, so wäre man gezwungen, etwas Weiß beizumischen. Wenn sie den Kopf dreht, dann schwingen die Spitzen wie ein Jahrmarkt-Karussell über ihre Schultern. Irgendwie ist alles etwas anders, und doch paßt alles zusammen. Eine Handanfertigung, dieser Körper. Gott hatte entweder einen Anflug von Genie, oder er war betrunken, als er diese Frau geschaffen hat. Ich stelle mir Josephine in der wilden Natur vor und sehe einen Löwen, der sie verschlingt.

Wir steigen weiter.

Das war kein Meer, sondern der Ärmelkanal.

Im Flugzeug Zeitung lesen: groß aufgemacht die Wetterprognose für ein Land, das man soeben zurückgelassen hat.

Ich bin erfolgreich und hasse dieses Wort. Dabei nicht mehr jung – 42. Trotzdem, in meinem Alter viertausend Leute zu führen ist keine Selbstverständlichkeit. Das weiß ich auch. Aber warum Erfolge an die große Glocke hängen? Wenn ich von

Unbekannten gefragt werde, was ich beruflich mache, dann antworte ich: Ich arbeite bei einer Bank. Wird nachgeforscht, sage ich: Ich bin verantwortlich fürs Private Banking. Das genügt meistens. Ich imponiere den älteren Herren des Aufsichtsrates, das merke ich. Sie brauchen einen Jüngeren, den sie als ihren Nachfolger betrachten können, zumindest als Möglichkeit, einen, der so denkt und handelt wie sie – zurückhaltend und überlegt. Sie mögen mich. Das weiß ich. Ihre Fragen zum Jahresabschluß meines Geschäftsbereichs sind nicht ohne Tücken. Sie testen mich mit ihren Fragen. Meine Antworten entwaffnen sie. Ich lüge nie. Ich verschweige höchstens die eine oder andere Begebenheit, die mir nicht relevant erscheint. Wenn ich vom Aufsichtsrat eingeladen bin, über das Wealth Management, wie sie das Private Banking neuerdings nennen, zu referieren, dann kleide ich mich tadellos, aber nicht übertrieben modisch. Keine breiten italienischen Krawatten, keine hellen französischen Sakkos. Die Schuhe klassisch schwarz, obwohl braun gerade Mode ist, auch zu dunklen Anzügen. Ich kleide mich, wie es meiner Natur entspricht, einfach, diskret, sachlich. Meine Garderobe hinkt dem allgemeinen Zeitgeschmack zwölf bis vierundzwanzig Monate hinterher – was gerade richtig ist. Das gibt ihnen das Vertrauen, daß ich ein Mann der Vernunft bin, professionell, aber bodenständig, sympathisch, einer von ihnen. Niemand möchte eine Schaufensterpuppe als Geschäftsleiter. Dabei gebe ich mir keine besondere Mühe, sympathisch zu erscheinen: Angebot und Nachfrage nach der idealen Führungskraft decken sich in meiner Person. Ich rede langsam, überlegt, wie gesagt, Emotionen haben in einem Aufsichtsrat nichts zu suchen. Auch sonst nicht. Meine Antworten sind prägnant. Wer weitergehende Fragen hat, soll sie stellen. Bitte. Dabei selbst erstaunt, wie gelassen ich referieren kann. Keine aufgesetzte Gelassenheit, keine Selbstüberschätzung, sondern ein Gefühl von Kompetenz. Ich beherrsche mein Handwerk. Meine Glaubenssätze: a) Probleme sind da, um angepackt zu werden. b) Das Universum offeriert mehr Lösungen als Probleme. c) Wenn Probleme nicht gelöst werden, dann liegt es am Willen der Beteiligten. Und so weiter. Mein Einkommen beträgt über eine halbe Million Franken, mit dem Bonus kann es gut das Dreifache werden. Davon geht ein Drittel an Steuern weg, bleibt noch eine Million. Als junger Mann habe ich mich oft gefragt, wie man eine Million verbraucht. Das frage ich mich noch heute. Mein Kontostand bläht sich einfach weiter auf; ab und zu hebe ich ein paar hunderttausend ab und lege sie an; aber ausgeben? Ich würde nicht, wie. Wie kauft man eine Mittelmeer-jacht? Das kann ich mir gar nicht vorstellen. Vermutlich würde man einfach hingehen und sagen: Herr Verkäufer, ich möchte eine Jacht kaufen, und der Verkäufer würde fragen: Aber was für eine? Was soll die können? Welche Reichweite, Motorenleistung, Wasserverdrängung und so weiter? Woher soll ich das wissen! Ein Haus, ein schönes Patrizierhaus ein bißchen außerhalb von Zürich mit einer Handvoll hundertjähriger Eichen darum herum, das haben wir uns geleistet. Das Anwesen hat drei Millionen gekostet, der Umbau nochmals fast eine Million. Ich will es gemütlich haben, familiär, große, helle Zimmer, eine Bibliothek, aber nicht kalt, sondern warm, familiär, wie gesagt. Es war nicht die Größe des Hauses, sondern die Aussicht über den Zürichsee, was den Ausschlag gegeben hat. Das prunkvolle Eingangstor haben wir durch ein einfacheres ersetzt. Jetzt fällt das Haus von der Straße her gesehen auch nicht mehr so auf. Ich fahre einen BMW der größeren Klasse, also keine Prunkkarosse – keinen Bentley, keinen Jaguar –, immerhin ein bequemer, sicherer Wagen. Aber auch das Auto läuft über die Firma. Damit vernichte ich kein Vermögen. Außerdem ziehe ich die S-Bahn vor – ins Geschäft. Kurzum, ich habe es aufgegeben, darüber nachzudenken, was ich mit meinem Geld alles kaufen könnte. Geld ist kein Thema. Und Anna arbeitet ja auch noch, als Rechtsanwältin.

Time to Destination: 7 Hours 14 Minutes.

Distance from Destination: 6088 km.

Außentemperatur: minus 34 Grad Celsius.

Der Bildschirm rapportiert unermüdlich. Einmal kommt der Tag, wo man als Passagier mehr weiß als der Pilot.

Vier Monate ist es nun her, seit ich meine Frau betrogen habe. Zum ersten Mal betrogen habe. Zürich, Bellevue. Vor aller Welt. Schon den ganzen Abend lang hätte ich ihr um den Hals fallen können. Darüber auch gesprochen. Ich sagte (wortwörtlich): Ich möchte dir am liebsten um den Hals fallen. Ich möchte dich küssen. Ich möchte mit dir schlafen. Das war in der Seehof-Bar. Es braucht Mut, dies auszusprechen, und ich fühlte mich stark bei diesem zelebrierten Mut. Ich fügte noch im gleichen Atemzug hinzu: Aber natürlich kann ich es nicht, ich darf es mir nicht einmal denken. Verheiratet, also ohne Anlaß zu einer Geschichte. Bis dahin hatten wir nur ein bißchen mit den Händen gespielt. Und ich hatte sie einmal auf die Stirn getippt, das war im Vorderen Sternen, einen Monat zuvor. Selbstverständlich kann sie sich nicht daran erinnern, so lächerlich zaghaft war diese Berührung. Dabei wollte ich ihr bloß zeigen, daß die Seele nicht in der Herzgegend liegt, wie sie felsenfest behauptet hatte, sondern im Hirn. Die Seele als kognitiver Prozeß, wie übrigens fast alles. Gefühle als Hirnleistung. Gefühle als unsauberes Denken. Gefühle als Biomechanik. Natürlich durfte sie mir damals nicht glauben. Hier ist die Seele zu finden, hier, sagte ich immer wieder und langte mit meinem Zeigefinger an ihre Stirn, weil es nicht ging, daß ich sie auf die Stirn küßte.

Als wir die Seehof-Bar verließen, stand der Himmel orangeschwarz über uns. Kein einziger Stern vor lauter Streulicht. Wie sich verabschieden?

Meine S-Bahn in 20 Minuten. Auf einmal wollte sie mich zum Bahnhof begleiten. Die letzte S-Bahn nach Rüschlikon, Lumpensammler, sagte ich und erklärte ihr, was das heißt: Lumpensammler. Welches Tram zum Bahnhof?

Die 4, sagte sie.

Warten auf die 4.

Menschenleere Plattform. Vereinzelt Paare, die aus einem Kino tropften. Wir standen näher als nötig beieinander. Wir standen und bewegten uns beim Reden, es war kalt, und so traten wir von einem Fuß auf den anderen. In diesen stehenden Bewegungen gerieten wir oft aneinander, ungeplant manchmal. Gern hätte ich ihre Hände gefaßt, aber meine steckten in der Manteltasche. Sie hielt es nicht lange aus, wenn wir uns in die Augen schauten. Nach wenigen Sekunden mußte sie abdrehen, dachte, dachte auf die Dächer der Stadt hinaus, dann schaute sie mich wieder an. Weil sie eine Brille trug, gelang es mir leichter. Ich konnte dem Gestell nachschauen, ohne in ihre Augen zu fallen. Dabei sind ihre Augen nicht besonders schön. Sie sind dunkel wie nasser Stein, bei Lichteinfall blauschwarzgrün, belebt durch die Reflexion von Straßenlaternen und Bremslichtern. Die Nasenflügel sind leicht asymmetrisch gewachsen. Ihre Lippen sind schmal, wenn sie nicht spricht; dann habe ich den Eindruck, als hielte sie den Mund zusammengepreßt. Aber die Gesamtheit der Erscheinung, wie sie steht und vor allem wie sie geht in ihrer aufrechten Haltung, dieser biegsame Körper, dieses seltsame Wesen, diese in all ihren Facetten selbstbewußte Frau, empfand ich als höchst erregend.

Dann eine Umarmung, nichts weiter.

Das darf man doch. Es gibt Länder, in denen sich die Menschen in den unmöglichsten Situationen in die Arme fallen.

Ihr spinnwebfeines Haar an meiner Schläfe. Wie schön sie sich anfühlt, wie leicht, zerbrechlich, ein Rücken wie Glas hinter dem Mantelstoff. Diese Stelle gleich vor ihrem Ohr, dieser glatte, weiße, seidige Flecken Haut.

Wann ist eine Umarmung mehr als eine Umarmung?

Ich redete mir ein, sie hätte mit der Küsserei begonnen.

Die Angst, mich aus dieser Haltung zu lösen. Als hätten wir uns voreinander zu verantworten – als gäbe es auf einmal wieder so etwas wie eine Welt, einen bestimmten Ort (Zürich-Bellevue), einen Tag (26. November), eine Zeit (23:30 Uhr).

Plötzlich bestand sie darauf, meine Augen zu sehen, und stieß mich weg. Mein Gesicht sagte: Hier, da sind sie, meine Augen, nimm sie! Dann schnappte sie nach meinem Mund, hastig, unkontrolliert, wie ein Tier, das zum Kampf auffordert.

Wir atmeten beide wie nach einem Hundertmeterlauf. Ihre Brille war angelaufen. Das war jetzt nicht gerade hilfreich, sagte sie und brachte ihre Brille wieder in Stellung. Zum Glück kam die Nummer 4. Wir setzten uns in eine der hintersten Reihen. Unsere Hände waren sehr warm. Die idiotische Kraft der Symbole: Mein Ehering muß für die zehn fremden Finger spürbar sein, dachte ich. Sie lehnte sich an mich, als wäre ich ihr Lieblingsonkel, und ich küßte sie auf die Stirn, als wäre sie mein kleines Mädchen. Sie beherrschte es meisterhaft, dieses Spiel, das Oszillieren zwischen Mädchen und Frau. Beim Bahnhof stiegen wir aus, und sie mußte mich beim Arm nehmen, um die Straße zu überqueren, so unbeholfen fühlte ich mich auf einmal. Warum erklärte ich ihr nochmals, was Lumpensammler bedeutet? Meine Angst, entdeckt zu werden – und mein Übermut, entdeckt zu werden. Zwei sich ausgleichende Kräfte. Etwas abseits der Wartenden blieben wir stehen. Um uns zu küssen, öffneten wir uns gegenseitig die Mäntel. Die letzte S-Bahn verschluckte die Wartenden, einen nach dem anderen.

Du weißt, daß du nicht gehen müßtest, sagte sie.

Dann lösten wir uns voneinander, gingen einige Schritte, ich links, sie rechts, fielen uns aber noch einmal in die Arme, weil sich unsere Wege – mein Weg zum Bahnsteig (nach rechts) und ihr Weg zu ihrer Wohnung (nach links) – notwendigerweise noch einmal kreuzten. Ihre Arme hatten Kraft. Ich dachte: Ich möchte ihren Glaskörper nicht zerbrechen, irgend etwas werde ich noch zerbrechen! Eine meiner Hände verselbständigte sich und fuhr den Pullover entlang an ihre Brust. Mein Zug wartete.

Ich zwang mich, nicht zurückzuschauen. Vergeblich. Dort ging sie, in der dunklen Straße, eine Frau, deren Geruch ich an meinem Schal trug, ihr Parfüm, ihren verrauchten Atem, auch sie schaute zurück. Ich winkte. Sie winkte nicht. Sie ging nur und schaute mir zu, wie ich winkte. Ich schaute noch einmal zurück, winkte wieder. Dann verschwand sie in der Dunkelheit. Erstmals meine Frau betrogen.

Time to Destination: 7 Hours 05 Minutes.

Später behauptete sie, ich hätte mich (aus Anstand) entschuldigt, als meine Hand ihre Brust berührte.

Time to Destination: 7 Hours 04 Minutes.

Wo beginnt der Ehebruch?

a) Beim Gedanken an eine andere?

b) Beim ersten Abendessen mit einer anderen?

c) Beim ersten Abendessen mit einer anderen, das man zu Hause als Geschäftsessen verkauft?

d) Wenn man einer fremden Frau Blumen schenkt – ohne daß sie im Spital liegt?

e) Bei der ersten Umarmung, respektive beim ersten Kuß?

f) Beim Geschlechtsverkehr?

g) Beim wiederholten Geschlechtsverkehr?

h) Beim Geschlechtsverkehr mit der eigenen Frau, während man an die andere denkt?

Time to Destination: 6 Hours 56 Minutes.

Management, das hat nichts mit Machtausübung zu tun – das mußte ich ihr dann einfach einmal sagen. Ich glaube, sie machte sich lustig über die Menschen auf den obersten Hierarchiestufen, die sich nur noch »abstrakt« mit den Dingen dieser Welt beschäftigten, wegen der »Selbstüberschätzung«, der »Rituale der gegenseitigen Beweihräucherung« und wegen eines »Mangels an Humor«, so jedenfalls dachte sie über meinen Beruf.

»Du mit deinem Management.«

»Und du mit deinem Ulysses!« – Ich mußte ja etwas entgegnen.

Hunderttausend Jahre lang hat der Mensch Kleintiere gejagt und Früchte von den Bäumen gepflückt. Jagen und Sammeln erfordert kein Management. Aber Düsentriebwerke bauen wie jene, die uns im Moment antreiben (Pratt Whitney) – ohne Management undenkbar. Wie sonst bringt man hunderttausend Menschen zusammen, um ein Düsentriebwerk zu bauen? Indem man hunderttausend Leute wahllos zusammentrommelt und zu ihnen sagt: So, macht mal? Straßen, das Automobil, der Computer, die Medikamente, die Krankenhäuser, das Bankwesen, die Buchhandelsketten, die Nahrungsmittel, diese Unmenge von Produkten in den Regalen der Supermärkte, die Mikrowellenherde, kurz, der ganze Wohlstand ruht auf den Schultern unzähliger Manager. Ein Einzelner kann nur soviel, aber eine Gruppe bringt Erstaunliches zustande. Nicht die Erfindung des Rades steht am Beginn der Zivilisation, sondern die Entdeckung des Managements. Ich bin stolz, Manager zu sein. Ohne uns gäbe es keine Flüge nach New York. Es gäbe nicht einmal New York.

Time to Destination: 6 Hours 50 Minutes.

Wir steigen noch immer.

Manager sein heißt, die ins Jenseits gerichteten Pfeile ins Diesseits umzubiegen.

Time to Destination: 6 Hours 49 Minutes.

»Dann muß ich dich eben entführen –«

Ihre Denkübungen, wie sie weiterzuführen wäre, unsere Affäre, ohne daß es wie Ehebruch aussieht. Und es war ihre Idee: eine leichte, luftige, helle Entführung, eine Fahrt ins Blaue, alles ohne Gewalt natürlich, gespielt, vorgegaukelt, eine Entführung wie in einem Groschenroman, ein Ausflug nach Sizilien zum Beispiel, wo wir uns ein Häuschen mieten würden, vielleicht gar eine Villa, weit oben am Hang über Lipari, wo uns niemand kennt, oder eine Segelfahrt über das weite Meer oder nach Griechenland oder Spanien, eine herrlich kitschige, hellgrüne, sommerlich leichte, verspielte Entführung – statt meiner Versetzung nach New York.

Verführerisch, aber idiotisch, weil realitätsfremd.

»Im letzten Moment steigst du einfach nicht ein. Alles wird aussehen, als wärst du auf dem Flug nach New York, aber wir fahren weg, irgendwohin, zusammen.«

Das war vorgestern.

Jetzt also doch keine Entführung. Ich befinde mich auf dem Flug nach New York. Allein.

Time to Destination: 6 Hours 42 Minutes.

Wir hatten uns bei einem Literaturanlaß kennengelernt. Lesung mit anschließendem Apéro. Ein langweiliger Empfang (Lesungen sind gräßlich), aber als Sponsor mußte jemand von der Geschäftsleitung hin. Sie stand etwas abseits, ein Stück Brot und einen Zipfel Bratwurst auf einem Kartontellerchen balancierend, in der anderen Hand ein Glas Weißwein. Sie war mit Freunden da oder mit Leuten von der Zeitung, so nahm ich an, sie sah aus wie eine Journalistin – kecke Frisur, schlank, sehr schlank, ein modernes Gesicht mit einer ruhigen, gesunden Farbe, ganz gerissen und kühn, und trotzdem feinzügig, distanziert, Brille, ich weiß nicht, warum ich mir Journalisten so vorstelle. Ab und zu reichte sie das Weinglas einem jener Leute weiter – es waren lauter Männer, die um sie herumstanden –, um die Hand frei zu haben, nahm die Bratwurst zwischen Daumen und Zeigefinger, tunkte sie in den Senf und riß sich einen Bissen davon ab. Dann forderte sie das Glas mit einem einzigen Blick wieder zurück. Ich kann nicht behaupten, daß mir Josephine auf Anhieb gefallen hätte. Sie hatte etwas Schnippisches an sich. Vielleicht lag es an ihren Konturen, zum Beispiel am Hals, dieser Säule, umspannt von sehr heller Haut, straff und etwas unruhig und plötzlich zu den Schultern hin auslaufend. Ihre Schultern, ihr Becken, ja selbst ihre Ellbogen allesamt etwas spitz, unrund, unerwartet laut, aber nicht eckig. Ein gut definierter Oberkörper. Sie hatte, wie gesagt, etwas Schnippisches an sich, etwas Hochnäsiges. Nicht nur im Aussehen. Ihr Verhalten mir gegenüber war von Anfang an von einer unterschwelligen Boshaftigkeit gezeichnet, von einer Zickigkeit. Ich war mir nicht sicher, ob dies Ausdruck einer allgemeinen Abneigung gegenüber Männern war oder mit der natürlichen Distanz gegenüber Geschäftsleuten – ich trug eine Krawatte – zu tun hatte. Ich war froh, nicht ihr Freund oder Mann zu sein. Eigentlich hätte sie mir egal sein können, wenn es nicht meine Aufgabe gewesen wäre, etwas Public Relations für unser Literatursponsoring zu machen.

Ich sprach sie an und war augenblicklich enttäuscht, daß sie keine Journalistin war.

»Was sind Sie dann?« fragte ich.

»Buchhändlerin.«

»Ach so.«

»Und Sie?«

»Ich arbeite bei einer Bank.«

»Um Gottes willen«, platzte sie heraus, spritzte dabei auch ein bißchen Wein in die Luft, »dann sind Sie hier wohl fehl am Platz.« Damit hätte ich das Gespräch eigentlich als erledigt betrachten müssen, denn mein Ziel war, wie gesagt, jemanden aus der Medienbranche herauszufischen, und es war schon spät.

Es kommt nicht selten vor, daß man sich wegen Details zu einer Frau hingezogen fühlt – Augen, Gesicht, Brüste, Taille, die Figur, Schönheitsattribute ganz allgemein. Man denkt sich: Diese Frau möchte ich berühren, und weiß in dem Moment genau, was es ist, was einen anzieht. Es sind Elemente, Stückwerk, Bestandteile. Bei einem Produkt, selbst bei einem Finanzprodukt, würde man sagen: Features. Nicht so bei dieser Frau. Sie war ungewöhnlich. Schon wie sie dastand, mit ihrem Papptellerchen und dem Weinglas, kerzengerade, stolz, etwas frech vielleicht, ihr Deutsch – sie war eindeutig Deutsche – war ausgesprochen klar, was sie sagte und wie sie es sagte, und sie überlegte keinen Augenblick, wenn eine Antwort fällig war. Wir tauschten Visitenkarten aus. Also Buchhändlerin. Zu Hause legte ich die Visitenkarte in meinen Schuh. Und als ich ins Bett schlüpfte, war mir irgendwie bewußt, daß hier etwas war, was über die reine Anziehung dieser Frau hinausging, etwas, in dem ich eine Rolle spielen würde.

Fasten Seatbelt Sign ausgeschaltet.

Wieviel Wahrheit verträgt eine gute Ehe?

Time to Destination: 6 Hours 30 Minutes.

Meine Frau heißt Anna. In vielen Dingen hat sie mehr Sachverstand als ich. Zum Beispiel kann sie mit der Bohrmaschine Löcher für Dübel in die Wände jagen und Bilder mit schweren Rahmen daran aufhängen (wir sammeln schon seit Jahren: Gursky, Ruff, Damien Hirst). Oder sie kann kochen. Sie weiß auch, wo unter der Kühlerhaube das Scheibenwasser nachgefüllt werden muß. Der Umbau des Heizkessels, zum Beispiel, ist ihr Projekt. Eine durch und durch praktische Frau, was bei ihrem Beruf – Rechtsanwältin, wie gesagt – eine Seltenheit ist. Wir sind mehr ein Projektteam als ein Paar. Wir messen uns an den gesteckten Zielen und nicht an gemeinsam verbrauchter Zeit. Auch sie ist beruflich oft im Ausland, was nur geht, wenn man sich vertraut wie Kameraden. Daß wir keine Kinder haben, ist das Resultat einer gemeinsamen Entscheidung. Einmal gefällte Entscheidungen soll man nicht umstoßen. Wir sind keine Menschen, die sich von Konventionen vergewaltigen lassen – obwohl sie sich in letzter Zeit nach jedem Kind, das sie auf der Straße erblickt, umdreht. Ich wiederhole: Wir lassen uns nicht von Brauchtum einschüchtern. Lebensplanung ist Lebensplanung. Im Schlaf lasse ich mir meinen Kopf gern von einer anderen Frau verdrehen. Eine Affäre habe ich trotzdem nie ernsthaft in Betracht gezogen. Anna, glaube ich, auch nicht. Ich habe genug zu tun im Geschäft – viertausend Mitarbeiter, wie gesagt. Ich bin gegen Affären, aus Prinzip, so wie man gegen Zinsen sein kann.

Übrigens: Man muß nur lange genug mit einer Frau zusammenleben, dann wird sie praktisch. Überhaupt: die Frau als Extension der Mutter. Gäbe es keine Mütter – würden wir zum Beispiel aus Eiern schlüpfen –, wären auf einmal ganz andere Beziehungen zwischen Mann und Frau möglich.

Time to Destination: 6 Hours 24 Minutes.

Die Visitenkarte in meinem Schuh. Plötzlich war alles an ihr erregend. Ich wußte, daß es nicht sein konnte, daß es Einbildung sein mußte oder Wahn, diese Verzerrung der Wahrnehmung. Die Aufregung hatte mich in einem vitalen Punkt getroffen, wo ich sie nicht abstellen konnte.

Zehn Tage nach dem Literaturanlaß treffen wir uns am Bellevue. Es regnet. »Schade um den Vollmond«, sagt sie, »jetzt ist er ins Wasser gefallen.« Wir sitzen in einem Café, draußen, unter einem kleinen Vordach, so eng an der Hauswand, wie es nur geht. Sie hat ihre Beine ganz unter den Stuhl zurückgezogen. Meine sind ausgestreckt, die Schuhspitzen ragen unter dem Metalltischchen hervor. Auf dem schwarzen Schuhleder spiegelt sich eine Straßenlaterne. Meine Krawatte habe ich vorsorglich ausgezogen. Ich bin entschlossen, mich nicht zu verlieben. Ich hätte viel zu sagen, aber nichts, was zu diesem Regen paßt, und so schweige ich. Mein Blick, geradeaus in den Regen, dann wieder in ihre Augen, gibt ihr offensichtlich die Gewißheit, daß ich kein Verführer bin. Sie trinkt einen gespritzten Weißen mit Eiswürfeln (bei diesem Wetter). Mein Espresso ist schon lange ausgetrunken. Der Kellner hat uns bereitwillig vergessen, weil es keinen Zugang zu unserem Tischchen gibt, ohne daß er naß würde, sonst hätte ich auch noch einen Weißen bestellt, einfach um die Kontrolle über die Zeit wieder an mich zu reißen. Zum Glück gibt es noch den Verkehr. Wir reden über Kinder (sie hat keine), so wie man über Politik redet oder ein öffentliches Bauvorhaben. Der Kellner, der mich gesehen hat und so tut, als müsse er gerade jetzt unter dem Eingang sein angesammeltes Trinkgeld zählen. Ihr zu kurzer Mantel – grau, vermutlich modisch, Geknüpfe aus dicken Zwirnen. Es erniedrigt einen Mann, von einem Kellner nicht beachtet zu werden. Die Knie einer Frau, die eigentlich nie schön sind, und ihre Unterschenkel, die aufregenden, die sie unter ihrem Stuhl verborgen hat. Ich winke dem Kellner demonstrativ nicht. Zeit wie noch nie. Manchmal nippt sie an ihrem Glas – das helle Klingeln der Eiswürfel. Übrigens ist auch sie der Meinung, daß der Mann in fünfzig Jahren nur noch ein Accessoire der Frau sein wird. Ich schiebe meine leere Espressotasse an den äußersten Rand des Tischchens. Ihr Haar ist länger als damals bei der Lesung, oder ich meine es nur. Hingegen stimme ich ihr in bezug auf Ulysses überhaupt nicht zu. Miserabel dieses Buch, sage ich, jawohl, vollkommen ungenießbar. Dabei kenne ich es nur flüchtig aus der Schule. Sie lacht, als hätte sie mich ertappt. Ich verstehe Menschen nicht, die an einem bestimmten Buch kleben, sowenig wie ich Menschen verstehe, die an irgendwas anderem kleben, ich meine, worin besteht denn der Genuß, dieselben Szenen immer und immer wieder zu erleben, es macht, es sei denn, man hätte ein Sieb von einem Hirn, schlichtweg keinen Sinn. Das heißt, man erlebt nicht einmal, sondern stellt sich ja nur vor, tagträumerisch und also ineffektiv. Vielleicht mache ich mir deshalb nichts aus Romanen. Immer wieder ihr stiller, offener Blick. Warum soll ich verschweigen, daß ich sie aufregend finde, geradezu elektrisierend? (Ich verwende dieses Wort tatsächlich.) Sie sagt nichts dazu, trinkt nur ihren gespritzten Weißen leer. Sie stellt das leere Glas mit den abgerundeten, quirligen Eisklötzen neben meine leere Espressotasse. Jetzt ist auch der Kellner wieder da. Der Regen hat etwas nachgelassen, so daß er nicht mehr so naß wird. Sie ist für Bezahlen. Hunger, meint sie. Ich hätte jetzt gern noch etwas bestellt, aber weiß nicht, warum ich mir plötzlich so unselbständig vorkomme. Dabei führe ich viertausend Mitarbeiter, selbst in diesem Moment führe ich sie, man hört nicht auf zu führen, nur weil Feierabend ist. Das sage ich ihr natürlich nicht. Selbstverständlich lasse ich mich nicht von einer Frau einladen. Ich hinterlasse Trinkgeld, als hätte dieses Arschloch von einem Kellner mir das Leben gerettet. Sie steht schon, als ich die Quittung falte und in meine Brieftasche stecke – eine unsinnige Marotte von zu vielen Geschäftsessen. Ich zerre die Quittung wieder aus der Brieftasche und lasse sie, seltsam berührt von meiner Korrektheit, auf das Tischchen segeln. Jetzt stehen wir beide. Es ist nicht zu vermeiden, das Nebeneinanderstehen. Plötzlich fühle ich mich für das Wetter verantwortlich. Weil wir keinen Schirm dabeihaben, werden wir beide naß. Ihrem dicken Mantel sieht man die Regentropfen nicht an. Meinem hellen Trenchcoat hingegen schon. Als wir die Straße überqueren, schaue ich noch einmal zurück, um mich zu vergewissern, daß ich auch wirklich den Schirm, den ich nicht mitgebracht habe, nicht im Café liegengelassen habe. Es ist nicht zu übersehen: Der Kellner hat ihr Weinglas abgeräumt. Meine leere Espressotasse steht noch immer am Rand des Tischchens und füllt sich mit Regenwasser.

Wohin mit uns?

In den Vorderen Sternen – wieder Wurst und Senf. Ich bin glücklich, unter dem Planendach zu stehen, im würzigen Rauch, während der Wind Regen und Laub durch die Straßen peitscht. Je öfter man in gehobenen Lokalen speist, desto besser schmeckt eine einfache Bratwurst vom Grill. Dazu mehr Bier als angebracht (Heineken aus Dosen), ich gestikuliere und rede und lache, als würde ich es nicht bemerken, wie sie meine Hand faßt und ich ihre. Ohne Absicht. Zwei Hände wie zwei Magnete. Spiel der Bagatelle. Einen ganzen Abend lang. Ich erinnere mich nicht, wann sich die Hände schließlich losgelassen haben.

Ein Monat später, wie gesagt, die Küsserei am Bellevue (26. November, ich hab's mir aufgeschrieben).

Time to Destination: 6 Hours 14 Minutes.

Sie heißt Josephine Hofmann. Hofmann ist der Name ihres Exmannes. Es ist das einzige, was sie noch von ihm trägt. Ich finde den Namen sehr edel. Aber nur mit einem ›f‹, sagte sie. »Hoffmann«, das ginge nicht, dann hätte sie ihren ersten Namen behalten. Ihre Brille hing immer ein bißchen tief. Das gab ihr eine fast schon professorale Würde, zum Beispiel in der Buchhandlung bei der Arbeit. (Ja, ich habe sie dort besucht, mehr als einmal, ich bin ihr nicht nachgestiegen, ich hatte jeweils vorher angerufen und mitgeteilt, daß ich kommen würde –

meine Besuche freuten sie.) Besonders wenn sie vor einem Gestell stand, auf den Zehenspitzen, und mit dem Finger über die Buchrücken streifte auf der Suche nach einem bestimmten Titel. Oder in der Hocke – dann spannte sich der Rock um die Hüften. Ich fand sie nicht unpassend, ihre Brille – ovale Gläser wie liegende Eier, nußholzfarben eingerahmt, schlicht, etwas lehrerhaft vielleicht, aber klassisch. Sie war darauf bedacht, die Brille nie Bestandteil ihres Gesichts werden zu lassen. Sie schubste sie auch nie nach hinten. Wenn ich sie anschaute, dann mußte ich mich ein bißchen bücken oder nach links oder rechts ausweichen oder meinen Kopf etwas schief halten, sonst kam die obere Brillenumrandung just auf ihre Pupillen zu liegen, und damit hätte sie auch meine Pupillen nicht sehen können. Oder ich schaute ihr von oben über die Brillenumrandung in die Augen hinein, aber dann würde sie meine Augen unscharf sehen, weil unkorrigiert. Die Gewißheit, daß, wer sich nicht in die Augen schaut, sich überhaupt nicht anschaut. Darum dieses Schattenboxen, wenn ich vor ihr stand. Vielleicht war es ihr Sprechen. Dieses perfekte Deutsch. Jedes Wort trennscharf artikuliert, kein Redefluß, kein Gebrabbel, sondern ein höchst überlegtes Aussenden von Sprachpaketen. Es gibt Frauen, die singen, um Stimmung zu erzeugen, sie modulieren ihre Stimme und beweisen damit ihre Emotionen. Josephine sang nicht. Ihre Stimme war gleichförmig, bestimmt, leicht rauchig und in ihrer Monotonie sehr erotisch. Sie trug gut. Wenn sie etwas unterstreichen wollte, dann sagte sie es in Pausen.

Time to Destination: 6 Hours 10 Minutes.

»Chicken or Beef?« Diese Frage wird von Flight Attendants in aller Welt täglich dreißig Millionen Mal gestellt und müßte für den extraterrestrischen Besucher wie die zentrale Frage auf diesem Planeten wirken. Nicht einmal die Frage nach dem Lebenssinn wird auf Erden so häufig gestellt.

Ich entscheide mich für Chicken.

Mein Sitznachbar ebenfalls.

Nahrung wie ein Legoset. Ich drehe, rolle und stoße den heißen Aludeckel zu einem möglichst kleinen Volumen zusammen, dabei muß ich aufpassen, daß die Kanten und Spitzen dieser Frank-Stella-Skulptur meine Finger nicht verletzen, so heiß und spitz sind sie.

»Was fehlt, auf dreiunddreißigtausend Fuß«, sage ich, dabei packe ich eines dieser Exemplare und lasse es aus beträchtlicher Höhe auf das Tablett fallen, »ist frisches Brot. Entweder servieren sie weiches, dampfiges, das an Schwämme erinnert, oder es ist brüchig und hart wie Eierschalen. Es müßte Bäckereien in der Luft geben, die frisches Brot an die vorbeiziehenden Flieger verteilen.«

Dabei ist es nicht meine Art, ein Gespräch anzuzetteln, schon gar nicht während eines Fluges, aber ich bin einfach sauer auf das Catering, stinksauer, daß es keine Airline kapiert, die Sache mit dem Brot. Mein Sitznachbar entgegnet zum Glück nichts, nur ein Lächeln zum Beweis, daß er verstanden hat und also nicht Amerikaner ist. Wir beginnen stumm, die Messer aus der Verpackung zu reißen.

Knapp einen Monat nach unserer Bellevue-Küsserei – ich war unterdessen im Ausland, geschäftlich, wo ich mir unter anderem vorgenommen hatte, sie zu vergessen, und dies auch mit einer gewissen Hartnäckigkeit verfolgte – Vortrag vor dem Harvard Club in Zürich. Thema: Die Zukunft des Kapitalmarktes. Ich trage ein Hemd mit Manschettenknöpfen, was mir nicht liegt, aber es ist ein schönes Hemd, das sie bisher noch nicht an mir gesehen hat.

Ich schwitze während des Vortrags. Ich lege das Jackett ab und schwitze weiter. Der Geruch meines Schweißes, während ich rede; und ich denke, so kann ich ihr nicht begegnen. Oft muß ich lachen, laut herauslachen, während ich spreche, und ich frage mich, wie ich bloß auf die Idee gekommen bin, solche Dinge anzunehmen, wie sie auf der Folie stehen (etwa, daß eines Tages Personen wie Aktien gehandelt würden), einiges finde ich gelungen, treffend, ich bin erstaunt, auch ein bißchen stolz auf meinen ausufernden Erfindungsgeist. Anderes finde ich schlecht und überspringe es. Nach dem Vortrag: Fragen und Antworten. Jeder will eine persönliche Antwort. Ich träume von einer Antwortmaschine. Dann Apéro. Wie sind Sie ins Banking gekommen, Herr Himmelreich? Welches sind Ihre Führungsprinzipien – viertausend Leute, da muß man schon richtig was draufhaben? Wie definieren Sie Management? Wie definieren Sie Erfolg? Fragen, die mich langweilen. Meine einzige Rettung besteht darin, Antworten zu erfinden, die ich noch nie gegeben habe, unerwartete, nicht falsche, aber ironische. Ich denke, während ich antworte, an Josephine, die jetzt ebenfalls versuchen wird, sich aus einem gesellschaftlichen Anlaß herauszuwinden. Draußen ist es Nacht. Die Bahnhofstraße weihnachtsbeleuchtet. Kaum Passanten.

Ich schlendere eine Tramschiene entlang und frage mich, warum es nicht möglich ist, zu lieben mit der Leidenschaft einer Pflanze.

Ich hätte ein Taxi nehmen können, aber ich gehe zu Fuß. Zeit, einen ganzen Abend lang Zeit in meiner Stadt; ich flaniere, als wäre es Paris oder New York – wohin? – Richtung Kunsthaus – warum? – nicht um sie zu suchen, sondern um sie durch Zufall zu finden.

Bei der Station Neumarkt haben wir uns verabredet. Drei, vier Gestalten unter dem Licht der Tramhaltestelle, sonst kein Mensch weit und breit. Ab und zu ein Auto, das vorbeispritzt, ein Aufbrummen, Aufleuchten. Dann wieder Stille. Noch hätte ich die Unterlassung wählen können, aber ich erkenne sie von weitem. Ihr Gang federnd, balancierend, stolz, kräftig, mit der Bestimmtheit eines jungen Offiziers, aber sehr weiblich. Vielleicht sind es die Lederstiefel, die schwarzen, glänzenden, aufregenden Lederstiefel, die ihren Gang zum Spektakel machen. Wir schreiten aufeinander zu, und ich befehle mir: keine Küsse! Nie mehr! Was letzten Monat war, beim Bellevue, war ein Ausrutscher, ein absurdes Sichgehenlassen, wir können uns weiterhin sehen, meinetwegen, aber ohne Zärtlichkeiten –

und während ich mir dies einhämmere, Schritt um Schritt, weiß ich, daß ich mir im Innersten wünsche, meinen Vorsatz nicht halten zu können. Ich versuche, ihr Gesicht in der Dunkelheit zu erraten, während wir uns einander nähern. Ich schreite bewußt etwas witzig, überkreuze meine Schritte, dazu idiotische Bewegungen mit meinen Armen, als tanzte ich zu einer inneren Musik. Ich setze alles daran, beschwingt zu erscheinen, ein bißchen albern, und bin es vermutlich sogar. Es ist mir nicht klar, ob ich ihr auf diese Weise gefallen will, um sie zu täuschen, oder ob ich mich selbst täusche, um mir zu gefallen. Mein ganzer Körper ein dummes Flackern. Ich denke, daß ich auf keinen Fall anfangen darf zu schwitzen. Ich denke, daß ich auf keinen Fall umfallen darf, daß ich stark sein muß, gefaßt, kontrolliert, aber gleichzeitig gelassen, spielerisch, beflügelt. Plötzlich steht sie vor mir, eine Frau, erregend, in einem ungewöhnlichen Sinn beherrschend, reif, der Blick, mit dem sie mich bedeckt, verfehlt seine Wirkung nicht. Dann nimmt sie meinen Kopf in ihre Hände.

Wir überholen mit unseren Küssen das allgemeine Wirtschaftswachstum.

»Hast du keine Angst, daß dich jemand erkennt?« fragt sie.

Doch. Aber ich bin lebendig wie seit Jahren nicht mehr.

Wenn Josephine küßt, dann aggressiv, in vielen kurzen Schüben angreifend, es hat etwas Verzweifeltes, ihr Küssen, etwas, was an hungrige Vögel erinnert.

Sie nimmt mich an der Hand, was mich etwas ungelenk macht, und wir gehen über die Gemüsebrücke. Weihnachtsbeleuchtung auch hier. Der riesige Christbaum vor dem Fraumünster, prächtiger von Jahr zu Jahr. Überall Reste von glitschigem Laub. Taubendreck. Natürlich frage ich mich, was Josephine an mir findet, und es fällt mir nicht schwer, mir die Vorteile auszudenken, die ich einer zehn Jahre jüngeren Frau zu bieten habe. Ich bin, mit einem Wort, ein interessanter Mann. Ich habe Ideen. Ich bin intelligent, arriviert, ein Mann von Welt, mit einem schelmischen Hang zur Verspieltheit, dem ich mich allerdings nur selten hingebe und der am offensichtlichsten in der Finesse der Argumentation zum Tragen kommt, ich bin erfolgreich, was nicht zu verbergen ist, meßbar erfolgreich und darum kein Snob, in einem gesunden

Maß bodenständig, ohne Gefahr, ins Bäuerische abzurutschen, weil mit einer Verachtung des Herkömmlichen ausgestattet, ein Meister im Registrieren meiner eigenen Gedanken und im Erraten der ihren, ich bin, und das ist vielleicht meine größte Stärke, in meinem Alter nicht mehr darauf versessen, etwas zu sein, was ich gar nicht bin. Meine intellektuellen Ausschweifungen, die ich bereits in jungen Jahren zugunsten des Kommerziellen eingetauscht habe, nicht ohne Überrest. Wir reden stundenlang, wandern von Thema zu Thema, ohne daß es der geringsten Anstrengung bedarf. Vielleicht aber ist sie ganz einfach unergründbar in mich verliebt. Beim Nebeneinandergehen experimentieren wir: Hände haltend wie langjährige Ehepaare, umschlungen im Gleichschritt, träumerisch vorwärts schreitend, dabei die Köpfe aneinandergelehnt, oder jeder für sich, berührungslos. Man müßte eine neue Art des Nebeneinanderherschreitens erfinden.

Was tun mit dem Abend? Es ist nicht weit, sagt sie und nimmt mich beim Arm. Draußen ist es dunkel. Nässe. Wir überqueren hundert Straßen, so scheint es, tausend Scheinwerfer blenden uns an, wir warten an Ampeln.

Was ich nicht lassen kann: mit meinen Händen ihren Körper entlangfahren. Ich drehe sie zu mir, öffne den massigen Gürtelknoten, dieses Stoffschloß aus grauen und schwarzen Fäden, dann lasse ich die beiden Enden ihres Gürtels hinter ihren Rücken fallen, und der Mantel steht offen. Ihr dünner, aufgewärmter Pullover. Darunter nur Haut. Es ist, als würden die anbrausenden Scheinwerfer jetzt zusammen mit meinen Händen in ihren Mantel fahren, als würden sie alles ausleuchten. Sie läßt es geschehen mit einer Selbstverständlichkeit, als wäre jede andere Beschäftigung vor Fußgängerampeln undenkbar. Meine Hände wie Saugmäuler, aber sanft. Dann Grün. Wir überqueren die Straße vor der stehenden Lichterkolonne. Im Losgehen schließt sie den Mantel wieder. Sie schließt ihn wie einen aus Versehen aufgerissenen Vorhang und knotet den dicken Stoffgürtel wieder fest. Alles im zügigen Schritt. Wir überqueren Tramschienen, manchmal Geäder von glänzenden Tramschienen mit Wasserbächen darin. Wir überqueren den Platz vor dem Bahnhof Wiedikon, den ich nur als Autofahrer kenne, von den unzähligen Malen als Teil der stokkenden und leuchtenden Wagenkolonne. Ab und zu das Quietschen von Trams in entfernten Kurven. Wir gehen Hand in Hand wie Schulkinder, die von der Klasse abgekommen sind und jetzt gedankenverloren durch fremde Quartiere streunen, Hand in Hand, damit wir uns nicht auch noch verlieren. Sie ist kalt, ihre Hand, ich stecke sie zusammen mit meiner in ihre Manteltasche. Plötzlich schwenkt sie links ab. Eine dunkle Nebenstraße, Arbeiterquartier, Verkehrslärm aus allen Richtungen, Geräusch von Zügen. Eine unscheinbare Holztür. Sie läßt mich vor. Kein Zögern meinerseits, was mich überrascht. Ein dunkler, kalter, hallender Eingangsbereich. Was denken? Ich schaue ihr zu, wie sie die Post ihrem Fach entnimmt, sie durchsieht. Ich stehe da, Hände in den Manteltaschen. Keine Schande, mit einer fremden Frau in einem Hauseingang zu stehen, sage ich mir, während ich die Namen auf den Briefkästen lese, lauter ausländische Namen. Wir gehen die Treppe hoch, eine breite Holztreppe, ab der zweiten Etage knarrend. Es ist mir unangenehm, das Knarren, irgendwie verräterisch. Dann stehen wir vor ihrem Eingang, das Schild sagt »Hofmann«, sie schließt auf, geht voran, macht Licht.

Jetzt ist mein Zögern da.

Für einen Moment quält mich die Vorstellung, wie meine Frau vor der Wohnung eines anderen Mannes steht – Anna in einem entzückenden Kleid und in ihrer ganzen herrlichen Fülle, das feurige

Haar hochgesteckt und gebändigt –, dann über die Schwelle tritt.

»Komm schon«, sagt Josephine und zieht mich hinein, »willst du deinen Mantel nicht ausziehen?«

Ich verstehe nichts. Ich sehe nur ihre Schuhe, Stiefel, schwarze, eine ganze Reihe erregender schwarzer Stiefel am Boden, erschreckend wie eine Waffensammlung.

»Meine persönliche Schwäche«, sagt sie. »Ich gebe mehr Geld aus für Schuhe als für die Miete.«

Wie weiter?

Plötzlich stehe ich ohne Mantel da. Ich wage keinen Raum zu betreten. Ich stehe noch immer im Gang, kaum einen Schritt weit in dieser Wohnung drin.

»Setz dich doch hin«, sagt sie. Unschlüssig, ob ich die Schuhe ausziehen soll. »Na, komm schon, sei kein scheues Reh.«

Josephine hantiert in der Küche: »Bier? Oder doch lieber Wein?«

Wie macht man es sich auf einem fremden Sofa bequem?

Ich entscheide mich für eine Zeitschrift, die gerade herumliegt (Weltwoche).

Josephine kommt mit einer Flasche Wein zurück.

»Ich hoffe, du magst Amarone.«

Ihre erschlagende Bücherwand. Josephine vor dieser Bücherwand. Die Flasche Wein vor ihrer Figur vor dieser Bücherwand.

Noch immer die Weltwoche in der Hand.

»Ja«, sage ich, ich verstehe nichts mehr, es fällt mir nur auf erschreckende Weise auf, wie trocken meine Aussprache ist, meine Zunge – die ganze Vorrichtung, mich mitzuteilen, wie eine verdorrte Pflanze.

Sie füllt die Gläser.

Sie nimmt mir die Zeitschrift aus der Hand und läßt sich wie ein übermütiges Mädchen neben mir aufs Sofa plumpsen.

»Übrigens meint Raphael, ich soll mich auf keinen Fall mit verheirateten Männern einlassen. Und schon gar nicht mit einem Banker. An allen Übeln dieser Welt seien die verheirateten Männer schuld. Und die Banken.«

»Und wer ist Raphael?« frage ich.

»Ein Freund. Fantastisch gutaussehend. Logistikchef der Buchhandlung. Leider schwul.«

»Dann bin ich also eine doppelte Gefahr.«

»Oder eine doppelte Versuchung.«

Während wir uns küssen, aber eigentlich erst nach einer langen Weile, als ich mich an ihre Küsse gewöhnt habe, denke ich an die Unmöglichkeit dieser Geschichte, an die Unmöglichkeit dieser Frau, ich stelle mir unseren letzten Abend vor, der sich wie ein Söldnerheer vor dieser hübschen Geschichte aufpflanzen wird, an dem wir uns, gezwungen durch die Wirklichkeit und das, was wir uns selbst unter der Wirklichkeit vorstellen, durch die Macht dieses gigantischen Apparates der Normalität, also durch allerlei nachvollziehbare Gründe, endgültig voneinander verabschieden würden. Ich weiß nicht, was ich denken soll, und ich denke alles. Als wir uns endlich aus den Armen des anderen lösen, schauen wir uns einfach an. Es sind Minuten, die verstreichen, oder Stunden, in denen wir uns anschauen, ohne daß ich den mindesten Antrieb verspüre, etwas zu sagen.

Josephine, die, auch wenn sie nichts unternimmt, sondern einfach nur dasitzt, ihren verruchten Zauber spielen läßt.

»Und, wie viele Männer hat dieses Zimmer schon gesehen?« frage ich.

»Nicht so viele, wie du denkst.«

»Zehn? Zwanzig?«

Küsse als Antwort.

Sie schenkt Wein nach.

»Ich mag Amarone«, sage ich plötzlich.

Nichts in der Nähe, wo ich das Glas hätte abstellen können – ich will ihren Hals küssen, und zwar ohne Glas in der Hand. Also stelle ich es auf den Boden. Später, als wir auf dem Boden liegen und uns küssen, uns küssend quer über das ganze Parkett winden, stoße ich es um. Vermutlich mit einem Bein oder dem Fuß oder dem Ellbogen. Ich zerschneide mir den rechten Hemdsärmel an den Scherben. Weinflecken.

»Los, zieh dein Hemd aus, und komm mit.« Josephine, in ihrer wilden Klugheit, zerrt mich am Arm fort – ins Schlafzimmer. Sie zieht mich auf das Bett. Eine Weile bleiben wir nebeneinander liegen, über uns selbst erstaunt.

Das kann ich nicht haben, sagt sie und zieht ihren Rock aus. Sie liegt auf dem Rücken, löst den Verschluß mit einer Hand und zieht den Rock in einer einzigen Bewegung über die Beine. So. Dann dasselbe mit den Strümpfen. Dann wedelt sie mit den nackten Unterschenkeln in der Luft. Auch die Brille muß weg. Ich kann es nicht glauben, so schnell und unproblematisch, so natürlich, so verspielt, beinahe geschwisterlich, jedenfalls alles andere als lüstern. Noch habe ich etwas an, sagt sie und lacht ein befreites Lachen und wedelt mit den Füßen – ihr geradezu anständiger Slip. Seltsame

Absenz von Geruch. Wir tollen auf dem Bett herum wie übermütige Äffchen. Wie mädchenhaft sie plötzlich ist, ihre viel zu langen Arme, ihr weißer Körper, schön, aber nicht aufreizend, einfach sehr schön. Eine unheimliche Beweglichkeit, eine fast schwerelose Gewandtheit, wenn sie sich auf mich legt oder ich sie unter einem Kissen hervorziehe. Ihre Brustwarzen sind hart und lang, zwei harte Stecken, ich kann nicht aufhören, diesen Fund immer wieder von neuem zu entdecken, ein, gemessen an der Unscheinbarkeit ihrer Brüste, erstaunliches, ja sensationelles Rätsel dieser Frau. Sie pocht auf Gegenrecht und greift mir an den Gürtel. Ich bin der Meinung: Bis hierhin und nicht weiter! Sie nimmt es als Koketterie, meinen Anflug freiwilliger Selbstkontrolle, als Spiel, als ein noch zu eroberndes Terrain unter der Hose, sie jubelt und zerrt an meinem Gürtel herum, und wir drehen uns mehrmals um die eigene Achse, verlieren uns unter den Decken und Kopfkissen. Ihr Haar in allen Richtungen zerzaust, und wenn sie innehält und verschnauft, dann sieht das im grauen Licht manchmal wie verspritzter Mörtel aus. Ich fahre mit zehn Fingern in ihr Haar und balle sie zu Fäusten, er ist anstrengend, dieser Kampf – den sie schließlich gewinnt.

Bis in die Morgenstunden liege ich wach, unfähig wie ein Verrückter, meine Gedanken zu ordnen. Ich sitze auf der Bettkante, vergrabe mein Gesicht in den Händen. Ich stehe auf, schlüpfe in meine Hosen und genieße die augenblickliche Kühle des Stoffes. Ich ziehe den Gürtel straff, ich ziehe ihn eng, als müßte ich etwas abschnüren. Hinter den Fensterscheiben das Felsgrau des Morgens. Ich setze mich auf einen Stuhl, der herumsteht – nicht erschöpft, nur durcheinander, in einer verruchten Art stolz. Sie liegt auf dem Rücken, dieser fremde Körper aus Wachs, einen Arm über ihr Gesicht geschlagen. Das Heben und Senken ihrer Brust.

Auf der Heimfahrt, bei vollem Tempo, reiße ich das Weinfleckenhemd von meinem Körper und werfe es durch die heruntergelassene Scheibe in den dunklen Morgen hinaus. Anna schläft. Ich dusche nicht. Ich lege mich zu ihr und denke: Sie wird ihn riechen, diesen fremden Geruch. Ich kann kein Auge zumachen. Ich wage sie nicht einmal zu berühren. Ihr Atem ist schwer, er geht stoßweise, einmal zuckt ihr rechtes Bein, dann ist es wieder still, vermutlich ein wüster Traum, ich möchte aus meinem Kopf heraus- und in ihren Kopf hineinsteigen, aber vor allem aus meinem Kopf heraus. Und ich weiß, was ich soeben gedacht habe, und es schaudert mich angesichts dieses Gedankens: daß ich nur noch einschlafen kann, wenn ich an eine andere denke. Dann habe ich selbst einen wüsten Traum: Ich stehe mitten in einem Ring wie an einer Börse, darum herum aufgereiht hundert Telefone – altmodische, schwarze Apparate mit Wählscheiben. Das erste klingelt, ich hebe ab, ein Freund ist dran und fordert: »Erzähl mir von Josephine.« Sobald ich aufhänge, klingelt schon das nächste. Ein anderer Freund: »Erzähl mir von Josephine.« Und so weiter. Immer schneller. Zuerst noch im Kreis, doch allmählich klingeln sie kreuz und quer hindurch, ich darf keinen Anruf verpassen, renne von Apparat zu Apparat, ein Gewirr an Hörern balancierend. Ich verheddere mich im Kabelsalat, Kabel um meine Arme, meine Brust, meine Beine, um meinen Hals gewickelt. Wie ein gefangenes Tier drehe und winde ich mich inmitten dieses Rings, ich versuche zu schreien, aber es geht nicht, die Kabel erwürgen mich.

Den ganzen folgenden Tag bin ich mit nichts anderem beschäftigt, als an Josephines warme, dünne, erregende Arme zu denken. Die Meetings, die Kundentelefonate, die Sorgen der Mitarbeiter, alles perlt an dieser gesteigerten, süßen Vorstellung ab. Ich sehe Josephine, wie sie eine Straße überquert, ihren stolzen, grazilen, federnden Gang, während ich vor unserer Marketingabteilung über die neuesten Derivativ-Produkte referiere. Ich rieche sie im Computerraum. Ich höre sie sprechen, wenn ich mit einem Klienten verhandle. Josephine hat meinen Tag gestohlen und noch viel mehr. Gleichzeitig verstehe ich nicht, mit welcher Unverfrorenheit ich Anna betrüge, diesen Engel von vierzehn Jahren Ehe. Ich verstehe nicht, wie ich ihr je unter die Augen treten kann, um sie zu belügen, ich spüre die Schärfe dieser Lüge, und ich spiele mit der Absicht, mir einzureden, daß ein Seitensprung nichts zwingend Negatives sein muß, im Gegenteil, daß er einer Ehe geradezu die Festigkeit geben kann, die folgenden Jahrzehnte zu bestehen, daß, weil in die Tat umgesetzt, der rein gedankliche Betrug mich nun für immer befreit hat, daß ich jetzt treuer bin als vorher, daß ich auch reifer bin und damit ein besserer Ehepartner, weil dieser Schritt, den, wie man behauptet, nahezu alle erfolgreichen Männer begehen, einer Art Initiation gleicht, vielleicht auch einer Art Revolte – eine einmalige Erfahrung wie die erste Selbstbefriedigung –, ein Ereignis, das die Verkrustung der Gedanken und Gefühle für die kommenden Jahre in ein natürliches, unverspanntes Verhältnis zurückführen wird. Vielleicht, so versuche ich mir glaubhaft zu machen, ist der Betrug –

und mit ihm alles Abfällige und Niedere – das Menschliche schlechthin. Und doch habe ich nicht erwartet, mir so schlecht vorzukommen. Einmal, mitten in einer Sitzung, renne ich auf die Toilette, Schweiß auf der Stirn, ich bücke mich über die Toilettenschüssel und kann nicht erbrechen. Ich halte meinen Kopf unter den Wasserstrahl, werfe mir Wasser ins Gesicht, fahre mir mit den tropfenden Händen durchs Haar und zerre, bis es schmerzt, dann setze ich mich wieder auf die Schüssel.

Time to Destination: 6 Hours 02 Minutes.

Der Fluch der Affäre: Sie weiß von der Ehe, während die eigene Frau nichts von der Affäre weiß, zumindest eine Weile lang. Informationsvorsprung der leichteren, spielerischeren, vergnüglicheren Beziehung.

Time to Destination: 6 Hours 01 Minute.

Momentan über Dublin, das bestätigt der Monitor über meinem Sitz, weit unten die Küste. Alles jetzt auf zwei Dimensionen verteilt – die Straßenzeilen und Quartiere wie aufgebrochene Erde voller Risse, die Hügel, die Felsklippen, die ganze Architektur dieser Stadt, jetzt als Farbtöne, nichts weiter. Draußen wälzt sich eine Erdoberfläche vorbei, und ich kann mich nicht entscheiden, ob ich die Erde als groß oder klein bezeichnen soll. Je älter man wird, desto kleiner wird sie.

Begonnen mit dem Neujahrstag – einem kurzen, blauen Tag, knackend vor Kälte und mit einem Himmel wie Emaille – und den ganzen nachhuschenden Winter hindurch – Januar, Februar, März – verabredeten wir uns mindestens einmal die Woche, meistens bei ihr zu Hause. Das quälende Gefühl des Betrugs wich allmählich einem leichteren Zustand, so als hätte ein neues Regime Einzug gehalten, ein verspielteres. Drei Monate lang war ich damit beschäftigt, mir einzureden, daß man zwei Frauen gleichzeitig lieben kann und man damit einen Beitrag zur Vermehrung des Glücks auf Erden leistet. Natürlich sagte ich Anna kein Wort, und die Selbstverständlichkeit, mit der ich mich mit Josephine traf, ließ kein Anzeichen dafür aufkommen, daß ich irgend etwas zu verheimlichen suchte. Es war, als hätte ich einen regelmäßigen Termin beim Fitnesstrainer. Die Selbstverständlichkeit irritierte nur mich. Die Qualen kamen nicht, wenn ich mit der einen oder anderen Frau schlief, die Qualen prügelten mich, wenn ich allein war, in jenen ganz kurzen Zeitschlitzen, zum Beispiel beim

Rasieren am Morgen oder beim Betätigen der Toilettenspülung.

In diesen Wintermonaten verwandelte sich die Qualität unseres Zusammenseins. Ihr Reiz war natürlich nicht wegzudenken, aber es schlich sich eine Art aufbegehrende Klugheit in unsere Beziehung, eine Attraktion, die ihren Kern in einem Disput hatte. Es war das Zerren an einem intellektuellen Strick, das uns zunehmend erregte.

Für mich hat Realität den ungeheuren Vorteil, daß sie eindeutig ist, das heißt, man kann mit dem Finger auf sie zeigen. Realität ist, wenn man sie genauer untersucht, frei von Interpretation. Ein Problem – zum Beispiel in der Buchhaltung – stellt sich beim genauen Hinsehen als das immer gleiche Problem dar, egal wer es untersucht. Die Wirklichkeit wird damit zum Objekt der Verständigung, und ein Problem überläßt sich auf diese Art den fähigen und ordnenden Händen des Managements.

Für Josephine hingegen war Fiktion genauso ein Erlebnis wie die Wirklichkeit, und je ausgefallener eine Geschichte daherkam, desto höher schlug ihr Herz. Was sie liebte, waren Bücher, die es verstanden, zu verführen.

»Also Kitsch«, meinte ich.

»Nein, einfach gute Geschichten«, sagte sie dann.

Josephines ungezügelter Hang zur Phantastik.

Für mich war Josephine die klassische Frau, die sich in der Fiktion verlor.

Oft las sie mir vor, wohl wissend, daß ich mir nicht viel aus Romanen machte. Ich lag auf dem Parkett ihres Wohnzimmers, auf der Seite, den Kopf aufgestützt wie eine Buddha-Statue, den anderen Arm weit ausgestreckt, das Glas Wein in Reichweite, und beobachtete, wie sie auf dem Sofa saß, vorlesend, das eine Bein angezogen, das andere locker über den Rand des Sofas hängend. Wachsam verfolgte ich, wie sich ihre Lippen bewegten, ihren Gesichtsausdruck, der unweigerlich dem soeben Gelesenen Ausdruck verlieh. Und manchmal schloß ich die Augen, tastete nach dem Weinglas, ließ es am dünnen Stil zwischen Zeigefinger und Daumen drehen und hängte mich an ihre klare, weiche Aussprache wie an einen Zug, der einsam über eine helle, weite Landschaft rollte. Es gab Stellen, die las sie nur für sich, dann war es ganz still im Zimmer, und ab und zu drang das Poltern eines Trams aus einer entfernten Straße in ihre Wohnung hinein.

Sie las aus allem vor. Den Klassikern: Büchner, Grass, Dürrenmatt, Joyce, vor allem Joyce, aber auch aus den Amerikanern, Hawthorne, Faulkner, Bellow, Hemingway, Ozick, Roth. Und sie las aus den Neuen: Houellebecq, Franzen, Updike und wie sie alle heißen. Walser konnte sie nicht leiden, weil er so kühl schrieb, so berechnend. Jelinek mied sie aus demselben Grund. Dafür ernährte sie sich geradezu von intelligenten, aber hellen und phantastischen Liebesgeschichten. Ich genoß die studentenhafte Atmosphäre unserer Leseabende. Es gefiel mir, mich wie ein Hund auf dem Boden zu räkeln, während ein süßer Wortregen auf mich niederrieselte. Später lagen wir im Bett, und ich fragte mich, ob Josephine nicht das Instrument einer Herrschaft war, der daran gelegen war, das gut gezimmerte Gebäude meiner Welt, das ich in 42 Jahren aufgebaut und laufend modernisiert hatte, still und heimlich in eine zersetzende Säure zu tauchen.

Hinzu kam, daß sie für jede Situation eine passende Stelle aus einem Roman zur Hand hatte. Zum Beispiel, als die Börse keinen guten Tag hatte und ich über die russischen Hedgefund-Traders schimpfte, die wieder einmal dabei waren, das britische Pfund zu attackieren, kam sie mit Grass: »Immer wenn ein Deich bricht, sagt man, es waren Mäuse im

Deich.« Für meine Ehe konsultierte sie Gantenbein. Den Beruf meiner Frau setzte sie in direkte Beziehung zu Kafkas Prozeß. Und die Tatsache, daß ich Anna noch nichts über unsere Affäre erzählt hatte, kommentierte sie mit Robert Walser: »Alles Verbotene lebt auf hundertfache Art und Weise.« Josephine war frech, sehr frech, und sie schürfte mit ihren Sätzen immer just am wunden Punkt. Einmal, nach dem Sex, als wir beide erschöpft und eine ganze Armlänge voneinander entfernt auf dem Laken lagen und sie mit ihrem Zeigefinger, als wäre es das einzige noch funktionierende Glied, auf meinem Schädel Kreise drehte, mein Haar an ihrem Finger aufzwirbelte, sagte sie: »Der große biologische Witz ist, daß man miteinander intim ist, bevor man irgend etwas über den anderen weiß. Philip Roth.«

An manchen Abenden bekam jedes Zitat eine so bizarre Bedeutsamkeit, daß ich mich am nächsten Tag zwingen mußte, die Wirklichkeit als das zu nehmen, was sie war. Natürlich sah man mir nichts an. Ich zweifelte ja auch nicht an dem, was ich im Geschäft sah. Und doch wurde ich mir langsam der rebellischen Kraft der Fiktion bewußt. Sie war eine Gefahr für jede geordnete Existenz.

Josephine reichte mir Vorabexemplare weiter, die ihr die Verlage kostenlos zugeschickt und die sie bereits verschlungen hatte. Und manchmal schenkte sie mir die richtigen Hard-Cover-Bücher. Auf meinem Nachttischchen stapelte sich die Weltliteratur. »Seit wann seid ihr denn im Buch-Business?« fragte Anna einmal, während sie vor dem Einschlafen Kommentare an den Rand irgendeines Vertrages kritzelte. Natürlich kam ich nicht dazu, Josephines Bücher zu lesen. Ich kam ja schon nicht über das Management Summary der Marketing- und Strategieberichte hinaus, die sich auf demselben kleinen Nachttischchen den Platz streitig machten.

Dann, plötzlich, veränderte sich alles. Es war wie ein Wetterumschwung. Die Erregtheit, die ich den ganzen Winter hindurch, ja seit dem Literaturanlaß im September für Josephine empfunden hatte, die Unruhe, die Besinnungslosigkeit, die geißelnde Aufregung, wenn ich auch nur einen Augenblick lang an sie dachte, all dies wich einer jähen, gesunden Klarheit. Von einem Moment auf den anderen griff eine Hand von weit oben zu mir herunter, und gleichzeitig streckte ich meine Hand nach jener aus, und mit einem einzigen, angenehmen Zug war ich endlich wieder der, der ich immer gewesen war. Alles veränderte sich auf der Aufsichtsratssitzung: der Beschluß des Aufsichtsrates, diese Bank in New York doch zu kaufen. Trotz meiner Skepsis. Manhattan Finance Corporation, ein Ungetüm mit fünfzehntausend Mitarbeitern, schlecht positioniert, mit einer alternden, um nicht zu sagen, wegsterbenden Kundenstruktur, kaum profitabel, und wer die Amerikaner kennt, weiß, daß es hinter den polierten Bilanzen verheerend aussehen kann. »Und Sie, Herr Himmelreich, sind der perfekte Mann für die Integration.« (Sievers, unser Aufsichtsratspräsident, hatte die Macht, in einen solchen Satz mehr Gewicht zu legen als andere Leute.) Abreise am nächsten Montag. Der Flug Zürich – New York sei bereits auf meinen Namen gebucht.

Time to Destination: 5 Hours 50 Minutes.

Heute ist dieser Montag. Heute befinde ich mich auf diesem Flug, das sehe ich selbst.

Einen Tag nach der überraschenden Aufsichtsratssitzung – es ist Samstag – treffen wir uns im Hauptgebäude der Universität. Irgendeine Ausstellung zu Ulysses. Eigentlich hätte ich für New York packen sollen, der Abflug schon in zwei Tagen, jemand muß bei Vertragsunterzeichnung vor Ort sein, Präsenz markieren und gleich mit der Integration be-

ginnen, der heikelsten Phase der Akquisition – 90%
der Firmenübernahmen scheitern nicht wegen zu
hohem Preis, sondern wegen langsamer und miserabel geführter Integration. Aber Josephine hat
darauf bestanden, nein, sie hat mich geradezu in
diese Ausstellung gezwungen, wahrscheinlich in
der Absicht, mir diesen unmöglichen James Joyce
doch noch schmackhaft zu machen, und ich ver-
mute, es geht ihr gar nicht mehr so sehr um dieses
Buch, sondern um den Beweis der Ansteckungs-
kraft ihrer Begeisterung oder um das Bloßstellen
meiner literarischen Anspruchslosigkeit, was mir
ehrlich gesagt noch viel lieber ist (ich mache mir
wirklich nicht viel aus Romanen, wie oft muß ich
es ihr noch sagen). Ein heller, glänzender, blauer
Vormittag, Schnee überall, auch auf den Parkbän-
ken, wo er mir am besten gefällt. Ich schlendere
durch die leere Eingangshalle der Universität, Hände auf dem Rücken, tagträumend, der Hall meiner
Schritte, ab und zu ein Student, Jahrzehnte jünger
als ich – Kinder! –, dann wieder das Zerflattern
meiner Schritte zwischen den Säulen. Die Wand mit
den Anzeigen – Nachhilfe in Statistik für 30 Franken die Stunde; gesucht: Frau für WG im Kreis 6.
Ich warte. Ich genieße die Warterei. New York als
Rettung vor diesem schönen Irrsinn. Schluß mit der
Affäre! Schluß mit den Lügen! Schluß mit der Ver-

strickung! Es war klar, ich mußte die Affäre beenden. Noch heute. New York, das war mehr als ein Vorwand. New York, das war eine Herausforderung.

Ich lese Ulysses, den ich soeben als Taschenbuch von einem Büchertisch, der neben dem Eingang zu dieser Ausstellung aufgebaut ist, gekauft habe. Ein neues Exemplar, glänzend und mit dem unwiderstehlichen Geruch von Papierleim. Das heißt, ich lese ihn nicht wirklich, ich fahre bloß mit dem Daumen über das kantig geschnittene Papier, als verlange jedes Buch diese Massage, dieses zärtliche, aber doch schlichtweg materielle Abgreifen der Lektüre. Der Tisch, das ist mir sofort aufgefallen, wird von derselben Buchhandlung betrieben, für die Josephine arbeitet, und somit ist das Mädchen, das ihn betreibt – dieses junge Geschöpf mit dem arglosen, hellen Gesicht und dem quengligen, dunkelblonden Haarschopf, das in aller Lockerheit und scharf an der Grenze zur Professionalität (für die ich über all die Jahre als Manager ein außerordentlich gutes Gespür entwickelt habe) hinter diesem Tisch auf einem Klappstuhl sitzt –, eine ihrer Mitarbeiterinnen. Ich bin froh, jemanden zu haben, der mir Gesellschaft leistet, während ich auf Josephine warte, und ich glaube, ich bin dem Mädchen auch nicht unsympathisch. Ich erfahre: Sie führt diesen improvisierten Ladentisch seit vier Wochen, ein langweiliger Job, da einfach zu wenig los, zu wenig Besucher hier, und wenn, dann sind es Pensionierte, die aus einem reinen Überfluß an Zeit vorbeikommen. Morgen zum Glück der letzte Tag dieser Ausstellung. »Hier, sehen Sie bloß«, dabei hebt sie den Saum des Tischtuchs hoch, als würde sie mir eine intime Stelle offenbaren, »mindestens fünfhundert Exemplare. Die müssen wir am Montag alle wieder ins Lager zurückschicken. Man liest diesen Ulysses heute einfach nicht mehr. Ehrlich gesagt« – das sagt sie leise, aber ohne die Hand vor den Mund zu nehmen – »kann auch ich mit diesem verkorksten Streifzug durch Dublin nichts anfangen.«

»Und was«, will ich wissen, »passiert mit den nichtverkauften Exemplaren?«

»Raphael wird am Montag vorfahren und diesen Plunder abtransportieren – mit einem altertümlichen, knallroten vw-Bus, auf den er ganz stolz ist.«

»Und wer ist Raphael? Ihr Freund?« frage ich.

»Leider nicht«, sagt sie in einem seufzenden Ton, »dabei sieht er so furchtbar gut aus. Chef Logistik. Ab ins Lager mit diesen fünfzig Schachteln.«

»Und wenn sie sich in den Filialen nicht verkaufen?« frage ich, ich bin hartnäckig, wenn es um betriebswirtschaftliche Abläufe geht, es interessiert mich wirklich, wie so eine Logistikkette aufgebaut ist. Ich frage nicht einfach, weil mir dieses Mädchen gefällt, es hat eine gewisse Eleganz, es beglückt mich, um dieses sehr dumme Wort zu gebrauchen, einen gut aufgezogenen Betrieb zu sehen. Ich stehe vor den organisierten Abläufen einer Firma mit demselben Entzücken wie vor einer schönen Landschaft, ich betrachte eine Produktpalette mit dem gleichen Blick, mit dem ein Kunstliebhaber ein Gemälde betrachtet, und ich zerpflücke einen Strategieplan mit demselben empfindlichen Eifer wie der Literaturkritiker einen Roman.

Leider werden wir von einem Grüppchen Pensionierter unterbrochen, die aus der Ausstellung kommen und sich um den Tisch herum ansammeln und die Bücher betasten, als wären es Früchte in einem Supermarkt. Ich schlendere noch einmal durch die Haupthalle der Universität, noch einmal an den Anschlagbrettern vorbei. Ich weiß, sobald ich mein Ulysses-Exemplar aufschlage, wird Josephine erscheinen. Ich setze mich auf einen der Stühle, die wahllos herumstehen. Ich schlage das Buch auf, auf der ersten Seite.

Josephine ist da. In ihrem grauen Mantel, darin eingerollt ein schmaler, aufrechter Körper. Im Kragen ein Kopf, verloren wie der Stempel einer Tulpe, nicht das Zentrum dieser Frau, sondern ein Körperteil, so scheint es, für das dieser mächtige Stoff einfach nicht gereicht hat. Ihr vor Kälte blasses, unverdorbenes Gesicht. Schwarze, hohe Stiefel. Sie weiß um die Macht dieser simplen Ausstattung. Wir küssen uns nicht. Wir schlendern durch die Halle wie ein Paar – ein selbstverständliches, erregendes Nebeneinanderherschreiten.

»Ich muß schnell hallo sagen«, meint sie, als wir beim Büchertisch vorbeikommen, »geh du schon mal rein.«

In der Ausstellung, die in einem Seitengang des Universitätsgebäudes eingerichtet und deren Eingang durch einen einfachen Paravent markiert ist, stehen ein paar Schaukästen. An den Wänden hängen Vitrinen – alles in das schale Gelb der Gangbeleuchtung getaucht. Nur an einem Ort, im hinteren Teil der Ausstellung, unterbricht ein Fenster diese ermüdende Stimmung, ein Fenster, das auf die Stadt hinaus zeigt und das wie eine Sauerstoffquelle wirkt: Ausgeschüttetes Sonnenlicht liegt flüssig und zitternd auf dem Boden. Ich weiß nicht, warum ich mehr von einer Buch-Ausstellung erwartet habe, mehr Aufregung, Dreidimensionales, Handfestes, Farbiges, Sich-Bewegendes. Vor den Vitrinen eine Handvoll Studenten. Briefe des Verlegers an den Autor. Briefe des Autors an den Verleger. Das Gutachten des Lektors (ich teile es). Es gibt Interessanteres, als was sich Autoren und Verlage zu sagen haben. Der Umbau der Fahnen in allerletzter Minute. Ausschnitte aus den ersten Rezensionen (vernichtend). Viel ist es nicht, was diese Ausstellung zu bieten hat.

»Tut mir leid«, sagt Josephine, sie kommt lebhaften Schrittes auf mich zu und hängt sich in meinem Arm ein, »unser Büchertisch. Kaum was verkauft da draußen. Egal. Komm, ich zeig dir die Ausstellung.«

»Du«, sage ich und gehe bewußt etwas langsamer, »ich muß dir was sagen.«

Josephine schon vor der ersten Vitrine: »Hier, die ersten Kapitel als Satzfahnen in The Little Review, die dann zensiert wurden.«

Joyce, so erklärt sie mir, hätte mit seiner erotischen Verhunzung der Odyssee bewußt Anstoß erregen wollen – Kampf gegen den bürgerlichen Mief, Kampf gegen den Rationalismus, Kampf für den kreativen Geist.

»Und hier«, sie zerrt mich weiter zur nächsten

Vitrine, »Joyce' Definition der Technik des Stream of Consciousness, des Bewußtseinsstroms.«

Ich sage: »Übermorgen fliege ich.«

»Einfach aufschreiben, was einem in den Sinn kommt. Den Gedanken freien Lauf lassen. Hier die Definition.«

Josephine zitiert, was auf einem weißen Kärtchen gedruckt steht und was ich auch lesen kann.

Ich sage: »Übermorgen fliege ich nach New York – für eine sehr lange Zeit.«

Josephine liest vor, was auf einem anderen Schildchen steht: »Die Themen Exil und Flucht sind prominent in Ulysses vertreten, besonders durch Stephens Gedanken und Kommentare in Anlehnung an die Sage...«

»Josephine«, unterbreche ich.

»...an die Sage von Ikarus und Daedalus. Stephen, eine Verkörperung des Daedalus, des überlegten, planenden, vorsichtigen, aber innovativen Menschen – im Gegensatz zu Ikarus, einer ehrgeizigen Figur mit mangelhafter Selbstbeherrschung, dessen Flügel am Licht und an der Hitze der Sonne schmelzen und der darum abstürzen muß. Joyce zieht eine geschickte Querverbindung zu dem gefallenen Engel Luzifer einerseits, der, wie Ulysses' gesamter Text, unfähig ist, geradeaus zu steuern, und zu den ›sehenden‹ Engeln andererseits, die in der mittelalterlichen Tradition von Italien bis nach Spanien meist stehend und mit augenübersäten Flügeln...«

»Übermorgen fliege ich«, sage ich noch einmal, und als sie noch immer nicht hören will, fasse ich mit beiden Händen ihren Unterarm, so wie der Tierarzt einen Hund festhält, um ihm eine Spritze zu verpassen.

»Du tust mir weh!«

Ich eröffne es ihr rundheraus, meine Versetzung nach New York, in einem befreiten, erleichterten und gleichzeitig traurigen Ton, der alles zusammenfaßt, was mir in diesem Moment durch den Kopf geht. Draußen stehen die Dächer und Türme im Glitzer, der schmelzende Schnee bedient die ganze Stadt mit einem frischen, schwarzglänzenden Anstrich, die Straßen zittern wie Spiegel, deren Leuchtkraft die Autos einzeln verschluckt, die ersten Segelboote sitzen reglos im See, darüber hinweg treiben vereinzelte Nebelschwaden, und im Himmel weben die Flugzeuge ein Netz von wattigen Kondensstreifen, die als Gesamtheit langsam gegen Norden abdriften. Was die Welt draußen demonstriert, ist die Selbstaufgabe des Winters. Josephine läßt die Neuigkeit mit geschlossenen Augen vorbeiziehen und lehnt sich dann mit den Schultern, dem Hals und dem Hinterkopf an die Fensterscheibe.

»Wie leichtfertig du mit mir umgehst.« Sie sagt es in diesem druckreifen Deutsch, das weder Resignation noch Wut enthält, weder Überraschung noch Strategie. Überhaupt drückt sie alles immer wie eine Tatsache aus – als wären selbst Gefühle Tatsachen.

Ich lasse sie los. »So habe ich es nicht gemeint, das heißt, ich weiß es auch erst seit gestern. Was hätte ich für einen Grund gehabt, dich anzulügen?«

»Denselben, aus dem du deine Frau belügst.«

»Ich werde es ihr sagen, sobald ich in New York bin.«

»Du hast es ihr also noch immer nicht gesagt?«

»Das mit New York natürlich schon.«

»Du weißt genau, was ich meine.«

»Auf einen Tag oder eine Woche kommt's jetzt auch nicht mehr an.«

»Ich glaube dir gar nichts mehr.«

»Und ich kann gar nicht glauben, daß wir diese Auseinandersetzung haben – und dann noch in einer öffentlichen Ausstellung.«

Einen Augenblick lang beißt sie sich auf die Lippe.

»Und deine Frau, geht sie mit?«

»Sie bleibt hier in Zürich. Was soll eine Anwältin mit einem Patent des Kantons Zürich in New York?«

Josephine wendet sich von mir ab, dreht sich um und schaut zum Fenster hinaus. Zum Glück sind wir jetzt allein in dieser Ausstellung, und der Büchertisch mit ihrer Mitarbeiterin ist weit weg, so daß man uns wohl kaum hören kann.

Ich fahre mit der flachen Hand über ihr von der Sonne erhitztes Haar.

»Ich möchte dich gern noch ein letztes Mal sehen«, sage ich, »morgen.«

»Ich glaube nicht, daß ich das möchte«, sagt sie. Josephine hat eine Art. Meine Hände pendeln verlegen im Leeren und wirbeln Staub durch die Luft, der im schräg einfallenden Sonnenlicht sichtbar herumtänzelt.

»Es ist mein Ernst, daß wir uns nicht mehr sehen sollten«, sagt sie nochmals, ihr Blick noch immer auf den Dächern der Stadt.

»Ich weiß.«

Ich versuche, sie zu mir her zu drehen, und als sich das nicht machen läßt, dränge ich mich einfach vor sie hin, vor ihr Gesicht, vor ihre Aussicht: »Jetzt bist du aber dramatisch.«

»Ich bin nicht dramatisch. Du denkst wohl, ich sei ein Schalter, den man einfach so zurückdrehen kann, auf Zimmertemperatur.«

»Ich meine, wir sollten uns morgen wenigstens noch ein letztes Mal sehen. Zum Abschied.«

»Wozu?«

Sie runzelt die Stirn auf eine selbstbewußte, störrische Art.

»Weil es schön ist mit dir. Weil ich gern mit dir schlafe. Weil du klug bist, geistreich, aufregend. Es ist mein Ernst. Sie ist idiotisch, deine Dramatik, deine Abschiedsverweigerung.«

»Ich weigere mich, ausgenützt zu werden.«

»Was du sagst, ist lächerlich.«

»Genau, das finde ich auch. Dein Verständnis von unserer Beziehung, pardon, unserer Affäre« – dabei spricht sie das Wort »Affäre« aus, als wäre es die absurdeste, ja falscheste Bezeichnung, die je einem Faktum zuteil geworden ist – »ist lächerlich. Lächerlich, daß ich darauf reingefallen bin. Sechs Monate lang schon raubst du mich aus. Du bist ein Dieb, ein Dieb der Gefühle.«

»Habe ich dir nicht von Anfang an klargemacht, daß ich verheiratet bin?«

»O doch! Verheiratet wie Industrieleim. Unzertrennlich!«

»Bitte sehr. Das war klar, von Anfang an. Ich bin kein Casanova. Ich bin nicht einer, der jedes Abenteuer mitnimmt, das ihm über den Weg läuft.«

»–«

»Übermorgen fliege ich.«

»Das sagst du wohl gern.«

Ich zeichne mit meiner Schuhspitze Kreise auf dem Boden.

»Du wirst also tatsächlich fliegen?«

»Ich muß. Befehl von oben.«

Sie steht jetzt wieder ganz nahe und kerzengerade vor mir, einen Fuß auf die Spitze gestellt, was ihren Körper in einer spöttischen Art aufrichtet, und sagt: »Weißt du, was? Dann muß ich dich eben entführen.«

»Du spinnst wohl.«

»Entführen, noch bevor du fliegst. Im letzten Moment steigst du einfach nicht ein. Alles wird aussehen, als wärst du auf dem Flug nach New York, aber wir fahren weg, irgendwohin, zusammen. – Entweder Entführung, oder es ist Schluß.«

Entführung – ich muß lachen. Nicht weil der Gedanke so abwegig, so vollkommen absurd ist – das ist er tatsächlich –, sondern weil ich es mir einen Augenblick lang sogar vorstellen kann, eine Entführung am Flughafen Zürich, auf welche Art auch immer, vor den Augen der laufenden Überwachungskameras, und dann nichts wie weg aus dieser Stadt, auf und davon, fahren bei heruntergekurbelten Scheiben, dem Frühling entgegen, dem Licht entgegen, nur Josephine und ich.

»Du willst also, daß wir uns nie mehr sehen, auch nicht morgen zum Abschied?« frage ich.

»Nie mehr.«

»Ich sag ja, du bist dramatisch.«

»Und du ein Unmensch.«

»Ein Unmensch, den du liebst.«

»Das ändert nichts an der Sache.«

»Auch keine E-Mails mehr? Keine Anrufe?«

»Keine.«

Von weit her sind Schritte zu hören, Schritte von Besuchern, die soeben den Ausstellungssaal betreten haben und sich flüsternd vor den ersten Vitrinen aufpflanzen. Jetzt sind wir nicht mehr allein, aber noch ist die Intimität unseres Abschieds unangefochten.

»Ich bin die Asche einer Glut, die ich nicht war.«

»Sicher wieder eine deiner Buchweisheiten.«

»Walser.«

»Den du haßt.«

»Nicht immer.«

»Ich werde dich vermissen.« Ich meine es wirklich. »Ich werde unsere Leseabende vermissen.«

»Wie oft mußt du es denn noch sagen. Du quälst mich mit deiner Abreise, mit deinem blöden New York.«

»Und morgen, wann sehen wir uns?«

»Ich kann unmöglich noch einmal mit dir schlafen«, sagt sie und dreht sich von mir weg, als sei sie gezwungen, den Abschied vorwegzunehmen, ihn mir aus den Händen zu stehlen, und sei es auch nur, um die Macht über die Abläufe wieder an sich zu reißen. Ich schließe meine Hände und Arme um sie, mein Kinn auf ihrer Schulter und küsse sie auf den Nacken.

»Also Lunch?«

»Ich weiß nicht.«

»Halb eins.«

Anderntags der Abschied. Es ist Sonntag, meine Anweisungen an die Umzugsleute. Was bleibt in Zürich? Der Schreibtisch, mein Stuhl, der Konferenztisch, die Stühle darum herum, der Stuhl, auf dem Josephine sitzt und wartet – Mantel auf den Beinen –, das Büchergestell (die Bücher kommen mit, die Ordner ebenfalls), die Aussicht. Was auch mitkommt: die Schreibtischlampe, obwohl es in New York auch Schreibtischlampen gibt, modernere, funktionalere, aber keine, die mich durch das Studium begleitet hat. Manchmal werde ich sentimental, mag sein. Die Umzugsleute in ihren blauen Overalls. Ich gebe Anweisungen wie ein Bauführer. Blick auf Josephine, die jetzt nicht mehr sitzt, sondern steht, weil sie so den Arbeitern weniger im Weg ist. Auch den Mantel hat sie jetzt wieder an.

Vielleicht weil es so weniger aufdringlich ist. Ihr Gesicht ist nicht traurig, aber man sieht, daß sie nachdenkt. Sie ist zum ersten Mal in meinem Büro, und ich führe sie durch die Gänge, zeige ihr das eine und andere, die Kunst an den Wänden – ein Übermaß an Max Bill – oder die elektronische Sicherheitszentrale, wo jemand sitzt und mit dem Löffelchen gerade in einer Tasse rührt, eine Festung von einem Mann, dabei jung und mit einem intelligenten Blick, er steht sofort auf, als wir die Tür aufstoßen: »Herr Himmelreich, guten Tag. Sie sind doch Herr Himmelreich?«

Ich nicke, leicht verlegen über meinen Bekanntheitsgrad in dieser eher abgelegenen Region des Organigramms, und stelle vor, ohne einen Augenblick zu zögern: »Meine Frau.«

»Renfer«, sagt er, dabei schließt er, noch bevor er den Arm zur Begrüßung ausstreckt, mit einer äußerst gewandten Bewegung den mittleren Knopf seines Sakkos, »Leiter des Sicherheitsdienstes. Sehr erfreut.«

Natürlich wäre dies an einem normalen Arbeitstag nicht möglich gewesen, mit einem Besucher einfach so in die Sicherheitszentrale zu trampeln. Aber es ist ein Sonntag. Die Monitore zeigen lauter leere Gänge und Hallen, eine leere unterirdische Parkgarage aus verschiedenen Perspektiven,

ein Flachdach, wo, außer einer mannshohen Para-
bolantenne, auch niemand steht, die elektronische
Langeweile schlechthin, kaum irgendwo Bewegung, alles schwarzweiß, alles tonlos. Auf dem Weg
zurück in mein Büro werde ich das Gefühl nicht
los, daß wir beobachtet werden. Es dauert noch
eine ganze Weile, bis alles richtig angeschrieben ist,
aber ich will dabeisein, bevor die Kisten endgültig
zugeklebt sind, sonst gibt es ein Durcheinander
beim Auspacken.

»Hast du großen Hunger?« frage ich Josephine, als
die Leute die Kisten auf eine Palette stapeln.

Sie sind flink, die Umzugsleute, ich hoffe, in New
York werden es ebenso flinke sein. Ich drücke ihnen
je ein Trinkgeld in die Hand – hundert Franken.
Der Chef der Truppe wünscht mir eine gute Reise,
die anderen sprechen kein Deutsch, bedanken sich
aber mit einem Nicken. Der Geruch ihrer Ausdün-
stung in meinem Büro. Im Lift die absteigenden
Zahlen. Ein sanftes Rütteln. Wir stehen allein in
diesem Lift und vermeiden es, uns in die Augen zu
schauen. Josephines Gesicht im Profil.

Draußen ein kalter Märztag, feucht, grau, aber
windstill. Hochnebel. Es fällt mir ein, daß ich

meine Handschuhe oben vergessen habe. Ich gehe sie nicht holen. Es würde uns Zeit stehlen – unsere letzte Stunde. Wir überqueren die Straße Richtung See, dann Richtung Bellevue. Ich schlage vor: Kronenhalle. Aber sie ist überzeugt, daß dies kein Ort für einen Abschied ist. Am Stand beim Vorderen Sternen bestellen wir je eine Bratwurst, dazu Bier. Es ist angenehm, beim offenen Feuer zu stehen. Die Erinnerung an den Abend im September, Literatur-Party bei Wurst und Brot, damals, als ich sie für eine Journalistin gehalten hatte.

»Vielleicht werde ich dich doch noch entführen.«
Warum ich lache?

Sie besteht darauf, mich einzuladen.

Die Möwen, die entdeckt haben, daß wir Brot essen, und scharf um uns herumkreisen. Sonne in dikker Watte. Ein Schimmer von Sonnenlicht über dem See, weit weg, in Rapperswil oder noch weiter. Ein Kursschiff verläßt den Steg, sonst alles reglos. Der See wie ein ausgestanztes Stück Metall. Die Hügel zu beiden Seiten, die Wälder, gegen oben hin weiß-grau wie Schimmelpilz. Schnee oder Reif. Das Kartontellerchen mit Wurst und Senf und dem Brötchen, die Pappbecher mit dem Bier, wir sind froh, glaube ich, keine freie Hand zu haben. Der Quai gehört uns. Es ist, als würde der Nebel alles abdämpfen. Manchmal, wenn wir so dahinschreiten, drehe ich mich um und gehe einige Schritte rückwärts: die Stadt, eigentlich ein verbautes Tal, die Limmat, durch die all dieses Wasser wegfließt, der General-Guisan-Quai, das Opernhaus – etwas zu weltmännisch für diese Stadt, finde ich. Ab und zu eine alte Frau mit Hund oder ein alter Mann mit Baskenmütze und Pfeife. Das Glucksen zwischen den Steinen. Die Bootsvermietung ist geschlossen, die Pedalos liegen aneinandergekettet auf dem Holzsteg. Auf der obersten Holzlatte der Ziehbrücke sitzen Möwen, fünf oder sechs, mit eingezogenen Köpfen, sie sitzen in fast regelmäßigen Abständen. Auf einer Schiefertafel steht die Wassertemperatur des letzten Betriebstages (19 Grad). Es ist kalt und feucht, und nach einer Weile kehren wir um. Kein Tag für einen Spaziergang. Der Geruch von Wurst an den Händen. Alles so wirklich. Josephine schaut auf die Uhr. Sie muß zurück – Zusammenräumen des kleinen Verkaufsstandes an der Uni, sie möchte Raphael und den Rest des Teams nicht zu lange warten lassen. Wir müssen jetzt nur noch den Ort finden, wo man sich trennt. Beim Bellevue bleiben wir stehen. Warten auf die Nummer 4. Die eine Strähne, die es immer wieder schafft, in ihre Stirn zu fallen, es ist immer dieselbe, am liebsten hätte ich sie ihr aus der

Stirn gestrichen, aber meine Finger riechen nach Senf. Der Hochnebel, den es in New York nicht geben wird. Ihr Mantel, dieses Geknüpfe aus Fäden. Es gibt nichts zu sagen. Ihre dünnen, geschlossenen Lippen. Eigentlich sieht sie noch immer wie eine Journalistin aus, finde ich, dieses moderne Gesicht. Das Quietschen von Trams in den Kurven. Eine Umtriebigkeit auf diesem Platz, selbst an einem Sonntag, Menschen und Autos und Trams, alles dreht sich im Gegenuhrzeigersinn wie um einen Abfluß herum, in dessen Mitte wir stehen. Dann die Nummer 4. Achselzucken – ich, dann sie, fast gleichzeitig. Beinahe wäre ich zu spät eingestiegen, aber ich trete aufs Trittbrett, so daß sich die Flügeltüren noch einmal öffnen. Sie winkt nicht. Auch ich winke nicht. Ich beobachte bloß, wie hinter der Tramscheibe eine ganze Stadt den perspektivischen Gesetzen gehorcht, wie die Gebäude sich entfalten, aufgehen, blühen, drehen, schrumpfen, einfallen und schließlich schwinden – und mit ihnen, als wär's die normalste Sache der Welt, die Menschen.

2

Nein, ich fliege nicht!

Wirklich nicht!

Ich fliege nicht! Wie oft muß ich es der Dame am Flugsteig noch erklären, daß eine Bordkarte keine Verpflichtung darstellt, sondern ein Recht, eine Option, zu fliegen oder nicht zu fliegen.

»Danke«, sage ich und schiebe die Bordkarte über die Theke zurück, »ich fliege nicht.«

»Wie darf ich das verstehen, Herr Himmelreich?«

»Ich bleibe hier. In Zürich.«

»Was heißt, Sie bleiben hier? Die Maschine wartet.«

Achselzucken.

»Sie halten dreihundert Passagiere auf.«

»Dann lassen Sie die Maschine ziehen.«

»Wir haben schon jetzt eine Abflugverspätung von fünfzehn Minuten.«

Was soll ich noch sagen?

»Dreihundert Passagiere mit Anschlußflügen in New York. Dazu an einem Montag. Verstehen Sie? Sie bringen das ganze System durcheinander.«

»Ich habe Ihnen gesagt, ohne mich.«

Ich drehe mich um und mache mich auf den Weg zurück zur Sicherheitskontrolle. Blitzartig wird sie mütterlich, faßt mich am Arm und drängt mich zur Theke zurück.

»Das haben wir oft, Herr Himmelreich, wissen Sie, Passagiere mit Angst in der letzten Minute. Selbst bei Vielfliegern wie Ihnen. Machen Sie sich da keine Gedanken. Also, bitte.«

Ich mache mir keine Gedanken.

Offenbar erwartet sie jetzt, daß ich meine Bordkarte wieder von der Theke nehme, aber meine Hände stecken in den Manteltaschen. Einen Augenblick später beginnt sie, wie versessen auf ihrem Computerterminal herumzutippen. »Hier, falls Sie einen Fensterplatz möchten, ich habe noch einen gefunden, First Class, hier, statt Business Class, ein kostenloses Upgrade für Sie.«

Ich schiebe ihr auch die First-Class-Bordkarte wieder zu.

Keine Ahnung, warum ich nicht einfach davonmarschiert bin. Etwas hielt mich zurück. Außer nach

New York zu fliegen, hatte ich nichts zu tun. Ich glaube, ich war selbst überrascht über meinen Entschluß in letzter Minute, diese Maschine nicht zu besteigen, es war nicht die Angst vor einem Unglück, so etwas kenne ich nicht, auch keine innere Stimme, meine Reaktion war mir so fremd, als wäre es die eines unbekannten Wesens, ich weiß nicht, was es war, und so blieb ich aus eigener Verwunderung einfach stehen. Um ein Haar wäre ich dann doch noch eingestiegen, aus purem Erbarmen mit ihr. Natürlich tat sie mir leid. Ich konnte mir den Aufwand ausrechnen, den ich verursachte: einen schon im System erfaßten Passagier aus dem Manifest löschen, die an die Destination zu sendenden Daten nochmals eingeben, nicht zu reden von den Informationen an die amerikanische Einreisebehörde, Korrekturmeldung, über ein spezielles System, all das war schon übermittelt. Außerdem war sie hübsch, aber sehr jung, geradezu lieblich, ein drückenswertes, anschmiegsames Püppchen. Sie hatte langes, blondes Haar, das mit einer auffälligen Klammer zusammengehalten wurde. Die zitronengelbe Klammer saß wie ein Schmetterling auf ihrem Hinterkopf und paßte farblich überhaupt nicht zu ihrem Gesicht. Erst als sie mich drängen will, endlich einzusteigen – sie hat schon meinen Trolley in der einen und meine Bordkarte in der anderen

Hand und stöckelt voran (als könnte man sich in einem Fingerdock verirren!) –, werde ich unwirsch. Ich packe sie am Arm. Aber sie stöckelt weiter, ohne sich auch nur einen Millimeter umzudrehen.

»He, Sie!« rufe ich ihr nach.

Nochmals: »Sie!«

Vergeblich.

Ich zerre sie an den Haaren.

– Das ist mir noch nie passiert, daß ich einer jungen Dame nachrenne und sie an den Haaren ziehe. Dazu noch in einem dunklen Fingerdock.

»Lassen Sie los, Sie Sauhund!«

»Und Sie lassen gefälligst meinen Trolley los!«

Ich hatte tatsächlich ihr feines Haar in meinen Händen, ich spürte die Strähnen zwischen meinen Fingern, ich konnte es selbst kaum glauben, aber es war wahr, ich brauchte bloß meine Finger zu betrachten: ein ganzer Pferdeschwanz aus blondem Haar. Ich befahl meiner Hand, es loszulassen, die aber packte nur noch stärker zu, und ich hörte, wie die Dame etwas ins Funkgerät schrie, das sie trotz allem grad noch zu bedienen wußte, einen Notruf oder so was Ähnliches. Erst als der Kapitän, aufgeschreckt durch ihr Gezeter, aus dem Cockpit stieg und uns auseinanderriß, ließ sie meinen Trolley los.

»Sie kommen mir nicht auf diesen Flieger!« schnauzte er mich an.

»Sehen Sie!« sagte ich zur Gate-Dame und spielte mit ihrer zitronengelben Haarklammer, die ich in meiner Hand fand. Ich weiß nicht, warum ich ihr die Klammer nicht gleich zurückgegeben habe. Sie sah so verwirbelt aus, die junge Ground-Hostess, wild, in einem gewissen Sinn erotisch, dazu neuerdings brillenlos, entgeistert, ich steckte die Klammer in meine Manteltasche, aus purer Verlegenheit, wie man ein Bonbonpapierchen in die Tasche steckt, und riß mit meiner jetzt freien Hand den Trolley an mich. Erst als der Kapitän sich bückte und ihr die Brille reichte, nicht ohne sie zuvor an seiner Krawatte sauberzureiben, wurde ihr klar, was für ein verstrubbeltes Wesen sie darstellen mußte.

»Die Klammer! Die Haarklammer!« rief sie, die Hände um ihr loses Haar geschlungen. »Meine Klammer!« Als bekäme die Maschine ohne ihre Klammer nie mehr die Starterlaubnis.

Eine Weile lang gingen der Kapitän und das Mädchen im Fingerdock auf und ab, auf der Suche nach diesem idiotischen Plastikschmetterling. Der Kapitän holte sogar die Taschenlampe aus der Maschine, die nur im Notfall einzusetzen ist, und leuchtete jeden Winkel dieses Korridors aus. Die

Verspätung hockte jetzt offenbar in meiner Manteltasche, ein sperriges Plastikteil – ich spürte es in meiner Hand, die harte Spannung in der Feder, ich drückte sie die ganze Zeit auf und zu. Es war lächerlich. Wie unter einem Zwang folgte ich den beiden, wie sie das Fingerdock auf und ab schritten, dabei ließ ich meinen Trolley keine Sekunde aus der Hand (auch nicht die Klammer in der anderen), ich zog ihn die ganze Zeit hinterher, als wär's mein Kind, auf und ab und auf und ab.

»Ach, hier ist sie«, sagte ich schließlich, als ich etwas abseits in der Hocke saß, und weil die beiden von meiner Entzückung keine Notiz nahmen, sagte ich es noch einmal, diesmal mit etwas mehr Begeisterung: »Hier, die Klammer«, und legte das Plastikteil in die ausgestreckte Hand des Kapitäns, der auch dieses an seiner Krawatte sauberrieb, bevor er es dem Mädchen geradezu feierlich überreichte. Der Flug war endlich startbereit.

Ohne mich.

So stand ich also am Flugsteig und schaute zu, wie der Flieger auf das Rollfeld gestoßen wurde. Start der Triebwerke, einen Augenblick lang sich verwirbelnde Rußschwaden, dann vorwärts aus eigener Kraft.

Auch nach tausend Flügen und mit allem Wissen um die Aerodynamik: Es bleibt die Bewunderung für diese gigantischen Vögel. Ohne das Beispiel der Vögel keine Inspiration zum Fliegen und damit keine Flugindustrie. Ich fragte mich: Welche Tiere fehlen uns heute, ohne die es nie zu einem Industriezweig kommen wird?

Eine ganze Weile lang schaute ich dem Nieseln zu. Dann Gedonner eines abhebenden Airbus 340, Linkskurve in den verhangenen Himmel hinein. Das wäre meine Maschine gewesen.

Die Flugsteige leer. Das Hallen meiner Schritte. Keine Menschenseele. Nicht ein einziges Haar auf dem spiegelglatten Boden. Man hätte in diesem Augenblick den Terminal in die Luft sprengen können, ohne jemanden zu verletzen.

Ich hatte Zeit wie noch nie.

Ich schlenderte in umgekehrter Richtung durch die Sicherheitskontrolle. Es piepste, auch wenn es jetzt nicht drauf ankam. Vor der Paßkontrolle war ich dann wieder einer, der von irgendwoher eingeflogen sein mußte. Ich hielt den Paß hin, damit ich da bleiben durfte – in Zürich. Zollkontrolle, bei der ich nicht belästigt wurde, und Ankunftshalle, wo niemand auf mich wartete. Ankunft als Schon-immer-Dagewesener. Dasein als Nie-Abgereister. Insofern ein Tag, wie geschenkt. Wie weiter? Ein Espresso an der Kaffeebar. Auf einem Bein stehend, das andere locker darum herumgeschlagen und mit der Schuhspitze auf dem Boden aufgestützt, lehnte ich mich an eines jener metallenen Stehtischchen und las die Zeitung, das heißt, ich blätterte bloß darin, ohne auch nur einen einzigen Satz zu lesen, was mir erst auffiel, als ich auf der letzten Seite angelangt war: World Weather, Vorhersage für New York, was mich nicht mehr zu interessieren brauchte. Schon war es Erinnerung: gestern mittag der Spaziergang am See, der Nebel über dem See, die Finger voller Senf, unser Abschied. Ich strich mit der flachen Hand über das Papier, als wollte ich das World Weather vom Tisch wischen. Pose eines Wartenden, der vergessen hat, auf wen er eigentlich wartet.

Wartete ich auf mich selbst?

Irgend etwas hielt mich davon ab, in ein Taxi zu steigen. Vielleicht die Angst, daß mir zu Hause keine Erklärung einfallen würde. Darum stand ich draußen und beobachtete, wie sich der Verkehrswurm vor dem Terminaleingang vorbeiquälte, darauf bedacht, möglichst rollend Personen und Gepäck auszustoßen. Autowaschanlage Himmel. Ich stand da, während Swissair 101 ohne mich nach New York unterwegs war.

Regenwasser, das zuerst über die Stirn und über die Nase an die Lippen heranfließt, schmeckt anders als Regenwasser, das direkt mit der Zunge aus dem Himmel abgefangen wird. Es gibt Experimente, die fallen einem nur in der Langeweile ein. Ich wage zu behaupten, daß alle großen Erfindungen allein der Langeweile zu verdanken sind, und vermutlich gilt dasselbe für große Literatur. Während ich im Regen stehe, gedankenlos, und mit verschiedenen Mund- und Zungenstellungen versuche, das Wasser aus dem Himmel einzufangen, spritzt plötzlich ein roter vw-Bus an mir vorbei, haarscharf, dann Vollbremsung, Rückwärtsgang wie ein jaulendes Tier, die hintere Tür springt auf, zwei Gestalten schnellen heraus, kommen auf mich zu, Männer in dunklen Mänteln, jetzt nicht mehr rennend, sondern kontrolliert schreitend, dabei stehe ich ganz normal da, etwas verblüfft, aber nicht ohne meinen bekannten Ernst im Gesicht, also ganz so wie immer.

»Lassen Sie mich los«, sage ich bestimmt, aber höflich, und als das nichts nützt: »Was fällt Ihnen eigentlich ein?«

Der Griff an meinen Bizeps schmerzt.

»Was soll das!«

»Kommen Sie mit«, sagt der eine in Mundart.

Ich denke nicht daran, von der Stelle zu weichen.

»Sie können mich mal!« Ich sage es mehrmals, zuerst ziemlich laut, aber dann immer leiser, als ich den Asphalt unter meinen Schuhen vorbeiziehen sehe, ich möchte schreien, weiß aber nur, wie man anständig ist, also versuche ich's ironisch: »Meine Herren, Sie wollen mich wohl persönlich nach New York tragen?«

Die Männer, beide in den Dreißigern, brillenlos, der eine mit Gemsbart, der andere glattrasiert, sind nicht zu erwärmen. Sie schleifen mich zu ihrem vw-Bus und werfen mich kopfvoran hinein.

Dann das Zuschlagen der Tür.

»Mein Gepäck!« protestiere ich. »Mein Trolley!« Ich schreie, was sonst nicht meine Art ist, ich tobe, als bräuchte ich die Anzüge mitsamt Krawatten gerade jetzt, ich poltere mit den blanken Fäusten gegen das Blech.

Noch einmal werden die Türen aufgerissen, und der Trolley kommt hereingeflogen.

Als ich aufwache, sind wir auf einer Landstraße. Durch das Rückfenster zu sehen: Felder, sanft, grün, hell. Lauter gewellte Landschaft. An den Waldrändern, im Schatten, Reste von Schnee. Die Bäume nackt, hier und da etwas Grün wie ein zaghaftes Flackern, ab und zu ein Traktor auf einem Feld. Vögel als schwarze Punkte darin. Manchmal, in einer Kurve, streift die Sonne mein Gesicht. Dazu Musik – Jazz, Diana Krall vermutlich, so genau kenne ich die Jazz-Szene nicht.

Der Versuch, mich aufzurichten, scheitert schon an der winzigsten Bewegung. Alles schmerzt. Mit einem Ruck zerre ich mir den Schal vom Hals, schiebe ihn unter den Kopf und versuche mich zu erinnern: Zürich Flughafen, die Schmetterlingsklammer, die New-York-Maschine ohne mich, der Regen, die Paßkontrolle, draußen das Spiel mit dem Regen. Lauter Nonsens. Dabei müßte ich noch heute in New York sein: die Übernahme der amerikanischen Tochtergesellschaft, Manhattan Finance Corporation, fünfzehntausend Mitarbeiter. Statt dessen Straßenschilder auf französisch – déviation, arrêt, 80 rappel.

Wer am Steuer sitzt, ist kein Mann, sondern eine Frau. Ihr Haar, das sehe ich genau: schwarz, aber nicht pechschwarz, sondern mit einem Stich ins

Lehmige wie nasse, umgepflügte Erde, schulterlang und an den Spitzen leicht ausschwingend. Keine Ahnung, wo die beiden Typen geblieben sind, jedenfalls zähle ich genau zwei Menschen in diesem Bus – diese Frau und mich.

»In ein paar Tagen werden sie das Video anschauen und feststellen: eine waschechte Entführung.«

Dann dreht sie das Radio wieder lauter.

Dieses perfekte Deutsch.

»Josephine?«

»Tut mir leid wegen der Schmerzen. Hättest du nicht wie blöd auf deinem Koffer bestanden...«

»Josephine – bist du's?«

»Wer soll ich denn sonst sein, Dummkopf.«

Ein Überfluß von Landschaft hinter den Scheiben, Frühling, oder jedenfalls das Aufgeben des Winters, und was ich sonst noch sehe: daß wir in Frankreich sind, daß wir in einem verlotterten Lieferwagen durch die Gegend kurven.

»Was soll das, verdammt noch mal?« Plötzlich kann ich laut und grob werden, aber es sticht sogleich im Brustkorb, ich verstumme, schlucke, huste, dann leiser, weil gebrochen: »Ich will wissen, was das soll, herrgottnochmal, verstehst du mich?« Ich muß husten.

Sie bewegt das Lenkrad wie eine Goldwaschpfanne, ihr Blick so, als wäre das Geheimnis dieser Fahrt irgendwo in dieser Pfanne zu finden. Sie sitzt da, summend, und schlenkert ihre Schultern im Takt der Musik.

Dieser Bambuskörper, denke ich.

»Hörst du mich? Josephine?«

Sie dreht am Lautstärkeknopf.

»Bitte«, sagt sie.

»Was soll das?«

»Eine Entführung. Wie bestellt.«

Dann summt sie wieder. Ich hätte ihr an die Gurgel springen können.

Geruch von Papierleim. Das Brett, auf dem ich im Laderaum liege – zerkratzt, geschunden, gefoltert, Schrammen vorwiegend in Längsrichtung, ab und zu fällt die Sonne in diese Wunden hinein. Möglich, daß ein Dutzend Holzsplitter in meinem Gesicht stecken. Was ich sonst noch sehe: Bücher, kistenweise Bücher, Bücher in Kartons, einzeln in Plastik eingeschweißt und mit Strichcodes beklebt, ich sehe es erst jetzt, Ulysses, ich kann es nicht glauben und reiße eines auf, und mein Blättern ändert nichts daran, daß es Ulysses ist, dieses unlesbarste aller Bücher, dieser Irrlauf durch Dublin, auch in den übrigen Kartons, fünfhundert Exemplare minde-

stens, und kein einziges vernünftiges Buch. Fünf-
hundertmal Rückkehr des Leopold Bloom zu seiner Frau, die ihn betrügt.

»Ich will, daß du anhältst. Jetzt, sofort, ich will, daß
du mich zurück nach Zürich fährst.«
    »Ich will, ich will, ich will...«
    Jetzt summt sie wieder zu dieser Musik.
    »Entführung – das ist doch lächerlich.«
    »Möchtest du dich nicht neben mich hinsetzen?«
    Ulysses – ich blättere noch immer darin und
schüttle den Kopf.
    »Hör zu, Mädchen« – so hatte ich sie bisher noch
nie genannt, Mädchen –, »du fährst mich jetzt sofort zum nächsten Flughafen.«
    »Komm«, sie schlägt mit der Hand auf die
kunstlederne Sitzfläche des Beifahrersitzes, so wie
man einen Hund zu sich bittet, »dann könntest du
mir wenigstens beim Navigieren helfen.«

Kurze Zeit später sitze ich neben ihr, es ist Abend
geworden. Wenn ich tatsächlich mit einer entzückenden jungen Dame hätte verreisen wollen, sei
es für eine Woche oder sogar ein bißchen länger,
so wäre eine fingierte Geschäftsreise wohl das Na-
heliegendste gewesen. Naheliegender jedenfalls als
eine Entführung. Es wäre mir nicht schwergefallen,

einen Grund zu finden, geschäftlich ins Ausland zu verreisen. Ein Business-Trip hätte keine Fragen aufgeworfen – nicht bei meinen Mitarbeitern und schon gar nicht bei Anna –, und sie hätte keine peinlichen Videosequenzen am Flughafen hinterlassen. Wir wären unter verschiedenen Namen abgereist und unter verschiedenen Namen zurückgekehrt, und niemandem wäre es aufgefallen, daß hier eine Affäre ihren ganz normalen Lauf nimmt. Aber ich wollte ja nicht mit Josephine verreisen! Ich habe Schluß gemacht, vorgestern in der Ulysses-Ausstellung, unmißverständlich, wie mir scheint, und gestern haben wir voneinander Abschied genommen wie erwachsene Menschen, und somit gab es keinen Grund, mich von ihr verleiten zu lassen. Ich könnte mich schlagen vor Wut, daß ich heute morgen nicht einfach diese Maschine bestiegen habe. Noch immer dieses Stechen im Nacken – überall. Wir haben soeben die Umgehungsstraße von Dijon hinter uns gelassen, Richtung Paris. Der Himmel violett, schleimig, eine Sauce aus Schleierwolken und melancholischen Farben. Hin und wieder eine Zahlstelle. Sie hat keine Euro und muß jedesmal mit Kreditkarte bezahlen. Ich weigere mich, mich finanziell an dieser Entführung zu beteiligen, und schalte auf stur, selbst an den Tankstellen. Die endlose Scheinwerferlawine des entgegenkommenden

Verkehrs. Wir fahren langsam. Mit der Zeit wird es dann trotzdem gemütlich. Das Brummen des Motors, das sanfte Schütteln, die Lichter, die über die Scheibe ziehen, die Stimme von Diana Krall aus dem Lautsprecher. Ich stelle mir vor: Ebensogut hätte ich im Flieger nach New York sitzen können, irgendwo über dem Atlantik, ein Glas Merlot, viel Mineralwasser wegen der trockenen Luft.

Time to Destination: 4 Hours 14 Minutes.

Alles Imagination.

Alles!

Ich bin doch abgeflogen.

Ich bin vorhanden, in diesem viel zu breiten und viel zu gelenkigen Sitz, das sehe ich selbst. Der Merlot, den sie auf diesem Flug servieren, ist alles andere als raffiniert. Es sind Flaschen, wie man sie in den Supermärkten findet, und so kommen mir auch die Flight Attendants vor. Raffinierter ist nur das Mineralwasser.

Ich halte nichts von Gedankenflügen. Keine Ahnung, was das Hirn tut, wenn es tagträumt. Es hört einfach auf, Informationen nach den Grundsätzen der Logik zu verarbeiten. Das mag einen gewissen Reiz haben, Reiz der Phantasie, bleibt aber unergiebig, weil unrealisierbar. Es kommt mir dann vor wie ein Schneesturm in der Arktis: Jede Richtung gleichbedeutend, und jede führt ins Nichts. Phantasie im Design, meinetwegen, in der Kunst, ja, Phantasie als Innovation in der Wirtschaft, aber doch nicht im Leben! Außerdem halte ich nichts von der Vorstellung, jedermann müsse im Geist kreativ werden. Natürlich braucht es Visionen. Aber doch keine Märchen. Wer sich laufend alternative Lebensentwürfe ausdenkt oder, noch schlimmer, kitschige Geschichten zusammenspintisiert, kommt zu gar nichts mehr. Wir können unser Leben doch nicht aussuchen wie die Schriftsteller ihre Storys. Das Leben ist nun einmal keine Buchhandlung. Ich kann mein Inneres nicht umkrempeln, tut mir leid. Ich bin, der ich bin. Natürlich bin ich dafür, daß man sein Leben hinterfragt, daß man es aus der Distanz betrachtet, aus verschiedenen Perspektiven, daß man es auf Optimierung hin abklopft. Ich habe nichts dagegen, wenn man seinen Gedanken freien Lauf läßt. Bitte! Nur soll man es nicht übertreiben. Alles stets eine Frage der Realisierbarkeit. Was wäre gewonnen, wenn ich mir eine Existenz als Künstler, Bonvivant oder Casanova ausmalen würde? Ich bin es nicht, ich bin Manager, Topmanager, und nicht unglücklich dabei. Was nützt es mir, wenn ich mir einen sprechenden Hasen mit Taschenuhr vorstelle oder fliegende Fische oder eine Entführung mit Josephine? Die Gefahr, eine Frau zu idealisieren, nur weil sie schön ist. Nein, die Geschichte mit Josephine ist nicht realisierbar. Josephine ist ein Tagtraum, ein Luftschloß, eine Eingebung, ein Funke, eine Offenbarung, und das soll sie auch bleiben.

Ich kann mir viel vorstellen, aber keine Reise mit Josephine!

Und was mich im Moment fertigmacht, ist nicht so sehr die magnetische Kraft dieses Gedankens, sondern dieses Hin und Her zwischen Wirklichkeit und Vorstellung, wobei man nie genau weiß, wo die Vorstellung und wo die Wirklichkeit liegt, dieses andauernde Wechseln, das nichts als Reibung und Hitze in meinem Kopf produziert. Ich drehe die Luftdüse voll auf und richte sie so aus, daß der Luftstrahl direkt auf meinem Schädel zersprüht.

»Sie müssen viel trinken auf so einem Flug. Die Luftfeuchtigkeit gerade mal zwei Prozent. Das ist weniger als in der Sahara. Bei minus 40 Grad wird sie angesogen, dann über die Turbine auf plus 22 Grad geheizt und in die Kabine gepumpt. Sie können sich ja vorstellen, daß die Feuchtigkeit dabei auf der Strecke bleibt.«

Basler, mein Sitznachbar, das habe ich sofort an seinem Dialekt festgestellt – ein Dialekt übrigens, den nur wenige Schweizer anstößig finden. Ich lächle zurück, ohne ein Wort meinerseits, mehr ein Nikken als ein Lächeln, ein Zustimmen aus purer Höflichkeit, mit der Absicht, ihn abzuwimmeln. Was ich erfahre: daß er Pilot ist, wenn auch heute als Passagier unterwegs. Luftfrachtpilot, daneben Fluglehrer an einer kleinen Flugschule in New Jersey – Teterboro. Business Class, weil die Dame am Gate, die entzückende Blondine, wie er sie bezeichnet, offenbar zu seinem weiblichen Gefolge gehört, daher das kostenlose Upgrade. Was mich irritiert, sind nicht so sehr seine Kommentare zur Fliegerei – wieviel PS pro Triebwerk, die Reichweite, ab welcher Höhe der Autopilot erlaubt und so weiter – das weiß ich nach Jahren des Umherjettens entweder auch oder es interessiert mich nicht. Es ist sein junges Gesicht, sein prächtiges, schwarzes und mit viel Pflege modelliertes Haar, diese ergreifende Art seines Blicks, seine hellen, wäßrigblauen, geradezu erschreckend durchsichtigen, schönen Augen, Augen, die wie fürchterliche Juwelen sind. Natürlich trägt er als Pilot keine Brille. Dabei ist er noch keine Dreißig, schätze ich. Was er liest, während ich lese, ich sehe es genau, wenn ich über die Ränder meiner Lesebrille schiele, sind Checklisten – »V1, Rotate, Positive Rate of Climb, Gear up, Climb Power Set«.

Es gehe um Sicherheit, meint er, als er bemerkt, daß ich hinüberschiele, und ich kann dem nur zustimmen; dabei versuche ich, jeglichen Augenkontakt zu vermeiden.

Unterdessen studiere ich mein neues Organigramm.

»Viermal 7500 PS. Macht 30 000 PS. Haben Sie sich das mal ausgerechnet, welche Kraft uns momentan antreibt? Im Zweiergeschirr ergäbe dies ein Pferdegespann von Zürich nach Basel.«

Organigramm der Manhattan Finance Corporation. Ich versuche mir die Namen einzuprägen, wenigstens der zweiten und dritten Führungsebene. Namen sind wichtig, im Management nicht zu unterschätzen, man preßt zehnmal mehr Leistung aus Leuten, deren Namen man kennt, als aus namenlosen Untergebenen.

»Ich finde, die Analogie sagt sehr viel aus über den Stand der Technik«, sagt er, einen Kommentar zu seiner Pferdegespann-Feststellung erwartend.

Ich hebe meinen Blick nicht von meinem Organigramm. Es zeigt mich an der Spitze, im ersten Kästchen. Zum ersten Mal in meinem Leben.

»Soll ich Ihnen erklären, wie so ein Jet-Triebwerk funktioniert, wie die 7500 PS pro Triebwerk zustande kommen? Ich kann es Ihnen gern erklären.«

Ich weiß, wie ein Jet-Triebwerk funktioniert. Was ich bis heute nicht verstehe: wie Seife funktioniert. Oder die Frau.

Langsam geht er mir auf die Nerven. Ich schließe die Augen.

Hôtel des Beaux-Arts, wenig außerhalb von Dijon. Natürlich habe ich nicht daran gedacht, nach einem Zimmer mit zwei Betten zu fragen, daran muß ich sonst, wenn ich reise, nie denken, und so biete ich an, auf dem Boden zu schlafen. Josephine lacht bloß über diesen hilflosen Vorschlag, während sie ihre Kleider abstreift – der Reihe nach Pullover, Rock, Strümpfe, Büstenhalter. Stück für Stück faltet sie zusammen und legt es auf den Stuhl. Alles sehr selbstverständlich. Auch die Haarspange zieht sie weg, diesen Draht, der von einem Ohr zum anderen reicht und der sie so mädchenhaft macht. Ihr Haar fällt augenblicklich nach vorne. Ein anderes Gesicht jetzt. Sie hat vergessen, die Vorhänge zuzuziehen.

»Du bist dünn«, sage ich, »du solltest mehr essen.« Ich sitze auf der Couch, meinen Mantel habe ich abgelegt, nicht aber meine Jacke, auch nicht die Schuhe, ich sitze, wie man im Wartezimmer eines Arztes sitzt, die Beine übereinandergeschlagen, der gefaltete Mantel auf den Knien. Kein Knistern. Josephine ist einfach da, und ich weiß nicht, warum ich meine Krawatte geradestreiche, sie ist da, fremd, fast wie eine ungewöhnliche Tierart, etwas unheimlich. Ihre Brüste sind nicht größer als in meiner Erinnerung. Ich hätte jetzt gern geduscht, mich auch rasiert, ich komme mir wie eine Zumutung vor nach einem langen Tag, verschwitzt, auch ein bißchen wie ein Voyeur, unanständig, weil passiv. Jetzt sucht sie den Hauptschalter, der für alle Lichter zuständig ist. Im Gehen ist sie als Nackte natürlicher, als wenn sie steht. Auf einmal steht sie bei den Fenstern, zieht die Vorhänge wieder auf, läßt graues Licht den Raum überschwemmen. Nun sieht man

sich wenigstens wieder – als geisterhafte Wesen –
ihr Körper ist deutlich zu erkennen. Dann deckt sie
das Bett auf, auch auf meiner Seite, und schlüpft
hinein.

Ich dusche erst am Morgen.

»Du hast mich verkratzt mit deinen Stoppeln«, sagt
sie und hebt den Pullover, damit ich sehen kann.
Ihre Haut unterhalb des Schlüsselbeins. Der Geruch dieser Haut. Sie dreht sich auf dem Stuhl, dabei blättert sie in einem Gratis-Tourist-Guide, auf
dem die schräg einfallende Sonne liegt: »Nächstes
Mal will ich, daß du dich vorher rasierst.« Ihr Koffer steht bei der Tür, gepackt, der Mantel darüber-
gelegt. Ich rasiere mich an diesem Morgen länger
und gründlicher als je zuvor. Dazu pfeife ich, was
sonst nicht meine Art ist.

Für einmal ist es die Frau, die auf den Mann wartet,
eine Tatsache, die ich auskoste.

Der Morgenreflex, nach einem Bügeleisen zu rufen,
wenn der Nadelstreifenanzug zerknittert ist. Ich
fühle mich unsauber in zerknitterten Anzügen, un-
gewaschen, es behindert mein Denken. Und weil es
kein Hilton ist, auch kein Hyatt, kein Interconti-

nental, kein Sofitel und schon gar kein Four Seasons, sondern eine einfache Pension, dauert es eine ganze Weile, bis der Hotelier persönlich ein Bügeleisen samt Bügelbrett aufgetrieben hat. Ich bügle vor einer Frau, was noch nie vorgekommen ist, dazu vor einer Frau, die einfach dasitzt, schweigend, und meinen Bügelkünsten zuschaut.

Kein Frühstück nach 10 Uhr, also fahren wir weiter. Wohin?

Ein richtungsloser, offener, weiter Himmel. Nackte Felder, schwarz, im Sonnenlicht dampfend, ab und zu Gräser, Sprößlinge, Wasser in den Traktorrillen, wie mit einem Pinsel gemalte, blitzende Silberstreifen auf schwarzer Grundierung. Vögel überall, flatternd oder als schwarze Körner in den Feldern. Alleen abseits der Autobahnen, schnurgerade Landstraßen, routes nationales, bei heruntergekurbeltem Fenster das periodische Zurückschmettern unseres Motorengeräuschs, Frühling in den Zweigen, je nach Baumart ausgeprägter oder verhaltener, aber es ist jetzt nicht mehr zu übersehen, der Frühling, er ist da, und mit ihm die weiß explodierenden Kirschbäume wie Sahnetupfer über die Landschaft verstreut.

»Sag mal«, frage ich, während mein Blick über die gewellte Landschaft schweift, »wo sind eigentlich deine Kumpel geblieben?«

»Welche Kumpel?«

»Deine verdammten Helfershelfer, die mir gestern am Flughafen beinahe das Genick gebrochen haben.«

»Du meinst wohl Raphael und Ingo? Die sind zurück im Job. Beliefern die Filialen aus dem Zentrallager.«

»Und unser vw-Bus?«

»Jetzt fehlt halt ein Lieferwagen und die paar Ulysses-Exemplare der Ausstellung. Das wird aber nicht auffallen, Raphael ist der Logistikchef, Ingo sein Lagerist, und die werden das für sich behalten.«

Ich nicke, beeindruckt von Josephines schelmischem Plan, von ihrem, man kann sagen, Entführungsmanagement, ich bin es wirklich, es hat etwas Phantastisches, etwas geradezu Märchenhaftes, plötzlich so unmittelbar aus dem Leben gerissen zu sein.

Normandie. Luft wie Glas. Ich kenne diese Gegend. Der Onkel meines Vaters hatte sein Ferienhaus hier, eines mit Strohdach und einem großzügigen Grundstück; darauf eine kleine Birnbaumkultur, die er allerdings nicht bewirtschaftete – die reifen Birnen plumpsten einfach auf den Boden und zogen Schnecken an. Bauernhöfe und darum herum die unendlichen Rapsfelder, dottergelb, so weit der Blick reichte, Felder, die sich über die sanft geschwungenen Hügel bis zum Horizont ausdehnten, Felder in der Farbe von Blumen, die ich am liebsten gestreichelt hätte. Wir waren jeden Herbst da. Die Straßen waren damals noch nicht asphaltiert, und man zog eine Staubfahne hinter sich her, wenn man durch die Dörfer fuhr. Le Cormier. Ein winziges Nest. Er, jener Onkel, war ausgewandert nach Paris – damals und für seine Verhältnisse ein unerhörter Schritt –, hatte sein Geld in der Filmindustrie gemacht, Handel mit Filmrechten während des Krieges und nach dem Krieg als Produzent von französischen Komödien. Ich konnte ihm als Knirps stundenlang zuhören, wenn er meinem Vater von großen Deals berichtete, ich denke, er war es, der mir den Sinn für das Kommerzielle geöffnet hatte.

Ob wir es finden, das Haus mit dem mächtigen Strohdach? Wir finden es. Das schmiedeeiserne Einfahrtstor, das Dach, die an Drähten gezogenen Birnbäume, die Steine vor den Fenstern, aus denen wilder Mohn schießt, alles noch so wie in meiner Erinnerung. Wir parken mitten in der Einfahrt.

Das Knacksen von Kies unter den Sohlen. Kein Mensch weit und breit. Ich will es einfach noch einmal sehen, dieses Haus, und besonders will ich den Dachstock mit diesem ungeheuer wuchtigen, durch das Alter, die Dämpfe und den Kerzenruß geschwärzten Zentralbalken noch einmal sehen, der sich durch den ganzen Eßraum zieht. Ich möchte mich am liebsten noch einmal im Kniehang an diesen Balken hängen, noch einmal den Rekord brechen für die Dauer, während deren man in der Fledermausstellung an diesem Balken baumeln kann – ich glaube, ich hatte es damals ganze dreißig Minuten ausgehalten, vor den Augen der versammelten Familie, zehn Minuten länger als meine Schwester. Wir klingeln. Keine Antwort. Wir schleichen ums Haus; jetzt stehen wir auf dem Rasen. Durch die Fensterscheiben zu sehen: der Dachstock von unten, ein langer, dunkler Tisch, Stühle wie aus einer mittelalterlichen Burg, der Rachen des Kamins, ein Schlund, man hätte eine ganze Sau darin braten können. Die Tür zum Garten läßt sich von außen öffnen. Wir treten ein. Drinnen alles wie in einem Museum. Einige seiner alten Schützenorden hängen noch an den Wänden, die schmiedeeisernen Ketten aus dem 19. Jahrhundert über dem Kamin. Alles sehr muffig.

»Zeit für ein Entführer-Video, der perfekte Ort hier«, meint Josephine, gleichsam beflügelt von einer Eingebung des Augenblicks.

Dabei hatte ich gedacht, wir könnten an diesem zweiten Tag den Entführungsklamauk nun lassen.

»Wie erfahren die Leute sonst, daß du entführt worden bist?«

»Müssen sie denn das erfahren?«

»Man wird sich sorgen – die Bank, deine Frau, deine Freunde.«

»Ach, sei nicht albern.«

»Erlaubt dir dein Stolz nicht, Opfer zu spielen? Oder ist es die Vorspiegelung falscher Tatsachen, was dich beschäftigt? Du warst ja in den letzten Monaten auch nicht das wandelnde Pflichtbewußtsein, Herr Banker. Na, komm!«

Josephine in der Regie. Sie weist mich an, mich vor den Kamin zu setzen, Hände auf den Rücken. So ist's gut. Dann hebt sie einige dieser verstaubten, schmiedeeisernen Ketten von den Wänden und legt sie mir quer um den Körper. Ich soll sie hinten zusammenhalten, so daß es von vorne straff aussieht. Ich wage nicht zu fragen, sondern lasse mich von der Gegenwart treiben. Jetzt steht sie vor mir, etwa fünf Armlängen von mir entfernt, breitbeinig, mit verschränkten Armen. Dabei hält sie den Kopf etwas schief. Das Haar in der Stirn. Ihre Augen sind zu neckischen Schlitzen zusammengezogen. Sie prüft. Ihr hohles Kreuz, ihre schrecklich schöne Art, zu stehen. Ich hätte ihr in diesem Moment die Kleider vom Leib reißen können, wenn ich nicht in diesen idiotischen Ketten gelegen hätte, reglos, um die Komposition nicht durcheinanderzubringen. Absurder bin ich mir nur einmal vorgekommen, vor einem Vierteljahrhundert in der Rekrutenschule, als wir plötzlich in diesen unmöglichen Filzuniformen dastanden, ebenso reglos, die Achtungsstellung übend. Und doch fesselt und belustigt mich die Vorstellung von dem, was wir tun, und den Folgen, die unser spielerisches Handeln nach sich ziehen wird; es interessiert mich mindestens ebensosehr wie die Reize, die ich empfinde und beobachte. Jetzt nimmt sie die Kamera.

Klappe: »Liebe Anna, liebe Mitarbeiter der Bank, liebe Freunde. Am Montag, 31. März, um 10 Uhr morgens bin ich auf dem Flughafen Zürich entführt worden. Ich bin in der Gewalt mehrerer Entführer. Wo ich mich zur Zeit befinde, darf ich euch nicht sagen. Was die Entführer mit mir im Sinn haben, ist ebenfalls unklar. Nur soviel: Macht euch keine Sorgen. Ich bin wohlauf, es geht mir gut. Ich kriege zu essen und zu trinken. Ich werde mich, sobald es die Entführer erlauben, wieder bei euch melden.«

»Cut!« ruft Josephine und klatscht in die Hände. »Wie ein Profi.«

Ich darf die Ketten ablegen. Spuren von Rost auf meinem Nadelstreifenanzug.

Das Video stecken wir in einen Umschlag und werfen es in den nächsten Briefkasten, und es verwundert mich, mit welcher Unbekümmertheit, ja Verschlagenheit ich dies alles geschehen lasse, als wäre es geradezu Fingerzeig irgendeiner höheren Macht. Wir fahren weiter. Richtung Süden. Wohin? Ich verweigere mich der Frage. Eine Frage, die auch im Leben belanglos ist. Es geht immer woandershin.

Am nächsten Abend, wir befinden uns gerade auf der N137 zwischen Rennes und Nantes, taucht plötzlich das Bild eines schwarzen BMWs im Rückspiegel auf. Seine Scheinwerfer wären mir nicht aufgefallen, wenn sie uns nicht wie die Augen eines Raubtiers von Abzweigung zu Abzweigung verfolgt hätten. Auf einer Raststätte – Josephine muß sich ausstrecken, dann auf die Toilette, ich bleibe im Auto sitzen – bemerke ich, wie sie uns nachschleichen, diese Leuchten, und schließlich direkt hinter uns parken.

Was ich im Rückspiegel erkenne: ein Zürcher Num-
mernschild.

Eine Weile lang bleibt alles ruhig.

Die Silhouette eines Kopfes im diffusen Streulicht.
Ab und zu ein Auto auf der Suche nach einem Parkplatz. Sonst ist es still. Der BMW bewegungslos. Eine
ganze Weile so. Dann, auf einmal, steigt der Fahrer
aus. Ich sehe einen Mann, groß, Bürstenschnitt, aber
gepflegt, eine Lawine von Mensch, jung, soweit ich
es durch den Rückspiegel beurteilen kann, Anzug,
anthrazit oder schwarz, weißes Hemd – im Licht
der Raststättenbeleuchtung orange –, keine Krawatte, trotzdem sehr geschäftsmäßig. Er schleicht
einmal um den VW-Bus, darauf bedacht, möglichst
unbeteiligt zu erscheinen. Aus Mangel an Lese-
stoff – ich bin es gewohnt, Totzeiten mit Brauch-
barem zu füllen – greife ich nach hinten und zerre
eines der Bücher aus dem Karton, Ulysses, etwas
anderes steht nicht zur Auswahl. Ich lese, obwohl es
mich nicht interessiert, nur damit ich nicht aufsehen
muß.

Als der Kerl plötzlich durchs Seitenfenster zu mir
hereinguckt, stelle ich mich lesend, das Buch auf den
Oberschenkeln, den Kopf so entspannt wie mög-

lich. Aus den Augenwinkeln sehe ich die Groß-
aufnahme eines jungen Gesichts, das mir irgendwie
bekannt vorkommt.

Ulysses liegt aufgeschlagen auf meinen Oberschenkeln, und ich lese, wenn auch aus Zufall, eine Stelle,
wo sich eine junge Frau namens Gerty McDowell
in Pose setzt, damit ein Mann namens Leopold
Bloom ihre Beine, das Strumpfband und ihr Hös-
chen möglichst gut in Augenschein nehmen kann.
Ich wäre froh, gäbe es andere Literatur. Aber ich
bin gezwungen zu lesen, solange dieser Mensch um
den vw-Bus schleicht.

Jetzt bloß nicht aus der Rolle fallen.
    Warum eigentlich nicht?
    Ja, warum eigentlich nicht?

Mit einer einzigen Bewegung hätte ich dieser Entführung ein Ende setzen können. Ein Wort, und es
wäre aus gewesen – und damit hätte ich eine Geschichte im Keim erstickt. Ich wäre wieder zu dem
geworden, der ich eigentlich bin, ein von Kopf bis
Fuß makelloser Banker – ein Lebensentwurf, der
mir unerhört leicht fällt.

Plötzlich klopft es ans Fenster: »Herr Himmel-reich?«

Noch nie war ich so in ein Buch vertieft.

Nochmals: »Sind Sie's, Herr Himmelreich?«

»What the hell is going on?« Ich reiße die Auto-tür auf und schnauze ihn in einem so perfekten Amerikanisch an, daß er erschrickt und gleich zwei Schritte zurückstolpert.

»Sorry«, sagt er, »sorry.« Sein Versuch, mich mit Gesten zu beruhigen.

»Get the hell away from my car!«

»Aber Sie sind doch Herr Himmelreich. Ich kenne Sie.«

Just als er seine Kamera zückt, knalle ich ihm die Autotür vor dem Gesicht zu und verriegele sie von innen.

Sprachlos steht er da, im ersten Moment verdutzt, aber bald bewegt er sich wieder so frei und geschäf-tig, als wäre nichts geschehen. Er schießt ein paar Bilder mit Blitzlicht und verschwindet in seinem BMW. Scheinwerfer aus.

Josephine kehrt von der Toilette zurück, schlen-dernd, pfeifend, ohne den mindesten Anflug von Eile.

»Los. Fahr schon.«

Josephine prüft irgend etwas – ihr Haar, ihre Augen, die Lippen, ich weiß nicht, was – im Autospiegelchen.

»Sie ist hinter uns her.«

»Deine Frau?«

»Die Sicherheitsabteilung der Bank, glaube ich.«

»Ich bitte dich, wir sind in Frankreich.«

»Trotzdem, Josephine, bitte, ich will mir nicht noch weitere Schwierigkeiten aufhalsen mit dieser idiotischen Entführung.«

Sie lacht nur.

»Bitte!« Ich flehe sie an.

»Küß mich.«

Ich weigere mich, auf Abruf zu küssen. Küsse sind kein Zahlungsmittel, keine Münze, die man einschiebt, damit sich etwas bewegt.

»Hier.« Ich nehme den Autoschlüssel vom Armaturenbrett, wo sie ihn hingelegt hat, und stecke ihn ins Zündschloß. »Bitte«, sage ich mit verschränkten Armen und lehne mich demonstrativ zurück.

Ihre Augen, wenn sie mich so ansieht – dieser Ausdruck, der mehr als ein Lächeln ist, ein lieb gemeinter Vorwurf, der mich jedesmal verstummen läßt, weil er mir so bestimmt vorkommt und gleichzeitig so arglos. Ich muß mich zwingen, Josephine jetzt nicht zu küssen –

– Ich küsse sie.

Sie startet den Motor. In dem Moment macht der schwarze BMW seine Scheinwerfer wieder an.

Wir rasen davon.

Meine Entscheidung, ihn einzuladen, erfolgt auf der nächsten Autobahnraststätte, wo er uns wiederum belauert. Es war so offensichtlich. Ja, es ging mir gehörig auf die Nerven, dieses Katz-und-Maus-Spiel, und so stieg ich aus und sprach ihn einfach an. Dabei fiel es uns sofort auf, daß wir uns ja alle drei von irgendwoher kannten. Josephine sprach ihn sogleich mit Namen an. Tatsächlich: Es war Renfer, der Chef des Sicherheitsdienstes, den wir auf unserer kleinen Bürotour am letzten Sonntag im Kontrollzentrum der Bank angetroffen hatten, während die Umzugsleute mit der Packerei beschäftigt waren.

Jetzt saßen wir in einem Restaurant in Niort, südlich von Nantes.

»Daß man sich so wiedertrifft.«

Es war mir peinlich. Aber wir saßen nun einmal alle drei an diesem Tisch und warteten auf die Bedienung.

»Dieses Brot!« schwärme ich, breche ein Stück ab und reiche es Renfer weiter. »Niemand kann Brot backen wie die Franzosen. Man bricht es auseinander, das Knacken, als würde ein Baum gefällt, dann der Duft, dieser warme, puderige, säuerliche Duft, der den ganzen Raum erfüllt. Und schließlich hält man es in der Hand, das Stück Baguette, dieses luftige, lichtscheue Innenleben, eigentlich nichts als duftende Luftbläschen, sanft wie ein Kissen, umschlossen von einer Rinde aus Muschelstücken. Wäre ich nicht Banker geworden, dann Bäcker.«

Renfer spielt mit seinem Mineralwasser.

»Wein?« frage ich schließlich.

Renfer winkt höflich ab, hält seine Hand übers Glas. »Ich bin im Dienst.«

Dann halt nicht. Ich fülle Josephines Glas, dann meines.

»Also gut, aber nur zum Anstoßen«, sagt er.

Wir stoßen alle drei an.

»Dabei habe ich gemeint, es handle sich um eine wirkliche Entführung.« Er lacht und schüttelt den Kopf. »Das kann man ja nie wissen, von außen gesehen, wissen Sie. Ich habe das Video vom Abflugterminal in Zürich nicht gesehen. Die Einsatzleitung der Zürcher Kantonspolizei alarmierte uns, weil es offenbar wie eine Entführung aussah auf dem Video, aber Sie können sich ja denken, diese Qualität, dieses schwarzweiße Zucken auf dem Bildschirm, manchmal, da kann man gar nichts drauf erkennen.«

Wir bestellen: Renfer ohne Vorspeise, Josephine und ich mit – Escargots, beziehungsweise Salade au chèvre chaud.

Einen Augenblick später entschließt sich Renfer doch noch für eine Zwiebelsuppe als Entree.

»Leider hatten Sie den Zoll in Genf schon lange passiert, als man uns alarmierte. Durch unsere Verbindungen mit französischen Sicherheitsdiensten haben wir Sie schließlich wieder aufgespürt – wenn auch erst heute, drei Tage später. Aber das spielt jetzt alles keine Rolle mehr. So ein Mißverständnis.«

Seit er weiß, wer wir sind, insbesondere seit er denkt, Josephine wäre meine Frau, also eine Vertraute der Bank, kommt er nicht mehr aus dem Erzählen heraus. Er tischt eine Geschichte nach der anderen auf, seine Arbeit betreffend – vom einfachen Bleistiftklau im Büro bis zur Computerspionage, vom Drogendeal unter dem Kantinentisch bis zum ausgewachsenen und durch seine Aufmerksamkeit vereitelten Bankraub. Er erzählt und erzählt, und Josephine scheint von seinen Geschichten ganz angetan zu sein. Er ist wirklich ein attraktiver Bursche, groß und kräftig, seine ruhige, glatte, gesunde Farbe im Gesicht, ein Gesicht mit jungen, kantigen Zügen, hellen, aufmerksamen Augen und mit zum perfekten Spitz rasierten, dichten Backenbärtchen. Dazu seine meisterhaft entwickelte Gestik – seine Hände haben die Tendenz, vorwegzunehmen, was erst noch in Worte gefaßt werden will. Ich weiß nicht, warum der Junge mich unsicher macht, ich beobachte dies immer wieder an mir; sobald junge Leute im Spiel sind, muß ich mich beherrschen, um nicht meine zweiundvierzigjährige Erfahrung wie einen Bauchladen auszubreiten, nein, ich versuche dann zuzuhören, was ein Junger so alles zu berichten hat, und bin erstaunt, wieviel man als schätzungsweise Fünfunddreißigjähriger schon gesehen hat, daß man das meiste schon erlebt hat und daß der noch nicht erlebte Teil jener ist, der höchstens trokkenes Schlucken auslöst, daß das zusätzliche Alter wie schlecht hingeworfener Mörtel einfach von der Mauer abfällt und auf dem Boden ein dunkles, nasses, ekelhaftes Häuflein hinterläßt, gerade gut genug, um von vorbeistreunenden Hunden angepinkelt zu werden.

»Eine Entführung, das wäre was gewesen«, meint er schließlich, nicht ohne dem faszinierenden Gedanken durch eine etwas zu lang geratene Pause ein Stück Enttäuschung beizumischen. »Aber ich bin froh, daß Sie wohlauf sind.«

Der Hauptgang wird serviert, und Renfer nimmt seine Berichterstattung über sein junges Leben wieder auf, dabei scheint er nur noch zu Josephine zu sprechen, die ebenfalls jung ist. Und statt über den Sinn und Unsinn eines jungen Lebens nachzudenken, beobachte ich Josephine, wie sie lauscht.

»Wieso mit Sprengstoff?« höre ich sie sagen.

Jetzt lachen sie beide. Ihr Gesicht, ihre Augenbrauen – pechschwarze Pinselstriche, mitteldick angesetzt und sich allmählich verjüngend, eine sinnliche, ja packende Form, deren Schweife über ihren Pupillen etwas unerwartet abknicken. Es ist dieser Knick, der sie so fordernd macht, so keck, aber auch unlesbar, denke ich und muß schmunzeln. Was hast du? Josephines wortlose Frage. Ich zucke die Schultern, unauffällig, denn ich möchte unseren Gast nicht irritieren, ich genieße diese Produktion von einheimischen Wörtern, dieses holzige, wärmende Wortgeknister. Gestern beim Einschlafen (es war in der Nähe von Fougères in der Bretagne) bin ich diese Schweife entlanggefahren – mit den Fingerkuppen, zwischendurch auch mit meiner Zungenspitze –, ich konnte gar nicht genug von diesen wirkungsvollen Augenbrauen kriegen, ich hielt ihren Kopf in meinen Händen, vergrub meine Finger in ihrem Haar, ballte sie zu Fäusten und küßte Josephine auf die Stirn, auf die Stelle, wo sie ihre Stirn, wenn sie nachdenkt, kräuselt, auf die Augenbrauen, die Lider, die Ohren, den Flaum vor dem Ohr, den Haaransatz, den heißen Hals, den Nacken, das

Schlüsselbein, die Brüste – dieses Angebot an Formen, Gerüchen, Geschmäcken, Härten und Weichheiten, Temperaturen, Oberflächen wie Zitronenschalen, manchmal, oder wie Nüsse, Palmblätter, Laub, Wasserstrahlen, Moos, Flußsteine, Mehl.

Plötzlich seine Frage: »Sagen Sie mal, müßten Sie nicht in New York sein? Ich hab so was zwischen Tür und Angel mitgekriegt, daß Sie die Tochterfirma in New York übernehmen würden.«

»Möchte noch jemand Wein?« frage ich in die Runde, die leere Flasche in der Hand.

»Ich glaube, es stand sogar auf der Intranet-Homepage. Sie müßten doch in New York sein, nicht wahr, diese, wie heißt sie schon wieder – Manhattan Finance Corporation?«

Soll ich lügen?

Ich winke dem Kellner.

Nochmals: »Kann das sein?«

Ich bestelle eine vierte Flasche.

»Urlaub«, sage ich und ziehe mein Jackett aus, es ist wirklich heiß hier drinnen, »vor einer solchen Herausforderung braucht man zuerst mal eine gehörige Portion Erholung, sonst kommt's nicht gut.«

»Nun hätte ich natürlich nicht gedacht, daß Sie mit einem vw-Bus in den Urlaub fahren.«

»Meine Tarnung.«

»Das ist ja witzig von Ihrem Mann«, lacht er zu Josephine rüber.

»Wir haben es gern romantisch«, sagt Josephine, »wir lieben die Aufregung, das Gefühl, wie Teenager durch die Welt zu flattern, mal hierhin, mal dorthin. Es ist ein Genuß, nicht zu wissen, wann der Motor wieder stockt oder der ganze Bus auseinanderfällt. Sich dem Schicksal überlassen. Andere Leute fesseln sich gegenseitig an die Betten. Wir entführen uns gegenseitig. Sie verstehen: Romantik.«

Time to Destination: 3 Hours 52 Minutes.

Nicht schon wieder eine dieser Geschichten, ein Mann und eine jüngere Frau, und die einzige Herausforderung, die darin besteht, das Ganze mit Anstand rückgängig zu machen.

Ich bin froh, auf diesem Flug nach New York zu sein, glücklich, das Abenteuer mit Josephine hinter mir gelassen zu haben (2499 Miles). Man wird zerebraler auf dieser Höhe. Im übrigen glaube ich nicht, daß Anna von der Affäre erfahren hat. So oft habe ich Josephine nicht gesehen. Und falls Anna es weiß, dann zeugt es von Takt, daß sie nichts gesagt hat (insbesondere weil die Sache seit gestern der

Vergangenheit angehört). Was meine Gedanken anbelangt: Ich denke sie, weil ich nicht anders kann. Und ich denke sie, weil ich es mir leisten kann – weil keine Gefahr besteht, daß die Geschichte mit Josephine je weitergehen wird.

Ich schließe die Augen.

Keine Ahnung, wie wir auf Andorra gekommen sind. Natürlich war es die Angst, doch noch geschnappt zu werden, mußten wir doch damit rechnen, daß unser Entführervideo mittlerweile die Schweiz erreicht und sämtliche Alarmglocken ausgelöst hatte. Und Renfer, der noch am Abend unseres gemeinsamen Essens die Rückfahrt nach Zürich angetreten hatte, mußte jetzt, nachdem eine Kopie dieses Videos seinen Schreibtisch erreicht hatte, vor Wut platzen. Vermutlich wird ihm dieser Fauxpas sogar den Kopf kosten. Ein roter vw-Bus mit Schweizer Kennzeichen auf einer französischen Autobahn – gibt es Auffälligeres? Wir beschließen: Ab sofort nur noch Landstraßen.

Tagtäglich gibt es dieses klare Blau, diese flüssigen Morgen mit dem kühlen, schönen Anstrich, diesen Frühling, der sich auf die Felder setzt und es sich gutgehen läßt, der sich in den Baumkronen verfängt und sanft auf die Dächer und Straßen rutscht. Diese blaue Schönheit entschädigt mich für den Zweifel am Sinn unserer Reise und am Inhalt unserer Liebe. Sie zieht die ganze Kette meiner Besorgnis ins Lächerliche. Ich komme mir kaum mehr wie ein Tagedieb vor, im Gegenteil, ich genieße dieses grenzenlose Maß an Sorglosigkeit, wie man ein neues, schönes Haus genießt. Nur manchmal, wenn wir durch eine Stadt oder ein Industriequartier fahren oder vor einer Ampel anhalten und beobachten, wie Angestellte aus einem Bus quellen und sich ihren Weg über die Straße suchen, kommt es vor, daß mich diese blaue Schönheit verläßt und den rohen, inneren Arbeitswillen aufbrodeln läßt. Es scheint mir dann alles wie ein großer Fehler zu sein. Aber sobald wir aus der Stadt sind und wieder durch das goldene Blau der Landschaft kurven, legen sich meine Befürchtungen, und ich muß über sie lachen, und ich denke mir: Was für ein Narr bin ich all die Jahre über gewesen, mich durch diesen Parcours der Erwartungen hetzen und einengen zu lassen. Diese Fahrt ist wie Medizin – süße Medizin.

Auf einmal stehen die Pyrenäen vor uns.

Zweites Entführervideo, was ich vollkommen idiotisch finde, weil schon im ersten Video alles vorgegaukelt ist, was Josephine hat vorgaukeln wollen. Aber es spielt jetzt keine Rolle mehr, spielen wir das Spiel zu Ende! rufe ich in einem Anflug von Leichtsinn und Ungezogenheit, nein, ich bin nicht betrunken, nur übermütig, verhext, wie so oft in ihrer Anwesenheit. Also zweites Entführervideo. In einem Hotel in Andorra. Wir haben keine rostigen Ketten, die mich fesseln könnten, und so stülpt sich Josephine einen Strumpf über den Kopf, kreuzt meine Arme auf dem Rücken. Sie hat Kraft. Jetzt fällt ihr auf, daß niemand filmt. Sie stellt die Kamera auf den Fernseher, prüft den Winkel. Dann probiert sie's mit einem Stuhl. Der Fenstersims hätte die richtige Höhe, auch der Lichteinfall wäre perfekt, aber im Hintergrund ist die Beschreibung für die Notausgänge des ›Hotel de Plaza de Andorra‹ sichtbar. Das wäre ein zu verräterischer Hinweis. Also nochmals Stuhl: Offenbar wollen noch immer nur meine Beine drauf. Also Stuhl, ein Stapel Bücher – Ulysses, etwas anderes haben wir nicht zur Hand –, die Kamera obendrauf. Sie drückt auf Start, stellt sich augenblicklich hinter mich, zieht meine Arme auf dem Rücken zusammen, damit es etwas schmerzhaft aussieht: »Liebe Freunde. Macht euch keine Sorgen. Es geht mir gut – ich habe zu essen, zu trinken, und die Unterbringung ist tadellos. Die Entführer« – dabei zeige ich mit dem Kopf nach hinten zur vermummten Josephine – »verlangen ein Lösegeld, dessen Höhe ihr zu bestimmen habt. Ihr bestimmt, wieviel ich euch wert bin. Und zwar soll es in einer beliebigen Bankfiliale der Banco Espirito Santo in den nächsten vier Tagen in Spanien unter meinem Namen abholbar sein. Gegen Vorweisung meines Passes. Und – bitte keine Dummheiten, keine versteckten Detektive oder so, sonst geht es mir an den Kragen! Bis bald. Macht euch keine Sorgen.«

Zum Schluß verdreht Josephine die Handgelenke auf dem Rücken, bis sie spannen. Ein leichter Schmerz, nicht ohne Lust. Dann steht sie auf und drückt auf Stopp.

»›Ich vermisse euch‹ hast du nicht gesagt.«

Ich zucke die Schultern.

»Wollen wir nochmals drehen? Du wirkst für meinen Geschmack ein bißchen zu vergnügt.«

»Es geht mir ausgezeichnet.«

»Unsere Entführung verlangt, daß du ernsthaft mitspielst.«

Wir lassen es bei diesem Take. Einwurf in Andorra, Express, in zwei Tagen in der Schweiz, in drei bis vier Tagen sollte das Geld bereitliegen.

Hier oben in Andorra ist der Frühling noch nicht angekommen. Schneereste, und wo der Schnee schmilzt, sind die Straßen naß. Himmel wie Tinte. Gurgeln im Untergrund. Bäche, gesäumt von Weiden, in denen der Frühling hockt und wartet. Straßen voller Schlaglöcher. Das Glucksen und Rauschen, wenn Schmelzwasser Schotter über den Asphalt schiebt – Kies, Steinchen. Das Schmelzwasser höhlt die Straßen aus, jedes Jahr ein bißchen mehr, und man muß auf der Hut sein, daß man nicht plötzlich in einem Schlagloch steckenbleibt. Wir sind der gesamte Verkehr. An den Hängen Skilifte, alte Tellerlifte mit verspeichten Antriebsrädern, vermutlich seit Jahren nicht mehr im Einsatz. Einmal ein Lift, dessen Seil im Geröll hängt. Schlüsselblumen im Gelände, ganze Schlüsselblumenteppiche. Die ersten Schmetterlinge. Auch Vögel – die hört man mehr, als daß man sie sieht. Hier oben soll es die älteste Kirche Europas geben. Neuntes Jahrhundert. Frühromanik. Josephine hat gemeint, der Weg zu dieser Kirche sei ausgeschildert wie der Weg nach Rom. Statt dessen kurven wir stundenlang von Ortschaft zu Ortschaft, Kirchen überall, auch alte, aber keine, die Josephines Vorstellung entspricht. Also zurück nach Andorra La Vella. Im Tourist Office, einem mit grauen Filzhaarplatten ausgelegten Raum, an dessen Wänden romanische Hochblüte im Posterformat gefeiert wird – die Poster sind, teils etwas schief, mit verschiedenfarbigen Stecknadeln hingepinnt, und wo die bunten Stecknadeln ausgegangen sind, helfen unschön hingeklebte Scotch-Bänder –, in diesem Tourist Office also, in dem ein Gedränge von vorwiegend alten Männern herrscht, weil die Dame, die es betreibt, ihren staatlich bezahlten Internetanschluß dem ganzen Kaff zur Verfügung stellt, erhalten wir mindestens zehn verschiedene Antworten, Josephines Kirche betreffend. Schließlich findet die Frau doch noch eine Broschüre – auf englisch –, und dort ist nirgends von der ältesten Kirche die Rede, sondern nur von sehr alten.

»Muß es denn die älteste sein?« frage ich Josephine, als wir das Tourist Office verlassen. »Genügt dir denn diese zum Beispiel nicht?« Ich zeige, aus Mangel an Alternativen, auf die Kirche gegenüber.

Ich bin dankbar für Kirchen. Einen Kirchturm zu sehen, auch aus der Ferne, bedeutet für mich jedesmal, ein Stück Heimat zu sehen. Dabei bin ich protestantisch erzogen worden. Sonntagsschule in einem Gebäude, das mehr einem Bunker als einer Kirche glich – Gußbeton-Architektur der 50er Jahre –, mit einem schlichten, Futtersilo-ähnlichen Kirchturm ebenfalls aus Beton, an dessen oberem

Ende winzige quadratische Öffnungen auf die Existenz eines Glockenstuhls hinzuweisen versuchten. Ohne diese Aussparungen wäre ihr Schall im Betonturm gefangengeblieben, und die Glocken hätten nur für sich selbst geläutet. Der Neid auf meine katholischen Mitschüler. Die durften in eine mit Putten behängte Barockkirche – Jesuitenkirche, späteres 17. Jh. – mit einer Decke im hellen Farbton von Zuckerwatte. Unsere protestantische Kirche hingegen war eine einzige Enttäuschung: ein Raum wie ein Wohnzimmer, weit, aber nicht besonders hoch, hell, mit Stühlen, die man beliebig umherschieben konnte, kein Jesus, keine Muttergottes, nirgendwo auch nur ein winziges Engelchen, die Wände weiß verputzt, ab und zu hing ein handgeknüpfter, scheußlich bunter Wandteppich an dieser Kirchenwohnwand, aus einem Drittweltland, das zu unterstützen man sich gerade entschlossen hatte. Spannteppich. Kein Nachhallen von Schritten oder Worten oder Klängen. Ein Orgelton hörte auf, sobald der Organist die Finger von der Taste nahm. Wenn Gott hier zu finden wäre, überlegte ich mir, dann wäre er in jedem Schuhladen zu finden. Es gibt Stauseen, auch in der Schweiz, die aus gefluteten Tälern und Ortschaften bestehen, aus denen, bei tiefem Pegelstand, eine Kirchturmspitze ragt. Solche Stauseen sind mir sympathischer als Stauseen ohne

Kirchengehalt. Das ist nicht vernünftig, ich weiß. Kirche, das hat für mich nichts mit Religion zu tun. Ich kann einen Gott annehmen, ohne eine Kirche annehmen zu müssen. Ansonsten sind Kirchen für mich Oasen der Ruhe, die genausogut von einem Konzern geführt werden könnten. Ich wäre bereit, eine Benutzungsgebühr zu entrichten, jedesmal wenn ich eine Kirche bräuchte zwecks innerer Sammlung.

Ich setze die ganze Kraft meiner Schultern ein, damit sich die andorranische Kirchenpforte öffnet. Drinnen, als hätte man uns ein schwarzes Tuch über den Kopf geworfen. Das Flackern von Kerzen für die Toten, das ewige Licht, ansonsten Finsternis. Geruch von Weihrauch, Wachs, Ruß. Diese Dichte an Mysterium. Grabesstille. Allmählich gewöhnen sich unsere Augen an die Dunkelheit. Ich bleibe neben dem Weihwassergefäß beim Eingang stehen und beobachte Josephine, wie sie den rechten Seitengang entlang nach vorne schreitet, langsam, in der Haltung großer Erwartung. Das Klakken der Absätze ihrer Stiefel, die ihre gewandten Beine höchst vorteilhaft zur Geltung bringen. Dann bleibt sie neben einer der vordersten Reihen stehen, kniet sich hin, schlägt das Kreuz und setzt sich zum Gebet. Ich beneide Glaubende.

Nach zehn Minuten oder so – ich inspiziere unterdessen die Säulen (kein Michelangelo!) – steht sie auf. Der flatternde Widerhall ihrer Schritte zwischen den Säulen.

»Ich muß beichten«, flüstert sie mir ins Ohr.

»Beichten? Nach einem so ausgiebigen Gebet?«

»Ich weiß nicht – es ist mir irgendwie nicht recht, was wir hier anstellen – der Autoklau, die Lösegeldforderung, überhaupt die ganze Entführung.«

»Ach, wo denkst du hin. So schlimm ist es doch nicht.«

»Es ist unverschämt. Es ist hinterlistig. Es ist falsch.«

»Nur ein Spiel, eine Phantasie, eine kleine Improvisation über ein sonst artiges Leben. Komm, laß uns weiterfahren.«

Ich nehme sie am Arm. Aber sie dreht sich, eine halbe Pirouette, so daß ich sie verliere.

»Selbst deine Frau tut mir auf einmal leid. Ich weiß nicht, es ist so dumm, was mir alles durch den Kopf geht.«

»Josephine, jetzt nicht sentimental werden.«

»Und New York – müßtest du nicht in New York sein?«

»Vergiß New York. Vergiß meine Frau. Vergiß diese ganze, blöde, kümmerliche, idiotische Wirklichkeit. Wir sind hier, in Andorra, auf einer Fahrt quer durch Europa, du und ich, wir sind glücklich, jawohl, das einzige, was zählt.«

»Und die Konsequenzen, ich meine, die Zukunft?«

»Seit wann kümmert dich die Zukunft? Kümmern wir uns später um die Zukunft.«

»Psst, nicht so laut.« Sie legt ihren Zeigefinger an meine Lippen, ihre Arme streifen um meinen Nakken, dann über meine Brust, und plötzlich liegt sie in meinen Armen, und wir tanzen – wir tanzen einen Tango, ich kann nicht verstehen, wie es dazu gekommen ist, aber ich höre die Melodie, Yo Te Canto Buenos Aires, ich höre sie ganz deutlich, und wir improvisieren die Schritte, ich habe den Tango nie gelernt, aber die Schritte sind da, wenn auch etwas übertrieben, ausschweifend, üppig, wir huschen, wir schweben, alles leicht und übermütig, das Hauptschiff entlang nach vorn zum Altar – Yo Te Canto Buenos Aires. Die Bilder, Szenen der Taufe Christi, die Seitenkapellen, ein goldverkleidetes Epitaph, der Lichterteppich der Kerzen, Golgatha, der Sarkophag irgendeines Königs, die Bänke, das Chorgestühl, der Taufstein, die Treppen hinab zur Krypta, alles schwankt und dreht sich um uns herum, die in Ruß gebadeten Statuen, die Engel, Löwen, Stiere und Adler der Evangelisten flattern und sausen, törichte Jungfrauen ziehen nackt durch das Mittelschiff, Engel mit Fanfaren stimmen in den Tango ein, trompeten von der hohen Kanzel herab, Tote steigen aus den Gräbern und wenden ihre Gesichter, alles dreht sich, das große Rosettenfenster dreht sich, rotiert wie ein Glücksrad. Auf einmal windet sie sich aus meinen Armen und wird zu Stein: »Du, ich muß nachdenken.« Und in dem Moment ist die Melodie verstummt, die ich, so fällt mir auf, soeben noch gesummt habe, aber auch die Heiligen sind weg, weg sind die fliegenden Engel, weg die Fanfarenstöße, weg die Jungfrauen. Nur noch Josephine und ich und die im Lichtkegel tanzenden Staubpartikel vor dem dunklen Seitenschiff, alles sehr merkwürdig – das Licht, die Stille, unser Atem.

»Josephine, wohin gehst du?« Der Hall meiner Frage schwirrt noch eine ganze Weile durch die Kirche, während Josephine allein im Beichtstuhl verschwindet. Von ihr sind nur noch die Stiefel zu sehen, es könnten ebensogut leere Stiefel sein, die so reglos unter dem Saum des Vorhangs zu sehen sind.

Ich setze mich draußen auf die Kirchentreppe. Ein später Nachmittag, die Sonne wartet tief über einem Bergkamm, der Dorfplatz menschenleer, Überreste von Schnee, einen dunklen Fleck veranstaltend, der mit zunehmender Neigung des Platzes ein Rinnsal abgibt, ab und zu das Geknatter eines Motorrads, in gleichmäßiger Wiederholung die Abdrücke der nassen Stelle des Reifens auf dem Asphalt, es ist warm, Frühlingswärme, es muß ein Sonntag sein, so still ist es, ich habe den Überblick über die Tage verloren. Nach einer Weile stehe ich auf, strecke mich in den Sonnenschein hinein, eine ganze Weile lang, genüßlich und mit jeder Faser meines Körpers, wische mir den Straßenstaub von der Hose, dann schlüpfe ich durch das Portal in das dunkle Innere der Kirche zurück. Es gibt keinen Grund, ungeduldig zu werden. Die Reliquien, unter anderem ein Haar des heiligen Antonius, die Gräber von kirchlichen Würdenträgern anno neunhundert, die Votivbilder einer Seitenkapelle mit seltsamen Tieren und farbigen Drachen und vor allem den Engeln mit den Augen-übersäten Flügeln (»the feathers full of eyes«), die, so behauptet der Tourist Guide in meiner Hosentasche, in ganz Katalonien zu finden sind – alles sehr interessant, aber nicht genug Stoff, um den Rest eines Nachmittags zu füllen. Die Architektur: ein nicht unsympathisches Patchwork von diversen Stilrichtungen. Ich kann es nicht lassen und schlendere am Beichtstuhl vorbei. Ihre Stiefel hinter dem Vorhang. Warten in der Dunkelheit. Dabei gibt es, wie gesagt, keinen Grund, ungeduldig zu werden, eine Reise ohne Ziel, aus reiner Lust, kein Geschäftstermin, keine Aufsichtsratssitzung, keine Restrukturierung, nichts am Horizont, was mich in irgendeiner Weise drängen würde, ich setze mich wieder auf die Treppe vor der Kirche. Unterdessen ist die Sonne hinter dem Bergrücken verschwunden. Bald ist auch der Treppenstein kalt.

Ich frage mich angesichts der Dauer dieser Beichte, was Josephine sonst noch vorhat mit mir – Bankraub, internationaler Waffenhandel oder gar einen Mord?

Der Espresso im Café gegenüber ist heiß, ich verbrenne mir die Zunge. Irgendein Lümmel spielt am Glücksspielautomat, schlägt die ganze Zeit an die Kiste, während die Rädchen mit den Kirschen und Pflaumen rotieren. Der Barmann sagt kein Wort. Er trocknet Gläser, die er einzeln dem Geschirrspüler entnimmt. Die einzige Straßenlaterne des Platzes jetzt in voller Produktion, auch die Scheinwerfer, die den Kirchturm beleuchten. Ich klopfe mit einer Münze auf den Tresenzink, damit die Zeit schneller vergeht. Vor dem Eingang zur Kirche dann mein letzter Versuch, mir Geduld einzureden. Er mißlingt. Ich entschließe mich, Josephine aus diesem Beichtstuhl zu reißen, notfalls mit Gewalt. Aber sowohl das Hauptportal als auch die Türen zu den Seitenflügeln sind abgeriegelt. Ich trommle an

die Türen wie der Lümmel an den Glücksspielautomat. Nichts rührt sich. Ich kicke mit den Schuhen
ein hundertstes Mal gegen die Kirchentür zum Beweis, daß ich nicht träume. In dem Moment fährt
ein roter vw-Bus vor, hupt, ich solle einsteigen, Josephine, sie ruft mir über die Straße zu, in einem
Ton, als hätten wir uns jahrelang nicht mehr gesehen, dabei winkend. Josephine wie ein Schmetterling. Wir verlassen Andorra durch das Gran-Valira-
Tal. Richtung Spanien. Es ist spät.

Time to Destination: 3 Hours 38 Minutes.

Das Fliegen hatte sich der Mensch anders vorgestellt, als neun Stunden lang eingepfercht in einer
Röhre auszuharren, umgeben von schlechter Luft
und schlechter Gesellschaft, beleidigt zu werden
durch wattiges Brot und zickige Flight Attendants.
Engelgleich hatte sich der Mensch das Fliegen vorgestellt: Arme weit ausgebreitet. Die Fingerspitzen
wie Antennen oder wie Härchen, die kleinsten Ver-
wirbelungen erspürend. Dann langsame Schwing-
bewegungen mit den Armen, sachte beschleuni-
gend, die Luft als Widerstand auskostend. Wie die
Beine leichter werden, die Füße, wie man plötzlich auf den Fußspitzen steht ohne Aufwand, und
dann – wie der Boden langsam davongleitet, noch

einen letzten Grashalm streifend, die Käfer, die Steine, alles gleitet weg, die Füße in der Luft pendelnd, man hebt ab, Baumwipfelhöhe, bald über den Dächern und Türmen, kreisend, dann weiter steigend, wie die Bäume einzeln zu dunklen Punkten verdampfen, sich allmählich zu Wäldern massieren, die Stadt, ein See, schmal wie ein Strom, glitzernd, Gebirge in der Ferne. Der Traum von der vollständigen Koordination zwischen Denken, Körper und Welt. Dieselbe Leichtigkeit beim Sinken – das Sinken ein Segeln, mühelos, die Arme ausgestreckt, feinste Abstimmung über die Hände und über die Fingerspitzen. Wie alles wieder größer wird, die Stadt, die Dächer, die Bäume, und wie einem der ersehnte Landeplatz zufliegt, das Abbremsen in der Luft, die erste Berührung mit einem Grashalm, das Aufsetzen der Fußspitzen, und plötzlich steht man auf dem Boden und zieht die Arme ein.

So oder so ähnlich hatten es sich wohl auch Ikarus und Daedalus vorgestellt.

»Es war das große Verdienst der Gebrüder Wright, zu erkennen, daß ein Flugzeugflügel starr sein muß – ganz im Gegensatz zu den Flügeln der Vögel. Sie haben keine Vorstellung, wie viele Jahrzehnte die Ornithologie die Aviatik gekostet hat.«

Ich weiß nicht, wie mein Sitznachbar auf die Fliegerei gekommen ist, das heißt, natürlich ist es sein Thema, aber ich verstehe nicht, wie es ihm gelingt, meine Gedanken so problemlos zu übernehmen.

»Mindestens dreißig Jahre hat uns das gekostet. Nur weil man immer gedacht hat, ein Flugzeug müsse mit den Flügeln schlenkern, um in der Luft zu bleiben.«

Ich bin froh über soviel geschichtlichen Hintergrund.

»Dreißig Jahre. Stellen Sie sich vor: dreißig Jahre früher die Überquerung des Atlantiks, dreißig Jahre früher auf den Mond, dreißig Jahre modernere Flugzeuge heute.«

Nächstes Mal kaufe ich zwei Flugtickets: eines für mich und eines, damit der Sitz neben mir frei bleibt.

Ich frage mich, wie man sich Engel vorzustellen hat, respektive ob die Engel nicht viel mehr schweben als fliegen, ob ihre Flügel nichts anderes sind als Zier oder ob sie tatsächlich Augen tragen wie in Katalonien.

Lerida, Spanien, weil man uns hier nicht vermuten wird – wir meiden Barcelona. Es wird Zeit, das Auto zu wechseln. Die Interpol wird uns auf den

Fersen sein, besonders nach der unsinnigen Lösegeldforderung. Weiß man um die unzähligen Videokameras an jeder Kreuzung, an jeder Tankstelle, an jeder Ein- und Ausfahrt, ist es reiner Zufall, daß sie uns noch nicht geschnappt haben – »dich nicht geschnappt haben«, korrigiere ich, »du bist die Entführerin«. Der erste Autohändler bietet 4000 Euro für den vw-Bus, der zweite 5200 Euro, aber nur gegen Vorlage sämtlicher Papiere. Bei einem dritten tauschen wir ihn (ohne Papiere) gegen einen zerbeulten, aber fahrtüchtigen Jeep Cherokee (ebenfalls ohne Papiere). Viel Gepäck haben wir nicht, zwei Trolleys und meine Aktentasche samt Organigramm der Manhattan Finance Corporation. Was tun mit Ulysses? Als Buchhändlerin kann sich Josephine nicht von Büchern trennen, nicht einmal von Ramsch; wir laden die Kisten um. Wir sind wieder autobahntauglich.

Bedürfnis nach frischen Unterhosen.

Übrigens rechne ich fest damit, daß wir in den nächsten Tagen gefaßt werden. Zu Hause hätte ich wieder frische Hemden, gebügelt, gestärkt, statt dieser verschwitzten Lumpen. Selbst der Nadelstreifenanzug ist mittlerweile zerknittert wie Echsenhaut. Noch drei Tage, vielleicht vier.

Das sage ich ihr nicht.

Meine Vermutung, daß sie ebenfalls um die Ausweglosigkeit dieser Fahrt ins Blaue weiß, es aber verschweigt, um nicht vor der Wirklichkeit zu verbluten.

In jeder Nacht lieben wir uns mit dem Bewußtsein des letzten Mals.

In jeder Nacht reiße ich ihr die Kleider vom Leib wie die Zettel eines Kalenders.

Je weiter wir nach Spanien hineinkommen, desto unwirtlicher das Land. Aufgesprungene Ebenen, an den Bruchstellen roter Fels, Erosion sichtbar gemacht, Pfade, die durch ausgetrocknete Flußtäler führen. Eigentlich eine Wüste. Was hier wächst: Gebüsch, einzelne Stauden, Bäume, vom Wind zerzaust. Ab und zu ein Dorf, ein Dutzend Steinhäuser, eine Kirche, eine staubige Straße, die hineinführt, und eine staubige Straße, die hinausführt. Vor wenigen Jahren hätte man hier noch Schafherden gesehen – heute gibt es nicht einmal mehr das. Die Jungen sind in die Städte geflüchtet. Land, das nur noch als Distanz im Weg steht. Autobahnland. Es bräuchte Milliarden von Subventionsgeldern, um hier wieder etwas zum Leben zu erwecken.

Einzelne Olivenhaine, zu klein für die industrielle Produktion, verstreut, unregelmäßig und abgelegen. Niemand wird hier die Oliven ernten, und was fällt, fällt auf unfruchtbaren Boden. Glut über der Ebene. Wir fahren von Benzintank zu Benzintank, Distanz vernichtend. Distanz wohin?

Josephine von der Seite betrachtet: eigentlich ein vergnügtes Gesicht. Blick geradeaus. Wenn sie fährt, kann sie nicht gleichzeitig reden und den Kopf zur Seite drehen. Entweder sie schaut mich stumm an, oder sie spricht zum Lenkrad. Ansonsten fährt sie wie ein Mann: den Sitz weit nach hinten gestoßen. Ihre Arme sind lang und dünn. Wenn ich mir etwas abschneiden könnte für die Ewigkeit, dann wären es Josephines Arme. Ihr rätselhaftes Haar. Die Wurzeln kommen ein bißchen unregelmäßig aus ihrer Stirn, aber sehr schön. Ihre Stirn ist gewölbt und faltenlos, fest und rund wie eine Kugel. Hinter dem Lenkrad sieht es aus, als würde sie aus Vergnügen vor sich hin summen, dabei summt sie nie, sie singt auch nie, sie verinnerlicht nur, zum Beispiel Musik aus dem Radio, und im Moment konsumiert sie Landschaft. Ich denke: Nichts an dieser Frau ist gestellt oder verlogen, da gibt es kein Fremdbild, das man erst mühsam niederreißen muß.

Zuerst versuchen wir's in Zaragoza. Es ist 14:30 Uhr, wir finden die Filiale der Banco Espirito Santo geschlossen. Eine ganze Stadt in tiefstem Mittagsschlaf. Wir fürchten uns, eine halbe Stunde lang zu warten – zwei Ausländer, auf die das Profil der Gesuchten haargenau paßt. Wir vermuten Polizisten hinter jeder Ecke. Also schleunigst weiter.

Ab und zu blicke ich mich um, um sicherzugehen, daß uns niemand folgt, aber die Autos hinter uns wechseln andauernd. Es gibt Autobahnabschnitte, auf denen sind wir ganz allein. Wie in Trance fahren wir eine ganze Siesta lang einfach der weißen Spurenmarkierung nach. Übrigens bin ich der Meinung: Lassen wir das Lösegeld! Schon genug Geschirr zerschlagen ohne die geringste Aussicht, dies je wiedergutzumachen – weder im Geschäft noch mit Anna. Doch dann, aus einer kindlichen Ungezogenheit heraus, juckt es mich, zu wissen, wieviel ich wert bin, es kitzelt mich, zu wissen, wie die Welt auf unsere Bodenlosigkeit reagiert hat, ja es zerrt mich geradezu in die nächste Bankfiliale hinein. Also nehmen wir wieder irgendeine Ausfahrt. La Tudela. Ein verwinkeltes Kaff in der westlichen Ebro-Ebene. Wir müssen dreimal nach dem Weg fragen, aber dann finden wir sie: Banco Espirito Santo. Josephine wartet wie abgemacht mit laufendem Motor um die Ecke. Die Rauchglastür öffnet und schließt mit einem hellen Klingelton.

Vor mir ein Greis.

Der säuerliche Duft, der von seinem Körper ausgeht.

Ich bemühe mich, nicht aufzufallen. Keine Zeitung, hinter der ich mich hätte verstecken können, keine Brille zur Tarnung; ich hänge die Daumen in den Gürtel ein und trommle mit den Fingerspitzen an den Hosenbund – mein Versuch, Langeweile vorzutäuschen.

Ich sehe den von Leberflecken befallenen Schädel. Ich sehe graue Stacheln, die unregelmäßig der Kopfhaut entspringen. Die Ohren viel zu groß. Geisterhaft. Seine Hand, die den Kugelschreiber hält, eigentlich keine Hand, sondern großzügig geschnittene Echsenhaut. Ein Nervenzucken, das genau der Linie von der Schlüsselbeinhöhle zum Ohr folgt, ein rebellisches Reißen von Stricken entlang der Halsschlagader.

Der Greis versteht sie nicht, die Formulare, oder er sieht sie nicht durch seine Brillengläser hindurch, jedenfalls beginnt die Schalterangestellte, ihm den Kram auszufüllen. Ab und zu muß er unterschreiben, das kann sie ihm nicht abnehmen, er versucht's mit zittriger Hand, aber er setzt die Unterschrift in ein falsches Feld. Jetzt muß sie mit dem Ausfüllen von vorne beginnen. Ich stehe da und blättere in meinem Paß und beobachte den Alten, der mit jedem Atemzug ein wenig zu sterben scheint.

Einmal dreht er sich, um etwas aus seiner Brieftasche zu nehmen. Jetzt von der Seite: die Leberflecken, die sein Gesicht schleichend erobert haben. Die Ansammlung von Haut unter dem Kinn. Die feinen, grauen Härchen im Ohr. Die Härchen an den Backen, die sein Rasiermesser schon seit Jahren nicht mehr erreicht hat.

Die Kameras an der Decke sind nicht zu übersehen, und die aufgereihten Halogenlämpchen an den quer über die Decke gespannten Drähten scheinen ihr Licht absichtlich auf mich zu werfen. Wie spielt man eine Geisel in der Absenz ihrer Geiselnehmer? Würde nicht erwartet, daß ich versteckte Zeichen gäbe, Handzeichen, während ich warte, eine Art Fingeralphabet oder zumindest ein in die Luft gezeichnetes Herz für meine Frau? Warum habe ich keinen Zettel parat, den ich heimlich unter dem

Schalterglas hindurchschieben könnte mit Hinweisen – Tatmotiv, Identität der Entführer, Beschreibung – für die Fahndung?

Ich sehe, wie der Alte seine müden Glieder zusammentrommelt und diese versprengten, zerlumpten, abgekämpften Soldaten noch ein letztes Mal zum Aufmarsch nötigt. Die überstandenen Launen, der über Jahrzehnte gefochtene Kampf gegen das Chaos, die Wunden – all dies trägt er wie eine alte Fahne mit sich herum. Ich stelle mir vor, wie oft er vor der Frage stand, aufzugeben – im Krieg, in der Liebe, im Job, im Glauben –, und immer wieder hat er es gepackt, immer wieder hat er sich einen Ruck gegeben. Und all das hat ihn hierher gebracht. An diesen Schalter. Zu diesem Kampf mit den Formularen.

Als er sich umdreht, um die Bank zu verlassen, und als ich mich anschicke, zum Schalter zu schreiten, berühren wir uns beinahe. Sein Kopf jetzt groß. Groß der Mund. Jung sind einzig die Lippen, feucht und glänzend und rosa. Zähne wie ein Bergwerk. Er schaut mich an, als ob er begriffen hätte, daß die letzten Reste einer alten Ordnung beiseite geschafft worden sind. Überall die kalten Falten einer abstoßenden Erschöpfung. Die Leiche, die er bereits mit sich herumschleppt. Der säuerliche Atem, der noch herumliegt, als er schon draußen ist.

»Me quiero dinero.« Der Versuch, meiner Stimme einen Schwung von Selbstbewußtsein zu verpassen, scheitert. Ich muß schlucken, und es fühlt sich an, als schluckte ich Staub.

»Passaporte, por favor«, befiehlt die Schalterangestellte.

Ich schiebe meinen Paß unter dem Fensterchen hindurch.

Das hastige Rascheln ihrer Finger, die ich nicht sehe, da hinter dem Computerbildschirm, aber höre: Sie tippen, und es klingt, als würde Sand über eine Tastatur gestreut. Ihr Beschäftigtsein gibt mir Zeit, sie genauer zu betrachten, ich tu's nur aus Verlegenheit, weil es mir nicht einfällt, anderswohin zu schauen.

Plötzlich wird die Dame ganz still.

»Quanto?«

Keine Ahnung. »Todo«, sage ich.

Ob ich sicher sei?

Ja, ja, »estoy seguro«.

Ihr Gesicht, als hätte sie aufgehört zu atmen.

Dann steht sie auf, nein, eigentlich erhebt sie sich nicht, sondern rutscht seitwärts, als würde es sie unendlich schmerzen, über die Kante ihres Stuhls, dann, allmählich, beginnt sie, sich rückwärts zu bewegen, behutsam, lautlos, wie eine Schachfigur, die von einem unsichtbaren Finger geradlinig über das Brett geschoben wird, ihr Blick weiterhin auf meinen Händen, auf meinem Oberkörper, auf meinem Gesicht und vor allem auf der Tasche, die ich mitgebracht habe und die jetzt in meinen Händen wartet, einer schwarzen Nylontasche – ich komme mir vor wie eine Bombe, die jederzeit hochgehen könnte.

Nach ein paar Minuten, die mir wie eine halbe Ewigkeit vorkommen, ist sie wieder da, mitsamt Filialleiter, einem dürren Mittvierziger, dessen einzige Auffälligkeit in seiner bleistiftdünnen und schreiend unmodischen Krawattennadel liegt, der mich weder anspricht noch anblickt. Auch dieser untersucht meine Identität durch ausgiebiges Befühlen des Passes. Auf sein Nicken hin zählt sie aus und schiebt die Bündel Euro – ein ganzer, flotter Hügel – zusammen mit meinem Paß unter dem Panzerglas durch. In einem Bürofenster hinter ihr bemerke ich, wie Fingerspitzen einzelne Storeblätter hochdehnen.

Ich will schon hinausrennen, da ruft sie »Espera!«, ich müsse noch unterschreiben.

Ich unterschreibe pflichtgetreu und stürze hinaus.

Time to Destination: 3 Hours 10 Minutes.

Wenn der Sitznachbar sich glänzend mit der Stewardess unterhält, stört es mich nicht wirklich. Sie plaudern in gedämpftem Ton. Selbst wenn sie lachen, nehmen sie Rücksicht auf die Passagiere. Teilweise schlafen die ja. Oder sie arbeiten oder denken, so wie ich. Was mich stört, ist nicht das Gequassel, auch nicht die Lacher. Was mich stört, ist meine plötzliche Eifersucht auf den Sitznachbarn.

Ich frage mich: Wie viele Flight Attendants kehren täglich als schwangere Frauen von ihren Einsätzen zurück?

»Sie trinken zu wenig«, meint mein Sitznachbar, er hat entdeckt, daß ich nicht schlafe, sondern denke, zumindest schaue ich zum Fenster hinaus oder starre auf den Monitor, ich weiß es selbst nicht, vielleicht hab ich auch gemurmelt, jedenfalls nimmt er's als Einverständnis, mich der Stewardess vorzustellen, die seit einiger Zeit lässig auf seiner Armlehne hockt, vorsichtig darauf bedacht, den Blickkontakt zu seinen gletscherblauen Leuchten aufrechtzuerhalten. Eine unnötige Geste, finde ich, diese Vorstellung, und bestelle noch etwas Merlot, einfach um das Mädchen loszuwerden.

Keine Ahnung, warum er mir noch immer auf die Nerven geht.

Seine junge Haut. Die Spannung in seiner Haut. Seine Babyhaut am Hals, wo keine Bartstoppeln wachsen. Dazu sein braunes Skifahrergesicht.

Jetzt blättert er wieder in seinem Fliegerhandbuch: Flight Operations Procedures, Section 1C. Keine Ahnung, warum mich das plötzlich interessiert.

Seine Pilotenbrille, die er, auch jetzt als Passagier, lässig in der Hemdtasche eingehängt hat.

Überhaupt seine Brillenlosigkeit.

Jetzt kommt die Stewardess mit dem südafrikanischen Merlot, der nicht zu trinken ist, und so bestelle ich dazu Salzstengel, um sie noch einmal loszuschicken.

Ich klappe meine Lesebrille (Cardin) zusammen, die ich nur selten wirklich brauche, und beobachte die Wolken, die es immer gibt, diese grauweißen, manchmal grünlichweißen Schwaden. Ich frage mich, wie es den Wolken in den Sinn kommt, aus einer unendlichen Menge möglicher Formen genau diese anzunehmen – zerrissene bauschige Teppiche.

Sein Gesicht.

Sein Jugendglanz.

Sein idiotisches jugendliches Strahlen, selbst wenn ich meine Augen geschlossen halte.

Ich mache mir nichts aus einer Million. Ich habe es täglich mit Millionen zu tun – unsere Bank erwirtschaftet bei einer Bilanzsumme von achtzig Milliarden einen Reingewinn von 600 Millionen, davon kommt die Hälfte aus dem Private Banking, also aus meiner Sparte. Eine Million mehr oder weniger spielt in unserem Geschäft keine Rolle. Ich behaupte sogar, man könnte eine Million verschwinden lassen, ohne daß irgend jemand davon Notiz nähme. Eine Million ist, im Banking, ein lächerlicher Betrag. Was fühle ich, wenn meine Hände in einer Tasche voller Hunderternoten wühlen – zehntausend an der Zahl? Ich spüre Papierfetzen, hartes, bedrucktes Papier, das mehr an Kunststoff erinnert als an Toilettenpapier, zum Beispiel, oder an Kleenex. Ich spüre mit Gummibändern zusammengehaltene Bündel, dicht gepackt, beinahe gepreßt, Bündel mit dem Gewicht von Holzklötzchen. Was in der schwarzen Nylontasche steckt, ist weder warm noch kalt, weder scharfkantig noch weich. Wenn ich meine Hände aus der Tasche ziehe und daran rieche, so riecht es, außer nach mir, nach nichts. Auch Josephine will in die Tasche greifen. Sie steckt die rechte Hand hinein, während sie mit der linken lenkt. Ich denke mir: Es ist selten, daß eine Million Euro so daherkommt. Normalerweise begegne ich Millionen als Kontobeständen oder als Häusern, als Zahlen auf einem Bildschirm oder als Maschinen, als Fabriken, als Land. Aber eine Million in Scheinen, das ist eine Kunstform! Ich wühle noch eine Weile in der Nylontasche und entdecke keinerlei zusätzliche Gefühle, keine anderen Regungen, außer der Frage, wie wir dieses Geld so schnell wie möglich und so spurlos wie möglich wieder loswerden.

Autobahnbelag mit Luftspiegelung, Asphalt, weich wie schwarze Schokolade in der Sonne. Links und rechts die spanische Wüste. Ich weiß nicht, weshalb mir Sievers in den Sinn kommt, mein Vorgesetzter, CEO und Aufsichtsratspräsident in einem, jetzt mitten auf dieser flimmernden Autostraße. Ein Mann mit schwerem Schritt, was nicht allein an seinem Alter liegt. Ein Mann von erbarmungsloser Geradlinigkeit in geschäftlichen Dingen, aber menschlich, dazu gutaussehend, ein außerordentlich gepflegter, ja geradezu anmutiger Mensch, der über einen nie versiegenden Charme verfügt. Sievers kann sogar überaus liebenswürdig sein, wenn man seine Hilfe braucht, aber stets hat man das Gefühl, er nähme einen dabei gar nicht wahr. Er trägt sie perfekt, jene dunklen, englischen Anzüge aus den schweren Stoffen, die ich nicht tragen kann: maßgeschneidert, den ersten Knopf seines rechten Ärmels daher immer aufgeknöpft, die Nadelstreifen wie mit Kreide gezogen, die Manschettenknöpfe aus Silber und groß wie Fingerhüte, die Hemden, ja die blütenweißen Poschetten mit diskret eingesticktem Monogramm. Ich denke, man muß in England aufgewachsen sein, um diese Stoffe zu tragen, ohne dabei wie ein Operettensänger auszusehen. Jede seiner Bewegungen ist von exquisiter Sparsamkeit. Man sagt ihm nach, er sei entfernt mit der Besitzerfamilie der Bank verbunden. Old Money – eigentlich sieht man es ihm an, Old Money, im Gegensatz zum Neureichtum. Es sind diese Nuancen der Tradition, die in meiner Heimat eine nicht unerhebliche Rolle spielen: Neues Geld ist besser als kein Geld, aber nichts ist besser als altes Geld, selbst wenn es wenig ist. Seine Begeisterung für die Akquisition, wie gesagt. Eine Niederlassung in den USA, jetzt im Zug der Globalisierung ein Muß, und statt eine eigene Niederlassung zu eröffnen gleich eine ganze Bank kaufen. »Und Sie, Herr Himmelreich, sind der perfekte Mann für die Integration.« Ich lachte – vor dem ganzen Aufsichtsrat, was mir noch nie vorher passiert war –, und es bedurfte einer Menge Fingerspitzengefühl, mich durch das Unterholz ihrer schmeichelnden Argumente hindurchzukämpfen. Ich schlug ihnen vor, jemanden auszubilden, der dann die Integration leiten könne, was natürlich eine Schnapsidee war, denn ich war, objektiv betrachtet, wirklich der geeignete Mann. Ich kenne New York aus meiner Zeit als Austauschstudent an der Columbia vor über zwanzig Jahren und von den unzähligen Besuchen, Meetings und Konferenzen; ich kenne die Amerikaner, insbesondere die Amerikaner als Mitarbeiter, die man wie eine Herde ungezügelter Arbeitspferde, workhorses, zu führen hat – mit Zuckerbrot und Peitsche, hauptsächlich mit Peitsche. Außerdem weiß ich, wie man zwei Firmen zusammenführt. Ich habe es schon oft genug getan, ausnahmslos mit Erfolg. Aber ich hatte ganz einfach genug davon, schon wieder umzuziehen, mich wieder neu einzurichten, wieder auszumachen, wo sich die nächste chemische Reinigung befindet, die Apotheke, ein Hausarzt, dem zu vertrauen ist, wohin mit dem Abfall, woher eine Putzfrau und so weiter; ich war mit Geld oder internationalen Herausforderungen schlicht und einfach nicht mehr zu motivieren, ich war es müde, schon wieder unbekannten Leuten unsere Vision zu predigen (»Private Banking with a Personal Touch«), wieder auf Empfängen und Anlässen zu stehen mit einem Glas Weißwein in der Hand (»Und was machen Sie beruflich?«), um sie, nach einer ersten Einschätzung ihrer finanziellen Potenz, möglichst dezent auf den Geschmack zu bringen, ihre Vermögen bei uns zu parken zwecks Vermehrung. Doch dann, noch am selben Tag des Aufsichtsratsbeschlusses, die Erleuchtung, daß gerade diese Versetzung mich aus der unheilvollen Verstrickung befreien, mich aus dem scheußlichen Irrsinn dieses Abenteuers mit Josephine herausreißen würde. New York, das wäre Lösung, Flucht und Ehrgeiz zugleich, es wäre der Rettungsanker meiner Ehe, meines Rufs und meiner Karriere, es wäre der entscheidende Schritt hin zu jenem beispiellos perfekten Banker und Geschäftsmann, der ich vor nicht allzu langer Zeit gewesen bin. Deswegen habe ich zugesagt.

Plötzlich Stau. Stoßstange an Stoßstange. Kriechen im Schrittempo. Links und rechts die Ebene des Valle del Ebro, Oberfläche wie Mars – ziegelrot. Vereinzelte Bäume, Eukalyptus, nie Wälder. Ab und zu eine Staubstraße in der Distanz. Landschaft, die mich an Arizona oder New Mexico erinnert, nur daß die Kakteen fehlen, dafür gibt's Ruinen, Kirchen oder einfache Steinhäuser, Ställe, seit Jahrhunderten erbärmlich in sich zusammengefallen, Ruinen, in deren Gemäuer Sträucher sitzen, manchmal ein Baum. Die Leitplanken blitzen im Sonnenlicht. Das Geflimmer auf den frischen Spurenmarkierungen. Luft wie flüssiges Glas. Stau in einer Landschaft, die niemand sehen würde ohne diesen Stau.

»Du, die machen Personenkontrolle.« Zu sehen, weit vorne: das Zucken von Blaulicht. Fünf, sechs Streifenwagen der Guardia Civil kreuz und quer über die Fahrbahn verteilt. Als wir näher kommen, fällt uns auf, daß sie jeden VW-Bus zur Seite winken, drei oder vier rote VW-Busse stehen schon herum. Auch ein schwarzer BMW. Ebenfalls zugegen: Renfer. Wir sind überrascht, ihn nach mehr als einer Woche wieder anzutreffen. Tatsächlich, er steht da, etwas abseits, stark wie ein Findling, mit Krawatte und hochgekrempelten Ärmeln, die ganze Belagerung wie ein Heeresführer überwachend. Ab und zu wischt er sich den Schweiß von der Stirn, nicht gewohnt, Dienst unter ausländischen Klimabedingungen zu tun. Zum Glück, denke ich, fährt Josephine, die in der Bankfiliale des Heiligen Geistes nicht gefilmt worden war. Ich verkrieche mich nach hinten unter die Bücher und mache mich kleiner als ein Käfer. Ich spüre, wie unser Wagen sich verlangsamt und Josephine das Fenster herunterkurbelt. Das Brummen von Lastwagen auf der anderen Straßenseite, zwischendurch das Knacksen und Rauschen aus einem Funkgerät. Mein Kopf unter einem Dutzend Ulysses-Ausgaben. Eine höchst unbequeme Umgebung, diese Bücher mit ihren Ecken und Kanten – wenn es wenigstens leichtere gewesen wären, Soft Cover, aber nicht gerade Backsteine! Dazu die Nylontasche zwischen den Knien. Das Zucken von Blaulicht, das wie ein Pinsel über die Szenerie fährt. Ich versuche, nicht zu atmen, sondern in Gedanken die Zeit zu beschleunigen. Ich denke an die Peinlichkeit, ja den Wahnwitz, wenn diese Fahrt ins Blaue jetzt auffliegen würde – ein hochrangiger Banker, Anwärter auf den Konzernleitungssitz, Shooting Star der Schweizer Wirtschaft, Ehrenmitglied des Harvard-Clubs, verheiratet mit einer zwei Jahre jüngeren, aber nicht minder erfolgreichen Rechtsanwältin, ein Mann, der mit einer entzückenden jungen Dame auf einer Frühlingsreise quer durch Europa erwischt wird und nebenbei eine Entführung vortäuscht, vw-Busse klaut und Lösegelder erpreßt. Keine Frage: Es hätte schlichtweg mein Ende bedeutet.

Eine Weile lang Stille.

Ich denke: Wenn sie jetzt die Autopapiere verlangen, fliegt alles auf.

»Vaya, vaya!« ruft eine männliche Stimme, ich höre es, ein Satz wie ein Freispruch, »vaya!«, und erst als Josephine beschleunigt, der Motor aufheult und sie sich dabei gehörig verschaltet, weiß ich, daß der Freispruch uns gegolten hat. Offenbar hat man uns dank Jeep Cherokee und vor allem dank spanischem Kennzeichen einfach durchgewinkt. Ich strecke meinen Kopf zwischen den Büchern hervor, ganz langsam, so wie Bäume zwischen den Ruinen hindurchwachsen. Durch die Rückscheiben zu sehen: Renfer, wie er zusammenschrumpft, bis man ihn mit dem Daumen abdecken kann.

Berauscht von soviel Ausnahme, schmiege ich meine Arme von hinten um Josephines Hals, ja beiße sie in den Hals wie ein übermütiger Hund. Der Duft ihres Haars. Ich küsse sie links und rechts um die Kopfstütze herum. Ich küsse sie, bis sie auf der Fahrbahn schlenkert, bis sie sagt: »Ich muß mich konzentrieren.« Dann krieche ich zwischen den Sitzen nach vorne, lege mich rücklings auf meinen Sitz, lege meinen Kopf in ihren Schoß, meine Füße baumeln zum offenen Fenster hinaus, mit den Händen umfasse ich ihren Oberkörper. So liege ich da, quer zur Fahrtrichtung. Ihr Gesicht von unten, ihr Pullover und damit ihre Brüste, das Lenkrad, alles von unten betrachtet, ihr Kinn, ihre Nasenflügel, die

Härchen in den Nasenflügeln, die ich zum ersten Mal sehe, wieder ihre Brüste – mit jedem Gangschalten federn die Tennisbälle unter dem Stoff ihres Pullovers. Jenseits der Windschutzscheibe Himmel, nur Himmel, Schleierwolken, viel Blau. Ich wippe mit meinen Unterschenkeln im Takt der Musik, klopfe mit den Fersen von außen an die Autotür. Meine Waden im Fahrtwind, das Flattern meiner Hosenbeine. Es kommt mir vor, als würde sie eine Mondkapsel steuern, so konzentriert wie sie dasitzt. Ich hätte schreien können vor Glück. Dabei finde ich mich nicht einmal unmöglich, etwas fremd, das schon, aber nicht unmöglich, ich muß mich kneifen, ich muß mir in die Lippen beißen zum Beweis, daß ich es bin, ganz und gar ich, der hier wie ein aufgedrehter Welpe quer auf ihrem Schoß liegt. Wenn, sagen wir, die Liebe eine fatale Illusion wäre, eine gnadenlose Täuschung, so würde sie doch nie echter und herrlicher sein als in diesem Moment. Mein Entschluß, der Bank endgültig den Rücken zu kehren. Zwanzig Jahre Banking, davon fünfzehn Jahre bei derselben Firma, dieselben Gesichter tagein, tagaus, dieselben Probleme, eine Akquisition hier, eine Auslagerung da, Mitarbeiter instruieren, Mitarbeiter kontrollieren, Mitarbeiter loben, Mitarbeiter tadeln, Mitarbeiter einstellen, Mitarbeiter entlassen – alles wie Atmung, automatische, flache, bronchitische Atmung, Spirale der Stumpfheit, unbewußt und im eigentlichen Sinn gleichgültig, so wie man Zähne putzt und dabei ganz anderes denkt. Das alles kommt mir jetzt wie ein spektakulärer Irrtum vor: Verschwendung von Lebenszeit. Und all die Gedanken, die polierten Aufsichtsratssitzungen, die überschwenglichen Freundlichkeiten und Kollegialitäten, die komplizierten Strategien, die ausgeklügelten Kontroll- und Überwachungs- und Motivationssysteme, überhaupt die Bändigung der menschlichen Impulse, Begierden und Roheiten, all dies scheint mir auf einmal in eine augenscheinliche Einfachheit oder Schalheit eingewickelt. Die Arbeit ist der Kerker des Minos! Und statt Wachs und Flügel kriegt man eine Schaufel in die Hand gedrückt, mit der man sein eigenes Grab aushebt. Ich spüre das Stampfen des Motors durch Josephines Schenkel hindurch und fühle ihren warmen, flüssigen Puls, ich rieche den Verkehr und gleichzeitig den Wohlgeruch ihrer Haut, ich spüre das Zerren des Fahrtwindes an meinen Unterschenkeln und ihren heißen Atem, der über meinen Arm streicht. Ich bin ein Wirbel des Universums, keine Galaxie, keine Sonne, nicht einmal ein Planet, aber ein kleiner Wirbel, bei dem tausend verschieden gezwirnte Fäden zusammenfließen. Am liebsten hätte ich mich in Josephine hineingefressen. Ich bin selig, lebendig, zum ersten Mal, verliebt, meinetwegen, entflammt, gefesselt von dieser Frau, aber vor allem lebendig. Wunsch, nackt durch die Savanne zu laufen. Wunsch, sich in einem Meer von Rosenblättern zu wälzen. Wunsch, bis auf die Seele abzubrennen. Das Gefühl, vorhanden zu sein, jetzt, da, im Augenblick zu sein, nein, mehr als ein Gefühl, eine Erweckung, eine Inspiration, dabei über eine einfache Gegenwart hinaus erhaben, tausendmal mehr als Gegenwart – Vergangenheit, Gegenwart, Zukunft, alles in einem Brennpunkt konzentriert, und dieser Brennpunkt bin ich.

Time to Destination: 2 Hours 54 Minutes.

Flughöhe: 33 000 Fuß.

Mein Sitznachbar klärt mich auf: Praktisch fliegen wir eine Isobare entlang, es können also mehr als 33 000 Fuß über Meer sein oder weniger. Wenn wir in ein Hochdruckgebiet fliegen, weniger; wenn wir in ein Tiefdruckgebiet fliegen, mehr. Wir schlingern auf und ab. Und weil der gesamte Flugverkehr auf gleicher Weise auf und ab schlingert, kommt es zu sehr wenigen Zusammenstößen.

Noch dreimal höher, und man könnte die Rundung der Erde erahnen.

Noch zehnmal höher, und man würde nie mehr abstürzen können. Ich zusammen mit dreihundert Menschen in einer Raumstation, die wie ein Flugzeug aussieht. Jetzt weiß ich, was mich an Satelliten stört: ihre Unförmigkeit. Der letzte schöne Satellit war gleichzeitig der erste: Sputnik. Eine silbrige Kugel mit vier schweifförmigen Antennen. Seither nur noch Satellitenkrüppel im Orbit.

Wolken wie Quallen.

Ich habe mich schon oft gefragt, was Leute meinen, wenn sie von Gefühl reden. Zum Beispiel Josephine. Dem Herzen folgen. Was heißt das? Ich weigere mich, zu fühlen, was ich nicht denken kann. Gefühl, wenn es auf Kosten der Vernunft geht, ist nicht Empfindung, sondern Bequemlichkeit. Was heißt: mit dem Herzen sehen? Wie genau funktioniert das? Ich bin es gewohnt, Ziele zu haben. Aus irgendeinem inneren Antrieb heraus Dinge zu tun oder zu lassen ist Mystik. Wofür soll denn das gut sein: Inspiration? Mir mangelt es nicht an Ideen, im Gegenteil, mir mangelt es an Zeit, meine Ideen umzusetzen. Da kann ich einen Sonnenuntergang betrachten, so lange ich will, nichts setzt sich dadurch in Bewegung. Außerdem: Die Zeit vergeht nicht langsamer, nur weil man fühlt. Ich wittere eine Falle, wo Frauen überschwenglich von Gefühlen reden, und sei's bei einem Dinner. Dazu braucht es nicht einmal Kerzen auf dem Tisch. Ich meine, Emotionen hat jeder, die Frage ist nicht, Emotionen ja oder nein, sondern ob man sich von ihnen vergewaltigen läßt. Die romantischsten Frauen sind übrigens nicht jene, die meinen, sich von den winzigsten Regungen verleiten lassen zu müssen. Frauen im Zustand der Empfindsamkeit empfinde ich als unattraktiv, nicht nur sexuell. Ich möchte dann am liebsten ins Geschäft. Das ist doch ein Zeichen von Reife: daß man weiß, was man will. Instinkt, geradezu tierisch. Keine Frage: Lust ist nicht zu verachten, wenn sie uns weiterbringt, zum Beispiel in Sachen Fortpflanzung. Aber dort, wo Lust in reine Faselei abrutscht, wird sie unergiebig. Die Tränen einer Frau zum Beispiel sind kein Anlaß für Gefühle, sondern für Handlung. Warum sich Gefühle einreden, wo keine sind? Gefühle – der Dow Jones einer Beziehung! Der Irrtum der Frau: daß der Mann, wenn er von Gefühlen spricht, sie auch hat! Ich behaupte, von mir sagen zu können, daß ich einen durch und durch vernünftigen Lebenswandel führe. Entscheidungen, zum Beispiel eine Anschaffung betreffend oder wie eine Woche auszufüllen sei, auch, welche Leute man trifft und welche Leute man nicht trifft, sind keine Sache von Stimmung. Es gibt so etwas wie offensichtliche Vor- und Nachteile, die eine Entscheidung geradezu erzwingen. Was ist denn so falsch an der Vernunft? Entscheiden aus reiner Lust, aus einer inneren Anwandlung heraus, das ist doch lächerlich. Wo, bitte schön, ist der Beweis, daß Gefühlsmenschen glücklichere Menschen sind? Darauf läuft doch die ganze Argumentation hinaus. Wo wären wir heute, wenn unsere Vorfahren ihren Launen gefolgt wären? Keine Schraube an diesem Flugzeug ist aus purer Laune dort, wo sie ist, sonst gäbe es diesen Flug nicht. Besonders bei jungen Leuten zu beobachten: der Irrglaube, Arbeit setze voraus, daß man sich zuerst in sie verliebe, bevor man sie anpackt. Woher dieses irre Bedürfnis nach Begeisterung? Natürlich gibt es Dinge, die man lieber tut als andere. Nicht jeder ist der geborene Bauer, nicht jeder der geborene Bäcker, nicht jeder der geborene Banker. Natürlich. Aber warum Bestimmung? Warum Berufung? Aus den Lebenszielen folgen die Jahresziele, aus diesen die Monatsziele und so weiter bis hinunter zum Moment. So einfach. Eine Kaskade der Logik. Das Leben ist nun einmal kein Gefühlsbad. Wer seine Lebensziele nicht kennt, der hat nicht genug darüber nachgedacht. So einfach. Als Topmanager bin ich es gewohnt, zu führen. Ich kann es nicht leiden: dieses Treiben in den Tag hinein, ziellos, nur damit Zeit vergeht. Leben aus reiner Lust, respektive Lust aus dem einfachen Tatbestand, daß man lebt, das ist doch lächerlich. Wer nicht führt, wird geführt, und sei es durch die Umstände. Durch die große, blaue Welt zu schlendern, ohne Richtung und ohne Ziel, das hält kein vernünftiger Mensch aus. Ich bin nicht, was Josephine von mir denkt. Ich bin kein romantischer Mann. Da ist kein Vakuum, das erst noch mit Gefühlen ausgefüllt werden müßte. Ich bin, der ich schon immer gewesen bin – ein Mann der Vernunft. Nicht mehr, nicht weniger. Gefühle sind wichtig im Umgang mit anderen, aber warum selbst welche entwickeln? Gefühle, das ist unsauberes Denken, meine ich. Außerdem machen sie müde. Genug Zeit für Gefühle im nächsten Leben.

Ein strahlender Morgen, Wind vom Meer her, man sieht es nicht, das Meer, aber ich kann es riechen, diese feuchte, würzige Luft. Frühling. Kaum Verkehr, wir fahren mitten in die Stadt hinein, Porto, Josephine am Steuer wie immer, ihre Lust, über die Pflastersteine zu rollen, das Trommeln der Unebenheit, man kommt sich vor, als würde man schweben, als würden die Reifen von Pflasterstein zu Pflasterstein hüpfen, Josephine hemmungslos selbst in den Kurven. Wir parken. Zeit für einen Kaffee, meine ich, ein weiter, lichter Platz, Campo das Flores, tatsächlich, ein Blumenmarkt in vollem Gang, Dutzende von Ständen, die aus nichts anderem als Brettern und darübergespannten Planen bestehen, Latten wie kleine Emporen, auf denen die mit Wasser gefüllten Eimer stehen, darin die Blumen, überquellend, sortiert nach Arten und Farben, auch gebundene Sträuße, Topfpflanzen, Sukkulenten, aber vor allem Schnittblumen. Stände, einer neben dem anderen, der ganze Platz ist voller Blumenstände, Gedränge wie auf einem Jahrmarkt. Es scheint, daß man nicht hierher kommt, um Blumen zu kaufen, sondern um zu flanieren, um ab und zu eine Rose herauszuzupfen, an ihr zu riechen und sie wieder in den Eimer zurückzustellen. Ja, es scheint sogar, daß selbst die Händler nicht hier sind, um Blumen zu verkaufen, sondern um sie auszustellen, um der Welt zu zeigen, welche Prachtexemplare sie in ihren Gewächshäusern gezogen haben. Glockengeläute, eine Menschentraube vor der Basilika am Ende des Platzes, eine Hochzeitsgesellschaft, Menschen in feierlichster Kleidung, die sich scheinbar nicht entscheiden können, ihr Herumstehen im Sonnenschein, ihr Flanieren und Lustwandeln in der Öffentlichkeit gegen einen Platz auf den hölzernen Bänken des Kircheninneren zu tauschen. Das alles beobachte ich nur aus der Entfernung und zwischen den Blumenständen hindurch, durch die mich Josephines Hand führt. Blumen in allen Farben, in allen Formen, es ist erstaunlich, daß die Evolution eine solche Vielzahl hervorgebracht hat, und ich frage mich, aus welchem Grund.

Ich mache mir, offen gesagt, nicht viel aus Blumen. Ihr Problem ist nicht der ästhetische Reiz, auch nicht der Preis, sondern ihre Haltbarkeit. Darum lieber Topfpflanzen, wenn es schon etwas Natürliches sein muß. Ich bin ein Mensch, der sehr gut ohne Natur auskommt. Pflanzen in einem Büro zum Beispiel irritieren mich, ich habe dann das Gefühl, sie würden sich verselbständigen, irgendwie zu wuchern beginnen, Ranken schlagen, mitten in der Nacht alles durcheinanderwühlen, was an Papieren und Dokumenten vorhanden ist. Natürlich ist es idiotisch, so über Pflanzen zu urteilen. Und was Schnittblumen betrifft, so ärgert mich, wie gesagt, ihre Haltbarkeit, die Tatsache, daß manchmal schon nach einem Tag Blütenblätter auf dem Tisch liegen, später sogar Blütenstaub, besonders bei Tulpen, Blütenstaub an den Händen, der, wenn man nicht aufpaßt, bald an Hemd und Krawatte zu finden ist, ja sogar auf den PowerPoint-Folien, gelber Staub, den man nicht einfach wegblasen kann, sondern der sich hartnäckig festkrallt, als stünde Absicht dahinter, ein Wille, das ist es, was mich durcheinanderbringt, dieser verruchte Wille der Natur. Es irritiert mich, daß sie sich verändern von Tag zu Tag, daß sie vergehen, es irritiert mich, daß sie jeden Tag neues Wasser brauchen. Dieser irre Bedarf nach Frischwasser.

Ich wäre, wie gesagt, für einen Kaffee gewesen oder für Weiterfahrt, aber Josephine kann es nicht lassen, sie nimmt mich an der Hand, zerrt mich in das Blumengewühl hinein. Ich frage mich, warum wir ausgerechnet jetzt Rosen brauchen, mitten in einer Entführung, dabei werden wir verfolgt, ich weiß es, sie weiß es, man ist hinter uns her, die Sicherheitsleute der Bank, schon von allem Anfang an. Josephine kauft Sträuße wie für eine Königin.

Endlich sage ich: »Genug!« Ich bleibe demonstrativ stehen. Aus dem Schwung heraus macht Josephine noch ein paar Schritte, dann bleibt auch sie stehen und dreht sich um: »Die sind nicht für uns, die verschenken wir jetzt.«

»Verschenken – an wen?«

»Hier, die Leute, die Stadt. Rückführung des

Lösegeldes in den ökonomischen Kreislauf. Ganz einfach. Es sollen alle etwas davon haben.«

»Sei nicht albern.«

»Irgendwie müssen wir doch diese Million vernichten.«

»Aber doch nicht so – nicht so dilettantisch.«

»Was schlägst denn du vor? Vermehren? In Hedge-Funds investieren? Emerging Markets, High-Yield-Bonds, Futures und Options und wie ihr Banker diesen Quatsch sonst noch bezeichnet? Hast du eine bessere Idee? Wir könnten sie anzünden, die Million, hier mitten auf dem Platz. Ein Einminutenfeuerchen. Ist es das, was du willst?«

»Die Noten sind numeriert.« Ich versuche, sachlich zu bleiben.

»Es ist mein Geld, verstehst du? Ich bin die Entführerin.«

Sie haßte mich. Sie war sauer, daß ich interveniert hatte, sauer wie jede Frau, wenn man sich in ihre Angelegenheiten einmischt. Aber es war nicht ihre Angelegenheit, genaugenommen war es meine, meine Karriere, die auf dem Spiel stand, mein Ruf, meine Ehe, mein Leben. Sie war beleidigt, und ich war nicht etwa bereit, mich durch ihr weibisches Gemüt einschüchtern zu lassen. Wenn eine Frau meint, mich durch Emotionen zu zwingen, so gibt es für mich nur eins: entschiedenes Handeln. Demonstration von Überlegenheit nicht durch Argumentation, sondern durch Tat. Ich habe es nie anders gehalten mit Frauen. Ich hatte es nie nötig, offen gestanden.

»Genug. Wir sorgen hier nur für Aufregung«, pruste ich Josephine ins Ohr und reiße ihr die Nylontasche mit der Million aus der Hand, tauche in der Menschenmenge unter und bahne mir einen Weg zur Basilika. Ein grauer Herr in Smoking und Zylinder begrüßt mich mit einer weit ausladenden Verbeugung und öffnet mir die Kirchenpforte – offenbar glaubt er, ich sei ein verspäteter Gast der Hochzeitsgesellschaft. Ich grüße zurück, und erst jetzt fällt es mir auf, daß ich ja noch immer meinen dunklen Geschäftsanzug trage, den Anzug, den bequemsten meiner Nadelstreifenanzüge, jenen, den ich normalerweise für Langstreckenflüge trage. Vor dem Altar stecken sich Braut und Bräutigam gerade die Ringe an, aber das interessiert mich nicht, ich finde den Aufstieg zur Turmspitze – warum Turmspitze? – es fällt mir nichts anderes ein, als das Geld in der Turmspitze zu verstecken. Also die enge Wendeltreppe hoch – gerade breit genug für zwei Füße und normal gewachsene Schultern –, der kalte, abgegriffene Stein, zwischendurch eine winzige Scharte, durch die sich die Sonne zwängt, sonst ist es dunkel. Ich muß mehrmals stehenbleiben und verschnaufen, unmöglich kurz und steil sind die Stufen, mit jeder Lichtscharte sehe ich den Platz aus einer größeren Höhe, ich erkenne die Stände, ihre Zeltplanen wie grünliche, unsauber aneinandergelegte Dominosteine, von der nächsten Scharte aus wie zusammengebundene Flöße, die in der brodelnden Menschenmenge treiben, immer weiter schraube ich mich hoch, bis ich den Glockenstuhl erreicht habe. Hier setze ich mich auf die letzte Treppenstufe, erschöpft. Die gotische Steinziselierung der Seitenöffnungen als Scherenschnitt auf dem knorrigen Holzboden. Dieses Licht! Diese Luft! Dieser Platz! Erstmals erfasse ich ihn in seiner vollen Ausdehnung, ein nicht ganz gelungenes Rechteck, dafür großzügig, die den Platz säumenden Bauten wie verzierte Streichholzschachteln, Seefahrerprunk aus dem 16. Jahrhundert, Manuelik. Über mir die Glocken, drei Stück, scheinbar schwebend, diese riesenhaften, tonnenschweren Eisenschalen. Wohin mit dieser verdammten Million?

Plötzlich bricht das Geläute los, zuerst ziehen die Glocken knarrend an, dann legen sie los und erzeugen, was ihrer Bestimmung entspricht, ein Gedonner, das mich augenblicklich in die Hocke fallen läßt. Ich bohre meine Finger in die Ohren, aber ich kann sie verstopfen, wie ich will, die Schwingungen erfassen den ganzen Körper und wandern durch die Knochen zum Schädel hinauf, so daß der Schall von innen her an das Trommelfell schlägt. Ich greife nach einer Eisenstange, die herumliegt, einer, so scheint es, verrosteten Drehkurbel, und stoße sie seitwärts in den Kettenantrieb. Es knackt, und die Mechanik kommt zum Stillstand. Die Glocken schwingen noch eine Weile weiter, wobei der Klöppel den Glockenrand nur noch drei-, viermal trifft, danach ist der Lärm verebbt und mit dem Lärm meine Aufregung. Wie unsinnig, denke ich auf einmal, das Geld hier oben zu verstecken – überhaupt, Geld zu verstecken, so wie die Eichhörnchen ihre Nüßchen verstecken –, auf einmal kommt mir das ganze Vorhaben so einfältig vor, so primitiv, so beispiellos barbarisch. Noch immer zitternd und in der Hocke kauernd, krame ich die Notenbündel aus der Tasche. Dann stehe ich auf, wobei mir leicht schwindlig wird, und werfe die Geldscheine durch die ziselierte Turmöffnung in den Wind hinaus.

Nach einer Weile öffnet sich die Hauptpforte der Basilika. Fetzen von Orgelmusik. Die Herrschaften strömen aus der Basilika, nahe stehen sie beisammen, von oben sieht das aus wie verschütteter Brombeersaft. Ich schaue den Scheinen hinterher, wie der

Wind sie fortträgt. Laub. Geldlaub. Ich reiße die letzten Bündel auf und verschleudere sie mit vollen Händen. Jawohl, wenn schon verschleudern, dann richtig verschleudern, alles verschleudern! Ich bin kein Bankdirektor mehr, nein, ich bin das Gegenteil, ein Schurke, ein Gauner, ein Erpresser, ein Bandit, ein Schwindler, ein Lügner, kurzum, ein Mann mit einem befreiend spontanen Verhältnis zur Wahrheit und einem noch spontaneren Verhältnis zum Eigentum – und vor allem bin ich verliebt, entbrannt, jawohl, vernarrt. Nein, ich will nicht, daß diese Entführung aufhört, ich will, daß sie immer weitergeht, eine nie mehr endende Lustfahrt rund um die Welt. Ich will diese Geschichte. Ich will sie! Ich will, was diese Geschichte ausmacht, ihre unerhörte Beliebigkeit, ihre mäandernden Flußläufe, ihre verworrene Paradoxie, ihren ausschweifenden Kitsch – ich will sie! Ich renne die Turmtreppe hinunter, so schnell ich kann, und je breiter die Wendeltreppe wird, um so weiter öffnen sich meine Arme, ich winde mich hinunter, ich drehe und drehe und sause wie ein von einem Hornissenschwarm Verfolgter, ich mag es kaum mehr erwarten, um ihre Hand anzuhalten, Josephines Hand!, natürlich ist es widersinnig, komplett abgedreht, besonders als verheirateter Mann, aber ich lache nur, ich lache laut heraus, während ich die Treppe hinuntereile,

Stufe um Stufe in engen, hastigen Schritten und blind vor Eifer, ich jauchze vor Glück. Unten angekommen, steht sie bei der Tür. Josephine hat auf mich gewartet: »Los, weg von hier.« Sie zerrt mich am Arm.

Draußen spielt der Wind noch immer mit dem Geld. Die Noten flattern, rieseln, kullern, einige bleiben in den Ästen hängen, dann und wann ein Windstoß, und sie segeln weiter oder wirbeln auf dem Pflasterstein. Die Hochzeitsgäste können es nicht fassen, Geldscheine, zuerst nehmen sie's als Gag, als Hochzeitsspaß, so wie man nach der Trauung Rosenblüten in die Luft wirft oder Bonbons. Ich sehe Leute, die die Geldscheine aufheben, durch die Finger ziehen und sie wieder fallen lassen, offenbar der Meinung, es handle sich um Falschgeld, Blüten. Viele aber stürzen sich auf die Scheine, stopfen sie in ihre Manteltaschen, es werden immer mehr, die an das Wunder glauben, selbst die Braut löst sich jetzt aus dem Arm des Bräutigams, rennt dem Wind nach und versucht, Scheine mit dem Fuß zu stoppen – das ist nicht leicht in ihrem Brautkleid, und so verhaspelt sie sich im schneeweißen Seidenstoff, sie fällt hin, fällt in ihren weichen, bauschigen Rock hinein und rappelt sich aus eigener Kraft wieder hoch – die Banknoten flattern immer weiter, bald gleicht die Hochzeitsgesellschaft einem Haufen Blindwütiger. Immer mehr Menschen strömen vom Blumenmarkt zur Basilika hinüber. »E real. E dinheiro real!« – es ist richtiges Geld, was da vom Himmel fällt. Und jetzt läuten auch die Glocken wieder, und wenn man genau zuhört, so sind es die Kirchenglocken einer ganzen Stadt.

Vor dem Kirchenportal wartet ein Bus mit laufendem Motor. Vorne ziert ein Bouquet von olympischer Wuchtigkeit die Kühlerhaube. Kein Mensch in dem Bus. Nicht einmal der Fahrer. Wir beraten nicht lange: Josephine auf dem Fahrersitz, ich daneben, ein Knopfdruck, und die Türen schließen mit einem Zischlaut. Wir fahren. Davon.

Coimbra. Ein später Nachmittag. Auf einmal finden wir uns auf dem Gelände der Universität, alles hell, glühend, Stein in der Farbe von Mehl, das Licht zitternd, richtungslos, ein Schwirren von Helligkeit. Weil wir die Straße zum Bahnhof nicht finden, fahren wir auf den Universitätsplatz und parken just unter dem von ionischen Säulen getragenen Tympanon der juristischen Fakultät. Die Studenten schwirren wie Tauben auf dem Platz umher, keiner scheint von unserem Hochzeitsbus auch nur die geringste Notiz zu nehmen. Minuten später stehen wir auf der hohen Terrasse des Platzes, Sonnenuntergang, unter uns die Straßen und Dächer der Stadt, weißgelb wie die Gebäude der Universität, mehlig, alles leicht, schwebend wie Helium.

Ich kann Josephine nicht anschauen ohne das Verlangen, sie zu umarmen, ohne diesen unbedingten Impuls, ihren Körper zum hundertsten Mal nachzufahren, ihre Schlankheit zu begreifen, diese Leichtigkeit eines Körpers, diese wirkungsvolle, aufrechte Art, wie sie in meinen Armen steht. Jetzt legt sie ihre Brille auf die Steinmauer, die den Platz umgibt, damit sie mich besser küssen kann. Ich stehe mit dem Becken an diese Mauer angelehnt. Noch empfinde ich es jedesmal als eine Sensation, sie so zu halten. Wie leicht sie ist, wie unerhört elastisch, unvorstellbar, sich je an diesen Körper zu gewöhnen.

Als wir uns aus unseren Armen lösen, ist es Abend. Das Licht der Scheinwerfer auf den steinernen Gebäuden. Weichspülung resoluter Architektur. Die Universität jetzt in der Farbe von Mond. Alles sehr unwirklich.

Am nächsten Morgen nehmen wir ein Taxi zum Bahnhof. Die Virtuosität, mit der wir die Transportmittel wechseln, zerstreut unsere Bedenken, daß uns das internationale Polizeiaufgebot jemals wird einholen können. Sie macht uns geradezu euphorisch. Wir lösen erste Klasse und besteigen aus Versehen einen Bummelzug, was uns nicht das geringste ausmacht. Ich fühle mich wie einer, der den gewöhnlichen, sich Schritt für Schritt im Erdstaub vorwärts mühenden Alltagsmenschen entflohen ist. So lustvoll und strahlend bin ich, es hätte nicht viel gefehlt, mich als Muster einer neuen Spezies zu definieren.

Josephine liest mir vor, während wir durch die portugiesische Campagna schaukeln. Ausgewählte Abschnitte. Sie liest vor, dann liest sie streckenweise wieder für sich. Aus dem Exemplar, das sie stets in ihrer Handtasche mit sich führt, dem einzigen der mindestens fünfhundert Exemplare, die wir aus der Schweiz entführt haben und die noch jetzt in Porto liegen, in unserem Jeep Cherokee, zusammen mit meinem Trolley und meinen Reiseunterlagen für New York. Ich höre nur wegen ihrer Stimme hin, ihrer knappen, aber begehrlichen Stimme, denn eigentlich langweilt mich diese konstruierte Irrfahrt über achthundert Seiten, aber ich sage nichts und höre zu und beobachte die Landschaft, die sich hinter den Scheiben produziert: »Mr. Leopold

Bloom aß mit Vorliebe die inneren Organe von Vieh und Geflügel...«

Time to Destination: 2 Hours 42 Minutes.

Seatbelt Sign on – wegen Turbulenzen.

»Da kommt mir die Geschichte mit der DC-3 in den Sinn«, sagt mein Sitznachbar, während er die Sitzgurte festzieht, »darf ich sie Ihnen erzählen?«

Ich bin ihm ausgeliefert, so oder so. »Bitte«, sage ich.

»Übrigens: Sie sollten Ihre Gurte ein bißchen fester anziehen, man weiß nie, auf 33 000 Fuß.«

Ich werde ihn noch umbringen.

Er beginnt zu erzählen: »Cargo-Flug mit diesem Museums-Vogel, Destination Nassau, Bahamas, Melonen in Holzkisten verpackt als Fracht, eine ganze Maschine voller reifer Melonen, die schwer sind wie Wasser. Start in Miami, die beiden Motoren auf Vollgas, das tiefe, volle, runde Brummen, Start Richtung Osten, Runway 09, Anrollen wie in Zeitlupe, mehr Kriechen als Rollen, das Zittern der Nadel des Geschwindigkeitsmessers als einziger Hinweis, daß es vorwärts geht. Nach einer Weile hebt das Schwanzrad ab. Rollen auf den zwei Hauptfahrgestellen. Aber: Etwas stimmt nicht. Der ganze Vogel wie Blei. Dazu der mörderische Gestank reifer Melonen im Cockpit. Ein Blick auf die Motorenanzeige bestätigt: Motorenleistung im grünen Bereich. Die rechte Hand weiterhin auf Vollgas, also nach vorne gestoßen, die linke am Steuerhorn, mit voller Muskelkraft nach hinten gezogen, ich muß fast stehen im Cockpit, breitbeinig, so stark sind die Kräfte, die mein Körper zu koordinieren hat, auch Frank hilft, mein Copilot, auch er zieht an der Steuersäule, dabei ruft er die Geschwindigkeit aus – 70 Knoten, 75 Knoten, 80 Knoten, 85 Knoten –, dann das Pistenende, das Gras nach dem Pistenende, das Rumpeln auf dem Gras, dann das Abheben, ein Baumwipfel, den man unter der Maschine verschwinden sieht und dann als Schlag gegen das Fahrgestell hört, die Dächer der amerikanischen Zündholzschachteln, in denen dieses Volk lebt, weit vorne der Küstenstrich, Miami Beach, das Meer im Sonnenaufgang. Wir steigen in Zentimetern. Einziehen des Fahrgestells. Noch immer Vollgas, sogenannte Firewall-Power, obwohl es den alten Motoren nicht gut bekommt. Es bleibt nur der Geradeausflug, jede Kurve hätte Energie vernichtet und damit Höhe. Alles sehr merkwürdig. Was tun?«

Er erzählt die Geschichte, als hätte er sie für eine Fernsehshow auswendig gelernt, so geglättet kommt sie daher.

Nochmals: »Was tun?«

Ich blättere, während er offensichtlich auf eine Antwort wartet, in meinem Kalender, streiche Tasks, die bereits erledigt sind oder die zu erledigen ich keine Lust habe – Meeting mit der PR-Verantwortlichen zwecks Entwurf einer neuen Image-Broschüre, Vorschlag des neuen Bonus-Systems zuhanden des Kompensations-Ausschusses, Budget.

»Also geradeaus weiter. Überflug der Küstenlinie. Das Wasser hell, grünblau wie Stauseen in der Schweiz, aber glasklar, Sicht auf die dunklen Korallenbänke, unsere Maschine will noch immer nicht richtig steigen, dabei alles im grünen Bereich, wie gesagt. Keine Ahnung, aber irgend etwas stimmte nicht. Plötzlich, es muß etwa fünf Minuten nach dem Überflug der Küstenlinie gewesen sein, also schon einige Meilen auf dem Atlantik draußen, die Küste Floridas nur noch als Filzstiftstrich sichtbar, die markantesten Gebäude wie Holzspielzeuge auf diesem schnurgeraden Strich: Ausfall des rechten Motors, das heißt zuerst Feuer, Flammen, die über den ganzen Flügel hinwegzogen, wie Seidentücher sah das aus, wie indische Saris, die sich hinter dem Flügel verwirbelten, an anderen Stellen des Motors stiegen kleine, blaue Flammenzungen hoch, dann Rauch, dann Stillstand des Propellers.«

»Einmotorig weiterfliegen«, meine ich, indem ich meinen Kalender gelassen beiseite schiebe, »dafür sind diese Flugzeuge ja ausgelegt.«

»Sie können sich vorstellen. Mit diesem Übergewicht. Also Schwenker nach links, Steilkurve, Drehung um 180 Grad, zurück zur Küste, wir verlieren während dieser Kurve massiv an Höhe, dazu kommt noch der Widerstand des stehenden Propellers. Wir sacken ab. Meter für Meter. Immer näher kommen wir der Wasseroberfläche. Die Korallenbänke jetzt wie verschwommene Wälder im Kristallwasser. Es hatte keinen Sinn, Frank zu bitten, die Cargo-Tür aufzureißen, um die Melonenkisten ins Meer hinauszustoßen, um Ballast loszuwerden, uns fehlte die Zeit für solche Manöver. Dann: Gleiten über dem Wasser, das Fahrwerk hatten wir ja eingezogen, ab und zu schlugen uns die Wellenkämme an den Rumpf, aber wir flogen, wir schwebten, wir glitten. Wir flogen tatsächlich. Haben Sie schon einmal Pelikane beobachtet?«

Natürlich kenne ich den Bodeneffekt, noch aus dem Physikunterricht, Minimierung der Turbulenz, damit laminare Strömung, damit Minimierung des Luftwiderstandes, dadurch schweben Vögel – bei weitem nicht nur Pelikane – scheinbar antriebslos in der Luft, ohne Wind und ohne Flügelschlag, warum sollen die physikalischen Gesetze für seine DC-3 nicht mehr gelten, also bitte schön, damit kann er mich nicht beeindrucken. All das, was er jetzt erklärt, hätte ich ihm auch erklären können und noch viel mehr, Wichtigeres, Relevanteres, tausendmal Bedeutungsvolleres. Und während er über den Bodeneffekt referiert, winke ich nach der Stewardess, damit sie uns noch zwei Espressi bringt zur Verdauung dieser schalen Geschichte.

»Der andere Motor jetzt erst recht auf Vollgas. – Sie hätten Frank sehen sollen, wie er dasaß, kreidebleich. Wir donnerten über die Wellen, und Frank klammerte sich mit beiden Händen an den Sitz, die Augen zu Schlitzen gezogen. Natürlich konnte ich nicht mehr auf ihn zählen, erstarrt wie er war. Immer näher kommen wir dem Küstenstrich. Ich wußte, steigen können wir nicht mehr, also Landung auf dem Strand. Zum Glück war es früh am Morgen, noch keine Massen von Badenden, höchstens der eine oder andere Jogger, ansonsten menschenleer.«

Natürlich: eine Strandlandung. Ich finde sie, ganz ehrlich, idiotisch, seine Geschichte. Ich weiß nicht, warum, aber immer wenn Leute von Notlandungen, und noch dazu im Sand, in Wüsten oder auf Stränden, erzählen, muß ich lachen. Ich glaube keine dieser Geschichten, aus Prinzip.

»Kurz bevor wir den Strand erreichen, kappe ich die Treibstoffzufuhr zum noch laufenden Motor.«

»Um eine Explosion beim Aufsetzen zu vermeiden«, werfe ich ein.

»Natürlich. – Es rüttelt und hustet, dann steht auch der zweite Motor still. Zwei starre Propellerkreuze im Himmel. Totenstille. Wir segeln wie ein Pelikan über die Wellenbuckel. Ground-Effect. Nur noch das Rauschen des Flugwindes. – Also Aufsetzen auf dem Sand mit eingezogenem Fahrwerk. Wir drehen uns mehrmals um die eigene Achse, es lärmt, es rumpelt und rasselt, dann stehen wir still.«

Zum Glück kommen die zwei Espressi.

»Eine schöne Geschichte«, sage ich, »danke.«

»Moment – sie geht weiter! Melonen, kistenweise Melonen, der Rumpf unserer Maschine war zerbrochen, und überall lagen Melonen, Tausende von Melonen über den ganzen Badestrand von Miami Beach verstreut, grüne, schwere, leuchtende Fußbälle, einige rollten ins Wasser hinein, bald trieb ein ganzer Teppich voller Melonen ins Meer hinaus. Und dann...«, er trinkt den Espresso in einem Zug leer, er trinkt ihn schwarz, straight-up, wie ein Sizilianer, »... und dann die Überraschung. Wir trauten unseren Augen nicht. Gold.«

»Soso.«

»Doch! Goldbarren im Sand. Goldbarren in den Rumpfteilen. Überall Gold. Mindestens eine Tonne Gold, die man unter den Melonenkisten versteckt hatte, vermutlich Drogengeld oder Steuerflucht, wer weiß, Gold, das für die Bahamas gedacht gewesen wäre – offshore money, Sie verstehen.«

Davon verstehe ich mehr als er.

»Menschen strömten, aufgeschreckt durch den Krach unserer Notlandung, aus ihren Hochhäusern und stürzten sich auf die schweren Goldbarren, das heißt zuerst auf die Melonen, die waren ja augenfälliger, dann, sobald sie's entdeckten, auf das Gold. Natürlich dauerte es nicht lange, bis die Küstenwache da war, dann auch die Polizei. Man weiß bis heute nicht, wer diese Ladung in unseren Frachtraum geschmuggelt hat.«

»Und Frank?«

»Frank überlebte. Ist jetzt ebenfalls Fluglehrer. Ebenfalls in Teterboro.«

Abenteuergeschichten. Ich muß lachen. Nichts unterscheidet die Piloten von den Fischern und Jägern – jeder will das größere Feuer an Bord, den wüsteren Sturm, die abenteuerlichere Strandlandung gemeistert haben. Es ist zum Lachen. Sein Gerede langweilt mich, da überflüssig, da stereotyp. Mit der Zeit hört er dann doch auf, und hinter meiner Schlafbrille entwickelt sich wieder Leben.

Lissabon. Ende Europas. Einfahrt in den Bahnhof Santa Apolónia. Das Rütteln, als der Zug das endgültige Gleis sucht. Quietschen auf jeder Weiche. Einfahrende Züge auf anderen Gleisen, die mal näher kommen, dann wieder wegrücken. Man muß sich irgendwo festklammern, sonst wird man umgeworfen. Ich stehe am Fenster, beide Fäuste an der Scheibe, darauf klebt meine Stirn. Ich weiß im Moment nicht, was ich denke. Manhattan Finance Corporation, denke ich, oder ich denke an gar nichts. Ich sehe mich im Flieger, Business Class, beschäftigt mit dem Studium von Bilanzen und Organigrammen, von vertraulichen Integrationsplänen, von Aufsichtsratsprotokollen und Marktstudien, ich sehe mich, wie ich den Wein, den die Stewardess einschenkt, gutheiße – vermutlich Merlot –, obwohl er nicht schmeckt; oder wie ich mich mit meinem Sitznachbarn – vermutlich einem gerissenen Wallstreet Banker – über die Zukunft des amerikanischen Zahlungsbilanzdefizits unterhalte, obwohl es mich nicht interessiert. Draußen findet ein Sonnenuntergang statt. Der Glanz der untergehenden Sonne auf den Gleisen. Mohn im Schotter. Minuten später stehen wir wie Flüchtlinge auf dem umtriebigen Bahnsteig – ein Hindernis für all jene mit einem Ziel. Meine arme Entführerin – eine Haarfranse, es ist immer die gleiche, liegt quer über ihrer Stirn. Ich streiche sie zurück. Ihr unschuldiges Mädchengesicht. Es macht mich fertig, dieses Gesicht, sie weiß es. Wenn ich sie so sehe, verliere ich meine Selbstkontrolle. Dabei, glaube ich, schauspielert sie nicht einmal. Sie ist nur einen Moment lang unsicher und macht große, verlorene Augen, die ich mir vornehme nicht der Raffinesse, sondern der Ratlosigkeit zuzuschreiben.

Wie weiter? Die Erde umrunden auf der Flucht vor uns selbst?

»Sorry, I can't check you in«, meldet der Angestellte an der Rezeption, »credit card declined.« Ich zücke meine Geschäftskarte, was mir unangenehm ist, doch auch diese will nicht – gesperrt. Ich lege Karte um Karte hin wie ein Poker Dealer in Las Vegas; ich werfe dem armen Portier auf den Tisch, was ich finden kann, einen ganzen Berg voller Karten – Frequent Flyer Cards, Visitenkarten, Firmenausweise –, er soll sich bitte sehr selbst eine aussuchen. »Sorry, Sir«, sagt er mit einem Gesicht voller Schmerz, »please understand, we must have a valid credit card.« Ich mag es nicht, eine Frau zu bitten, mich einzuladen, und sei es für eine einzige Nacht, und selbst wenn es eine Entführerin ist, es knickt den männlichen Stolz. Also lege ich meine Hand auf Josephines Arm, sachte, aber bestimmt, so wie man eine Katze packt, als sie in der Handtasche nach ihrer Kreditkarte wühlt, »bitte«, flüstere ich ihr zu, »wir hinterlassen Spuren«.

An einem Bancomat im Zentrum holen wir dann aus ihrer American Express, was aus ihr herauszuholen ist – tausend Euro – das Tageslimit. Es geht nicht ohne Geld – wie konnte ich das bloß vergessen.

»Ins Ritz«, schlägt sie vor und nimmt mich wieder mal am Arm, wir erwischen ein Taxi, checken ein, Presidential Suite, bezahlen bar, sechshundert Euro, schieben dem Rezeptionsangestellten noch eine Hunderternote über den Tisch, damit ihn unsere Pässe nicht interessieren. Auf der Terrasse mit Blick über die Lichter der Stadt – die Praça Marquês de Pombal, die Avenida da Liberdade, das in warmes, orangefarbenes Scheinwerferlicht getauchte Castelo de São Jorge – Austern, dann St. Pierre auf einem mit Olivenstücken durchsetzten Basmati-Reisbett, dazu ein La Tour 1995. Portugal, diese phantastische Sackgasse Europas. Cape Canaveral des 15. Jahrhunderts. Großartig, diese Stadt. Die Nacht ist warm und sanft und duftig wie eine Liebkosung. Ich öffne die Manschettenknöpfe und kremple die Ärmel hoch. Wind auf meinen Armen. Frühling. Ich bin selig.

»Wir rennen der Wirklichkeit davon«, sage ich, dabei fasse ich über den Tisch hinweg ihre Hand und beginne, die Stelle zwischen Daumen und Zeigefinger zu massieren, eine der feinsten ihres Körpers, finde ich. Ich war hingerissen von der Romantik dieses Abends, mag sein, des Sonnenuntergangs, der Sicht auf die prächtige Stadtanlage des Marquês Pombal, der Leichtigkeit unserer Reise, der Leichtigkeit unserer Liebe, dieses Spiels, das niemals den Anspruch erhob, ernst genommen zu werden, keiner wußte, wieviel daran Spiel war und wieviel Ernst, und keinen interessierte es, ich war gerade dabei, nach Worten für einen zweiten Heiratsantrag zu suchen, und hätte sie auch gefunden – wenn nicht plötzlich Renfer aufgetaucht wäre und hoch-

mütig wie ein Flaneur, aber ein bißchen abge-
kämpft und dadurch schlurfend zu einem weiten
Bogen um die Terrasse angesetzt hätte. Renfer, kein
Zweifel, das war er.

»Küß mich!« befehle ich, und so fallen wir uns
beide über den Tisch hinweg in die Arme, wir küssen uns so berauscht, so unanständig wie noch nie,
wir verlieren uns gegenseitig in den Kleidern, in
den Haaren, unsere Gesichter verschmelzen, ab und
zu kippt ein Glas um oder fällt vom Tisch und zerspringt, auch die Flasche La Tour fällt um, läßt den
erstklassigen Rotwein über das Tischtuch rieseln,
rollt über die Tischkante und klirrt auf dem Boden.
Nein, so kann keine Entführung aussehen, so nicht!
Nie ist Leidenschaft erregender als im Angesicht
von Gefahr.

Als wir uns endlich aus der Umarmung lösen, Totenstille. Was zu sehen ist: eine Schweinerei auf und
unter dem Tisch, Wein auf meinen Hosen, auf ihrem Rock, in meinen Schuhen. Noch tropft es wie
Blut vom Tischtuch. Alle wie versteinert – die Kellner, die Gäste an den anderen Tischen, der entgei-
sterte Chef de Service. Renfer jetzt hinter einer
Reihe von Kellnern, die sich wie ein Cordon vor
ihm aufgepflanzt haben, »Himmelreich, geben Sie

auf«, ruft er zwischen dem erstarrten portugiesischen Servierpersonal hindurch, »geben Sie auf!«. Aber niemand läßt ihn durch, als müßte das Bild, das wir hier abgeben, noch eine Weile lang Bestand haben, als müßte der Wein noch stundenlang vom Tisch tropfen, als müßte die Stille noch eine Nacht lang andauern, als müßte dieses Stilleben eingerahmt und ins Museo Nacional de Portugal gehängt werden. Nur das dumpfe Grollen des Verkehrs weit unten. Wir beschließen die Flucht. Wohin? Wir beraten nicht lange. »Zum Hafen«, flüstert sie mir ins Ohr. Wir springen auf und rennen zum Hotel hinaus – wir schießen durch die Hotellobby und lassen ein versteinertes Publikum auf der Terrasse zurück.

Statt Fährhafen hat der Taxifahrer Jachthafen verstanden. Mitternacht. Der Mond auf den anrollenden Wellenbuckeln. Stille. Nur das Schlagen der Masten im Wind. Gurgeln zwischen den Schiffsrümpfen. So stehen wir verlassen, erschöpft und ohne Gepäck am Ende eines Kontinents.

Plötzlich Scheinwerfer.

Ein Auto – es könnte, den Lichtern nach zu schließen, ein BMW sein – langsam daherkriechend. Seine Scheinwerfer streifen das Häuschen des Jachtclubs, die Bootstankstelle – Shell Marine in leuchtendem Rot und Gelb –, dann jeden Masten einzeln. Wir rennen auf den Steg hinaus, ducken uns, als uns der Lichtkegel erwischt; und als der Lichtstrahl wegschwenkt, rennen wir weiter. Plötzlich bleiben die Scheinwerfer stehen.

Sprung ins nächste Boot.

Das Quietschen des Tors zur Hafenanlage.

Schritte auf den Metallplatten. Sie kommen näher.

Wir verkriechen uns in den Bauch des Schiffs und schließen das Cockpit von innen ab.

Grabesfinsternis.

»Keine Bewegung«, flüstere ich in die Dunkelheit hinein. Josephines zitternder Atem.

Draußen Schritte.

Das Quietschen der Metallplatten auf den Wellen.

»Ergeben Sie sich, Himmelreich. Ich weiß, daß Sie hier sind! Sie haben mich schon einmal verarscht!«

Der trockene Schall des Megaphons, der sich zwischen den Booten verliert.

»Ich weiß, was hier gespielt wird. Ergeben Sie sich! Es hat keinen Sinn! Die Hafenanlage ist umstellt!«

Das Glucksen unter dem schwimmenden Steg.

»Und Sie, Frau Hofmann, sind mittlerweile ebenfalls identifiziert.«

Und dann, nach einigem Knacksen, in heimatlichster Mundart: »Himmelreich, kommen Sie endlich heraus!«

Ich muß eingeschlafen sein. Das Kreischen der Vögel am anderen Morgen. Ich öffne die Luke. Ein greller Himmel. Tuckern. Erster Verkehr im Hafen, Fischerboote. Josephine schläft. Ich löse die Taue, und wir gleiten langsam aus unserem Slip. Eine Weile lang treiben wir steuerlos im Hafen umher, bis es mir gelingt, den Innenborder anzuwerfen. Viel Diesel ist nicht mehr drin, aber es reicht, um den Leuchtturm der Hafeneinfahrt zu passieren. Eine Stunde später befinden wir uns auf hoher See. Das Segel flattert im Licht der aufgehenden Sonne. Lissabon, eine großartige Stadt, ich kann nicht umhin, es immer wieder auszusprechen. Wir pflügen weit und weiter hinaus. Ich bin selbst überrascht, wie gut das Zusammenspiel zwischen Segel und Steuer klappt, das muß Zufall sein, denn ich verstehe nichts vom Segeln, aber es geht vorwärts, das sehe ich selbst, und so bin ich entschlossen, diese Ruder- und Segelstellung zu halten, weil alles so schön funktioniert.

Warten, bis der Wind wechselt und irgend etwas Neues von mir fordert.

Alles wie ein Traum.

So sitze ich im Nadelstreifenanzug hinter dem Steuerrad, darauf bedacht, möglichst eine Richtung zu halten, welche, ist nebensächlich, Hauptsache vorwärts. Ich beobachte das Segel, das sich prächtig wie ein Heißluftballon füllt. Ich höre das Rauschen des Wassers, wie es sich um den Rumpf herumzwängt, manchmal ist es ein Sprudeln, manchmal ein Zischen. Das Meer, blau und weit wie eine Verheißung, der Wellengang sanft, aber mächtig, Walzen, majestätisch wie die Rolling Hills Südenglands. Geheimnisvoll schwellende Formen von Weiß und Glitzer. Die Sonne kommt nicht zu Ende mit dem Höhersteigen. Gegen Mittag erwacht Josephine.

Time to Destination: 2 Hours 30 Minutes.

Seatbelt Sign ausgeschaltet. Das waren kaum Turbulenzen. Einmal ein kleiner Ruck, der vermutlich durch das Kreuzen der Flugbahn einer anderen Maschine ausgelöst wurde.

Reiseflughöhe noch immer 33 000 Fuß.

Noch gut zweieinhalb Stunden trennen mich von der Zukunft.

Es lohnt sich nicht, wegen eines Seatbelt Signs die Augen mehr als einen Spaltweit zu öffnen.

Auf einmal dieser Wind, dieses Licht, diese Weite. Für eine Weile – zwei oder drei Tage – war Portugal noch als feiner Strich am Horizont vorhanden, als Herdplatte, über der die Sonne allerlei Wolkenzauber zum Kochen brachte. Dann kein Land mehr in Sicht. Nur noch die Würde des Meeres. Wir segeln, als wäre es eine tief in uns angelegte Fähigkeit, eine, die nur noch dieses Bootes bedurfte, um zur vollen Entfaltung zu gelangen. Schon nach kurzer Zeit beherrschen wir die Wende. Josephine löst die Schot auf einer Seite, während ich das Steuer umreiße, dann zieht sie sie auf der anderen Winde wieder fest. Nach fünf Tagen nennt sie mich, wie Columbus zeit seines Lebens genannt sein wollte: Admiral. Noch nie fühlte ich mich so sehr über Kleinigkeiten erhaben.

Was ich nie begriffen habe: Backbord und Steuerbord. Unser Steuer ist hinten im Cockpit in der

Mitte. Das gibt keinen Hinweis, was mit Steuerbord gemeint sein kann. Wir einigen uns darauf, die beiden Seiten des Bootes links und rechts zu nennen.

Wenige Tage später mußte jeder größere Hafen von einem gestohlenen Einmaster namens CASANOVA wissen. Ein 54-Füßer Typ ›Beneteau‹ unter portugiesischer Flagge. Heimathafen: LISBOA. Es war ihre Idee, die Vertauschung der Buchstaben. Passend, fand ich: NOVACASA. Und der Heimathafen war ab sofort ISLA BO. Wir redeten uns ein, daß es irgendwo in Südamerika wohl einen solchen Hafen geben müsse. Leider fehlte uns noch mindestens ein Buchstabe, um dem Namen einen Sinn zu verleihen, aber es würde halt ein regionaler Dialekt sein, das BO. Wir zogen die silbernen Lettern sorgfältig aus dem Holz und nagelten sie in der neuen Kombination wieder hin. Als wir nach einer Woche erstmals in einen Hafen einliefen, der sich nachträglich als Fuerteventura herausstellte, liefen wir mit dem Besitzerstolz auf unser eigenes Schiff ein. Noch am gleichen Abend, in einem Delikatessengeschäft, entführten wir eine Flasche Champagner – Dom Perignon, den teuersten –, machten sie an der Reling fest und schmetterten sie, gemeinsam, Josephine und ich, an den Rumpf. Sie zerschlug erst beim dritten Anlauf. Die Leute um uns herum, Touristen auf ihren Abendspaziergängen am Hafen, die Nachbar-Crews, die Einheimischen, dachten wohl, wir wären übergeschnappt. Von da an hatte NOVACASA eine Beule im Rumpf, nichts Gefährliches, sondern etwas Menschliches, fanden wir, eine Art Muttermal.

Später an jenem Abend, es war nach Mitternacht, und die meisten Crews schliefen schon, erblickten wir im Hafen eine chilenische Motorjacht. Kein Licht war an. Josephine kletterte hoch, barfuß und gelenkig wie ein Äffchen, entriß ihr die chilenische Flagge und befestigte unsere portugiesische. Von da an war ISLA BO offiziell ein chilenischer Hafen.

Anderntags, in aller Herrgottsfrühe, aber nicht bevor wir noch einen ganzen Lebensmittelladen samt Kassenbestand ausgeraubt haben, verlassen wir Fuerteventura im Uhrzeigersinn, also zuerst nach Süden, dann nach Westen. Es ist ein Tag mit winzigen, kleinen, paffigen Wolken. Wolken wie aus einer Spraydose. Kein Land mehr in Sicht. Kein Land mehr für Tage. Kein Land mehr für Wochen.

Wind, Sonne, Glitzer, das gleichmäßige Schlagen von Schoten. Das Rauschen, wenn der Bug eine

Welle zerschneidet, dann einen Augenblick lang Stille, als würde das Boot Atem holen, dann die nächste Welle, eigentlich rauscht es immer, man hört es gar nicht mehr. Spritzer, je nachdem, woher der Wind kommt. Auch sie spürt man mit der Zeit nicht mehr, es sei denn, es spüle kübelweise, was selten passiert. Meist sind es Wasserkügelchen, Mini-Ozeane im Perlenformat, die auf die Haut fallen, sich dort aufgeben und Salzkrusten hinterlassen. Manchmal lege ich mich neben Josephine hin und lecke ihr die Salzkrusten von der Haut. Ich bin selig. Josephine liegt auf Deck, nackt, den Kopf auf den zerfledderten Ulysses gelegt, dösend. Manchmal wacht sie auf, dreht sich auf die Seite oder auf den Bauch, zieht das Buch unter ihrem Kopf hervor, blättert darin, liest einen Satz oder ein Wort – so genau weiß ich das nie –, schaut auf, als sei hinter dem Horizont der nächste Satz zu finden oder das nächste Wort, legt ihren Kopf auf ebendiese Stelle und döst weiter. Sie kann tagelang an einem einzigen Satz lesen.

Was ich denke: Unmöglich, daß ein so schlankes, ein so bewegliches Geschöpf dieselbe Menge an Organen enthält wie ein ausgewachsener Mann. Was ich auch denke: Es wird unmöglich sein, sich je wieder in Kleidern zu begegnen.

Egal welche Vorgeschichte, man wird zum Punkt auf dem Atlantik. Nie hat man so etwas wie einen Gott nötiger gehabt. Dabei funktioniert alles einwandfrei, das Segel, das Ruder, der Kompaß, der Richtungshalter. Die elektrischen Schalter schalten mit derselben Präzision wie auf dem festen Grund. Kajütelicht ein. Kajütelicht aus. Selbst die Wellen halten sich an die Abmessungen des Schiffs. Den Stürmen begegnen wir nicht durch hektische Aktivität auf Deck, sondern durch Schweigen tief unten in der Nußschale. Das Heulen des Mastes über uns. Überhaupt gewinnt das Schweigen mitten auf dem Atlantik eine mystische Qualität, als könnten die Gedanken, die man während des Schweigens denkt, das Schicksal beeinflussen. Schicksal – welchen Wert, welche Feierlichkeit dieses Wort erst hier draußen erhält. Schicksal, das gibt es eigentlich erst auf dem Meer. Wir müssen es uns nicht sagen, wir denken es beide: Wenn wir absaufen würden, es wäre ein schönes Ende.

Abendrot in Zürich: das ist in Mehl getauchtes Rot, mehr Stimmung als Farbe, mangelhafte Grundierung. Abendrot auf hoher See: kein billiges Abschmieren, sondern ein königliches Zubettgehen. Ganz nahe am Horizont wird aus der Kirsche eine Orange. Sie holt noch einmal Luft, bevor sie abtaucht. Wüßte man nicht um die Erdrotation, man müßte annehmen, die Sonne würde sich wie ein Maulwurf durch die Erde graben, um anderntags wieder aufzusteigen. Reizvoll: der Wechsel vom Rot zum Blau zum Schwarz. Reizvoll darum, weil Rot und Blau an gegenüberliegenden Enden des Spektrums liegen. So hat es sich die Natur ausgedacht. Jetzt muß sie jeden Abend das Kunststück vollbringen, Kontinuität aus Gegensätzen zu erzeugen.

In der Nacht ein Firmament, als wären die Sterne Löcher, durch die das Feuer einer anderen Welt fällt. Man fühlt sich beobachtet von diesen Sternen und, je nach Stimmung, beschützt oder bedroht. In jeder Nacht sehe ich die Engel Kataloniens fliegen, in deren Flügeln Augen funkeln. Wenn man lange genug in dieses Sternendickicht schaut, ist man wie nicht vorhanden. Ich streiche mit der Hand über das aufgerauhte Epoxyplastik der Bootshülle, um mich zu vergewissern, daß ich noch da bin. Wir liegen rücklings auf dem Bug, mein ausgestreckter Arm unter ihrem Nacken. Das Zerren von Wind am Segel. Wir haben die Positionslichter ausgemacht, um Batterie zu sparen. Angst vor schlafenden Walen in der Nacht. Man sieht sie auf keinem Radarschirm. Man fährt bloß in sie hinein und knickt den Kiel. Es ist fraglich, ob sie überhaupt aufwachen würden bei so einem Zusammenstoß.

Ab und zu ein Satellit, der rücksichtslos quer über das Firmament zieht.

Es gibt sie nicht, die absolute Dunkelheit. Irgendwo ist immer Licht. Wir finden keinen Himmelsausschnitt, der komplett schwarz ist. Weil wir die Sternbilder nicht kennen, legen wir unsere eigenen in dieses Firmament. Wir taufen sie Tulpenstempel, Rosenblatt, Pollenstaub, Maulbeerbaum, Tannenbaumspitze, Astgabel, Glücksklee, Luftwurzel. Am nächsten Abend können wir uns nicht mehr daran erinnern und beginnen wieder von vorn, diesmal mit Namen von Haushaltsgeräten.

Manchmal glaube ich, einen Sternennebel zu sehen, eine Galaxie vielleicht, und versuche ihr zu erklären, wo. Die Hilflosigkeit in einem Universum, das aus nichts anderem als Lichtpunkten besteht – kein Baum, keine Straße, kein Dorf, an dem man sich festhalten könnte. Keine Milchstraßenschilder. Es gibt nur links, rechts, oben und unten von besonders hellen anderen Punkten. So müssen sich die ersten Seefahrer vorgekommen sein. Ein Übermaß an Richtungslosigkeit. »Vielleicht ist alles nur Einbildung«, flüstere ich, ein altes philosophisches Motiv aufnehmend, »das Boot, das Meer, du, ich. Alles in unseren Köpfen.« Beide liegen wir rücklings auf dem Bug, unsere Hände und Füße um Winschen und Klampen gewunden, wie Tiere, die es sich in einem fremden Habitat behaglich gemacht haben, wir kleben auf dieser Schale, die sich wie ein Keil in die Haut unseres Planeten drückt, langsam und rhythmisch, und mit derselben rhythmischen Gefälligkeit von dieser Oberfläche verworfen wird. Ich meine: »Man muß sich ganz gehörig was einbilden, um von diesem Sternenmeer nicht erdrückt zu werden.«

Plötzlich schubst mich Josephine an der Schulter, ich kann mich im letzten Moment gerade noch am Relingdraht festhalten, unter meinen Füßen rauscht das pechschwarze Meer.

»Verdammt!« fauche ich, als ich wieder einigermaßen sicher, aber zitternd auf Deck liege.

Josephine sehr sachlich: »Keine Angst vor der Einbildung. Unsere ganze Geschichte ist Einbildung.«

Ich verliere den Sinn für Zeit.

Sind es nun schon drei Wochen oder fünf?

Was tun mit so viel Zeit?

»Erzähl mir eine Geschichte.«

»Also gut.« Josephine klappt ihren Ulysses zusammen. »Ich sitze in meiner Zelle, Blick gegen die Mauer, und sehe die Wüste.«

»Das klingt doch arg nach Frisch«, wehre ich ab.

»Ich bin verblüfft – du mit deinen bescheidenen Literaturkenntnissen.«

Ich habe tatsächlich schon viel von ihr gelernt, es überrascht mich. Nicht nur Literarisches.

»Also«, sagt sie mit fein gekräuselter Nase, »beginnen wir anders. Beginnen wir so: In einem Fischerdorf auf einer vorgelagerten Insel im Südosten Cubas, die mit einer täglichen Fähre mit der Hauptinsel verbunden ist, lebt ein alter Mann. Sein Name sei Alejandro. In seinen besten Jahren war Alejandro als Muscheltaucher weitherum bekannt. Niemand holte größere, schönere, symmetrischere Muscheln aus der Tiefe, und niemandem gelang es, diese hübscher zu schleifen. Die Meeresschnecken waren so groß, die Legende will es, daß noch heute einer seiner Funde, eine Perlmutt-Riesentrochide, im Regierungspalast in Havanna, in Fidel Castros Privatbibliothek, auf einem von tiefgrünem Satin bedeckten Sockel steht. In jenen vollen Jahren kam jeden Monat ein Schwarzhändler vorbei, der Alejandro die ganze Ladung Muscheln gegen Dollar abkaufte – was natürlich schon damals strengstens verboten war. Wenn der Händler da war, verhängte Alejandro die Fenster seiner Hütte mit Tüchern. Es ging niemanden etwas an, was sich drinnen abspielte. Trotzdem konnte man es sich ja denken, und als Alejandro seine Holzkiste nach und nach ausbaute, seine Fischerhütte in ein kleines, aber ansehnliches Familienhaus verwandelte, war es jedermann klar, daß er Schwarzhandel betrieb.

Um sich die Freundschaft seiner Nachbarn zu kaufen, vergab er hier und da großzügig Darlehen, unterstützte die lokale Grundschule, damit man wenigstens Kreide und etwas Schreibpapier anschaffen konnte, und spendete weiterzig an Sonntagen.

Mit zunehmendem Alter gelang es Alejandro immer seltener, Riesenschneckenmuscheln herauszuholen. Da war zum einen seine Lunge, die ihm zu schaffen machte und ihn nicht mehr so tief tauchen ließ, zum anderen die Überfischung und die mit den Schleppnetzen verbundene Zerstörung des Meeresbodens. Er fand nur noch kleine Exemplare in geringer Tiefe, für die niemand bereit war, mehr als ein paar Dollar hinzulegen, während die Preise für Riesenmuscheln, wie die Händler betonten, durch die Nachfrage der Neureichen Asiens mittlerweile sphärische Größenordnungen erreicht hatten. Auch seine Söhne kehrten der Muschelsucherei einer nach dem anderen den Rücken, um in den Touristenzentren von Havanna und Varadero sogenannten Karrieren nachzugehen. Und seine Frau, die ihn zeit seines Lebens unterstützt und angetrieben hatte, starb wenige Jahre später.

Aus dem einst stolzen, kräftigen Alejandro war ein alter, einsamer Mann geworden. Seine Ersparnisse waren längst aufgebraucht – sie gingen für Herzmedikamente drauf, die aus den USA kamen und nur auf dem Schwarzmarkt erhältlich waren. Es wäre sinnlos gewesen, die verjährten Darlehen einzufordern. Seine Freunde waren ja auch alt und brotlos und besaßen kaum mehr als den Sand vor ihren Türen. Um Ersatzteile für seinen Außenborder beschaffen zu können, war Alejandro sogar gezwungen, sein Haus zu verkaufen und wieder in eine Fischerhütte umzuziehen.

Eines frühen Morgens, als die Sonne durch das offene Fenster in sein Gesicht blinzelte und er die Lider nicht mehr zuklemmen konnte, stand er auf, sammelte seine Fischerei-Utensilien zusammen – Seile, Haken, Ösen, Ruten, Trinkwasser, auch etwas Brot –, stopfte alles in eine Ledertasche und stach in See. Durch ein Glas, das er ab und zu in die Wasseroberfläche eintauchte, beobachtete er den Meeresboden.

Als er schon weit draußen war, blitzte ihm auf

einmal etwas vom Grund entgegen, etwas sehr Großes, Helles, etwas Unheimliches, etwas Goldenes. Sofort stoppte er den Motor. Durch das Glas sah er deutlich die Umrisse eines Tritonshorns, eines Prachtexemplars von einer Meeresschnecke, so groß, wie er noch nie in seinem Leben eine gesehen hatte. Er ließ den Anker sausen. Aber der Grund war so tief, daß die Ankerkette nicht bis unten reichte. Zum Glück war kaum Wind, so daß das Boot nicht allzu schnell wegtrieb. Alejandro band sich ein Seil um, preßte die Taucherbrille ans Gesicht, holte tief Luft und zog sich kopfüber die Ankerkette entlang in die Tiefe, Zug um Zug. Je tiefer er kam, desto größer und schöner erschien ihm das Gehäuse der Muschel. Doch schon auf halbem Weg spürte er ein Reißen in der Lunge. Er mußte abbrechen und sich nach oben hangeln. Als sein Kopf endlich wieder aus dem Wasser schaute, hustete er Blut. Er mußte mehrmals erbrechen. Er hangelte sich über den Bootsrand und plumpste wie ein Toter in den Rumpf.

Als er aufwachte, stand die Sonne schon tief, die Küste war eine winzige, schwarze Unruhe am Horizont. Ringsherum nichts als das Glitzern des aufgeregten Wassers. Natürlich war das Boot weggedriftet. Er spürte die Bewegung im Haar. Alejandro warf den Motor an, steuerte geradewegs in den

Wind und suchte den Meeresboden ab. Er fuhr ganz langsam. Just als die Sonne den Horizont erreichte, erblickte er das goldene Schneckengewinde wieder, tief auf dem Grund. Es war reiner Zufall. Entweder jetzt oder nie, sagte er sich, denn er wußte, daß er diese Position nie wieder finden würde.

Abermals warf er den Anker über Bord, wiederum drückte er sich die Tauchermaske ans Gesicht. Aber diesmal kettete er sich Blei um den Bauch, sämtliches Blei, das er in seiner Ledertasche, in der Ankerluke und unter den Sitzbänken finden konnte. Dann schoß er hinunter. Der Meeresboden war jetzt kaum noch sichtbar, so dunkel war es schon. Beim Anker angekommen, schnürte er das Seil um den schwebenden Ankerhals und ließ sich weiterfallen, bis er die Muschelschale mit bloßen Händen greifen konnte. Seine Brust fühlte sich an, als hätte er Flammen gefressen.

Die Muschel übertraf alles, was er sich bisher hatte vorstellen können, sie war beinahe so groß wie er selbst, vielleicht sogar größer, aber Alejandro hatte keine Zeit zu messen, seine Lunge fühlte sich wie ein Hochofen an, der jederzeit explodieren konnte, und die Schmerzen, die die Lunge in hastigen Wellen ausstrahlte, waren nun schon daran, die Schultern und die Oberschenkel anzugreifen. Er band das Ende des Seiles um das Gehäuse und zog sich gleich wieder hoch. Es war stockdunkel, das Seil in seinen Händen war jetzt seine einzige Orientierung. Er riß sich hoch, Zug um Zug, dann kam der schwebende Anker, dann die Ankerkette. Aber allmählich begriff er, daß er es nicht schaffen würde. Seine Brust brannte, seine Hände klammerten nur noch aus Schmerz an der Kette. Am liebsten hätte er Wasser eingeatmet, um alles auszulöschen. Wie aus einem Automatismus heraus hangelte er sich hoch, es waren jetzt bloß noch seine Arme, die arbeiteten, und er spürte, wie sein Bewußtsein allmählich wegdriftete. Er sah Fernanda, mit der er damals, gleich nach der Geburt seines ersten Sohnes, in Havanna eine flüchtige Beziehung unterhalten hatte, Fernanda, das Mädchen mit dem sonnigen, glatten, schönen Gesicht, den weißen Zähnen und den großen, wundersam bauschigen Lippen, die sich nur selten über diese Zähne schlossen, und den schwarzen Augen, die aussahen, als wären sie bereit, alles zu verschlingen, Fernanda, mit der er ins Hotel Nacional zog und drei Tage lang das Zimmer nicht verließ. Er hörte Fernanda lachen. Er kitzelte sie gern und liebte ihr ungezügeltes, tiefes, schelmisches Lachen. Er schenkte ihr Halsketten aus polierten Muschelstücken und lieh ihr kleine Summen. Die Affäre zog sich über die Jahre hin, ohne daß seine Frau etwas merkte. Mindestens zweimal im Jahr besuchte er seine Fernanda – bis sie schließlich einen Parteifunktionär heiratete.

Als seine Hände das obere Ende der Ankerkette erreicht hatten und den Bootsrand umklammerten und er wie ein Toter mit ausgestreckten Armen am Boot hing, war Alejandro in Gedanken noch immer bei dem schönen Mädchen. Die Wasserlinie schwappte um sein Becken, seine Brust, und manchmal spülte es Salzwasser in seinen aufgesperrten Mund. Nur langsam kam er wieder zu Bewußtsein, und als er aufschaute, explodierten die Sterne über ihm. Mit aller Kraft hangelte er sich hoch, kroch ins Boot und schlief die ganze Nacht. Am nächsten Morgen, die Sonne stemmte sich voll und schwer über den Horizont, erinnerte er sich an seinen Fund. Die Ankerkette hing noch immer straff ins Wasser, und als er das Beobachtungsglas hineintauchte, konnte er sehen, wie die Muschelschale mit dem Seil am Anker festgebunden war. Er zog die Kette hoch, Armlänge um Armlänge, es schien, als würde er eine Sprengladung hochziehen, so sorgfältig führte er die Züge aus. Und als der Muschelbuckel endlich an die Wasseroberfläche kam, konnte er kaum glauben, wie groß und prächtig dieser Fund war. Noch nie in seinem Leben hatte er so ein Tritonshorn gesehen – eine gigantische Spirale, die sich über zwei Dutzend Windungen in eine scharfe Spitze verdrehte. Es dauerte noch den halben Morgen, bis es ihm gelang, diesen Koloß ins Boot zu hieven. Das Schalengehäuse war leer, und irgendwie war Alejandro darüber erleichtert, denn er konnte sich dieses Ding nicht lebend vorstellen.

Alejandro lächelte, als er seine Arme um die Schneckenschale legte und seine Hände sich auf der gegenüberliegenden Seite nicht berührten. Es war klar: Diese Muschel würde ihm ein Vermögen einbringen. Er entschloß sich, draußen auf dem Meer zu warten, bis es wieder dunkel wurde. Niemand sollte wissen, welchen Triumph er dem Meer abgerungen hatte. Um Mitternacht, unter den Augen der Sterne, legte er am Holzsteg an und rollte die Muschel wie eine Walze über den Sand in seine Hütte, verhängte die Fenster mit Tüchern, legte sich hin und versuchte zu schlafen. Aber er konnte nicht. Es war sein Hochgefühl, das ihn wach hielt, sein Herz schlug wild vor Begeisterung, am liebsten hätte er vor Erregung die Kirchenglocken läuten lassen. Er nahm ein Schlafpulver, aber auch dies nützte nichts. Er lag mit weit offenen Augen auf seinem Bett und versuchte, seinen Muskeln zu befehlen, müde zu werden. Vielleicht war es mehr als nur seine Aufregung, denn er vernahm von irgendwoher ein Lachen, ein breites, sanftes Lachen, das ihm auf eine seltsame Weise bekannt vorkam. Es schien aus der Muschel zu kommen. Er stand auf und steckte seinen Kopf in die Muschelöffnung. Tatsächlich, es war das Lachen der Fernanda.

Die ganze Nacht hielt dieses Lachen ihn wach. Wo er seinen Kopf auch vergrub – unter den Decken und Kissen – und egal, wieviel Watte er sich in die Ohren stopfte, das Gelächter hörte nicht auf. Er wickelte eine Decke um die Muschel und stopfte Kissen in das Gehäuse, die den Klang wohl etwas abdämpften, aber nicht vollständig zum Schweigen brachten. Todmüde machte er sich bei Tagesanbruch daran, die Schale vom Tang zu reinigen – Bärte von Tang –, von den Verkalkungen, den Korallenschichten, er schmirgelte und polierte, während es leise aus der Muschel lachte, aber er versuchte, sich in seiner Arbeit nicht ablenken zu lassen, und verwandelte die Riesenschnecke Quadratzentimeter um Quadratzentimeter in ein glänzendes Wunder. Noch am gleichen Tag telefonierte er mit dem Schwarzhändler. Alejandro brauchte das Geld. Aber noch dringender wollte er Fernandas Kitzelgelächter loswerden. Der Händler versprach ihm, in einer Woche vorbeizukommen.

Eine ganze Woche ohne Schlaf. Alejandro verließ seine Hütte nicht ein einziges Mal. Er aß nichts, er trank nichts, er redete mit niemandem. Er arbeitete hinter verhängten Fenstern. Sobald er sich hinlegte, um auszuruhen, war Fernandas Lachen wieder da. Er verdoppelte die Dosis des Schlafpulvers, er verzehnfachte sie. Vergeblich. Am Abend bevor der Händler kam, waren seine Nerven so überreizt, daß Alejandro am ganzen Körper zitterte. Mitten in der Nacht stand er auf, nahm die Axt aus dem Schrank und schlug auf die Muschel ein, bis sie mit einem Knall zerbarst. Endlich war das Lachen verstummt. Alejandro stand neben dem Scherbenhaufen, fassungslos, breitbeinig, die Axt noch immer in beiden Händen. Draußen zirpten die Grillen, und ab und zu waren Wellen zu hören, kleine müde Wellen, die sich am flachen Strand überschlugen. Ansonsten war es still.«

»Und die Muschelscherben?« frage ich.

»Als am anderen Tag der Händler kam und ihn aus dem Schlaf riß, traute er seinen Augen nicht. Überall lagen Muschelstücke, so fein und leuchtend und mit einem so schönen Muster, wie er es sich nie hätte ausmalen können. Alejandro behauptete, daß er die Stücke einzeln auf dem Meeresgrund zusammengelesen hatte, doch der Händler sah, daß es zusammengehörende Scherben waren, sagte aber nichts. Aus den Scherben könnten immerhin Steine für Halsketten geschliffen werden, meinte er, und so einigten sie sich auf einen Preis, der Alejandro kaum für das Benzin entschädigte, das er in jenen zwei Tagen auf See verbraucht hatte. Aber zumindest war er die Scherben los. Beim Hinausgehen drehte sich der Händler noch einmal um und sagte: ›Lieber Alejandro, wäre dies eine ganze Muschel gewesen, du wärst heute der reichste Mann Cubas.‹ Alejandro schlief eine Woche lang durch, und als er aufwachte, wachte er im Himmel auf, wo seine verstorbene Frau ihn in die Arme schloß.«

»Eine schöne Geschichte«, sage ich, »aber ein bißchen kitschig.«

Wieder das Kräuseln auf Josephines Nase, das ich ihr so gern weggeküßt hätte: »Unsere ganze Geschichte ist kitschig.«

Time to Destination: 2 Hours 10 Minutes.

Man serviert uns Mövenpick-Eis, dazu durchsichtig dünne Plastiklöffelchen.

Daraufhin das Duty-Free-Wägelchen.

Mit jedem Tag auf See wird es, so scheint es, ein Grad wärmer.

Wir besitzen alles, was man sich wünschen kann – Wein, Wind und die Leidenschaft füreinander. Das einzige, was uns fehlt: frisches Brot.

»Die letzte«, sagt Josephine, als sie aus dem Reserveschrank hervorkriecht, sie sagt es, als sei sie soeben vom Schicksal betrogen worden. Sie streckt mir die Konservendose hin wie einen Goldbarren: »Thunfisch.«

»Gut, dann genießen wir ihn«, lache ich und zücke mein Schweizer Armeetaschenmesser. Dosenöffnen ist mein Job, und ohne mein Militärmesser wären wir schon längst verhungert. Ich presse den Schneidezahn in den Dosenrand, Schrittchen für Schrittchen, bis sich der Deckel von selbst hebt. Ich liebe dieses Schneiden, ich bin stolz, echte Arbeit zu erledigen, es ist wie das Aufreißen eines Straßengrabens. Dazu die Spannung eines Bankräubers beim Aufbrechen des Tresors. Jeder Thunfisch ist anders – rosa, grau, glatt, zerklumpt, zerstückelt, hart wie gepreßter Lehm oder zart wie warme Butter. Ich zerre und drehe am Deckel, bis der letzte Metallfaden gerissen ist. Jetzt Deckel nochmals auf die Dose drücken, umkippen, austropfen lassen. Hier liegt er – golden und in geschwungenen Fasern, ein komplettes Stück Thunfisch im Öl. Ich zerre einen Fetzen mit den bloßen

Fingern weg, und natürlich schlägt Josephine mir auf die Finger. Es wird ein Festessen. Dazu Reis. Wein, die beste Flasche, die wir finden, einen fünfzehnjährigen Bordeaux Grand Cru. Wir feiern unser zukünftiges Verhungern. Keine Ahnung, warum es mir nichts ausmacht: Seit wir auf See sind, eigentlich seit sie mich entführt hat, fühle ich mich in einem phantastischen Sinn sorglos. Ich rette die Dose aus dem Abfallkübel und schlecke die letzten hängengebliebenen Stückchen Thunfisch mit der Zunge aus.

Man weiß allgemein: Die Ozeane sind voller Fische. Es ist wie das Wissen, daß die Sonne ihre Energie aus Wasserstoffatomen bezieht – ohne Technik unnütz. Wir sitzen auf Deck, füllen die zum Aschenbecher umgebaute Thunfischdose mit Kippen, und ich gebe zu: Ich habe noch nie gefischt. Glucksen. Josephine einmal vor zwanzig Jahren im Schwarzwald mit ihrem Großvater – Forellenfischen aus den Bächen. Es gibt nichts zu lachen. Wir rauchen beide.

Aus Filmen bekannt: Wurm an den Haken, rauswerfen, warten, bis das Zäpfchen schaukelt, dann einrollen. Am nächsten Morgen versuchen wir es, aber wir finden weder Würmer noch Zäpfchen an

Bord. Was wir an Ausrüstung finden: zwei Aluminiumruten, ein Hakenset, Rollen, Nylonseile in verschiedenen Dicken auf verschiedenen Spulen. Als Köder verwenden wir Hähnchenknochen, Zwiebelschalen, Spinat, Gurken, Nudeln, dann tiefgefrorenes Gemüse, Butterrollen und Cashewnüsse. Wir experimentieren mit Korkzapfen, Eierschalen und Banknoten. Wir durchstöbern den ganzen Abfall. Nichts beißt an. Nach drei Tagen sind wir so schwach, so mutlos, so hoffnungsverlassen, daß wir nur noch auf Deck liegen und uns möglichst wenig bewegen, um nicht unnötig Energie zu verbrennen.

»Kehren wir um«, schlage ich vor, »dann haben wir wenigstens noch eine winzige Chance, lebend aus dieser Odyssee herauszukommen.«

Josephine schüttelt bloß den Kopf.

»Was schlägst du denn vor?« frage ich.

»Weiß auch nicht – weitersegeln.«

»Aber das ist doch keine Perspektive, ich meine, da erwarten uns noch Monate auf dem Ozean, Monate der Einöde. Da erwartet uns der Tod. Wir werden sterben.«

»Werden wir nicht.«

Ich hätte sie über Bord werfen können für ihren Mangel an Einsicht.

Ich bin für Umkehren, wie gesagt, aber ich wage

es nicht, das Steuer herumzureißen. Der Wind weht gerade so schön von Osten her wie seit Tagen nicht mehr, wir kommen vorwärts, mindestens sechs Knoten pro Stunde, ein gleichmäßiger Luftstrom treibt uns tiefer und tiefer auf den Ozean hinaus, alles so flott, ein Genuß, zuzusehen, wie wir Wellenbuckel um Wellenbuckel durchpflügen.

Die Leine im Wasser. Ab und zu hole ich sie ein, um nachzusehen, ob sich nicht vielleicht ein Fisch ganz absichtlich an die Angel gehängt hat, zwecks Selbstmord. Warten auf ein Wunder. Wenn wir nur einen einzigen winzigen, frischen, blutenden Fisch als Köder hätten! Wir ernähren uns von Wein und Vitamintabletten.

Es gehört zu Josephines Geheimnis, daß sie einzelnen Momenten nicht viel Bedeutung schenkt. Momente – egal wie schön oder schrecklich – sind für sie bloße Durchgangstöne einer Melodie, die zum Ganzen sehr wenig beitragen. Keine einzelne Situation kann für sich in Anspruch nehmen, mehr als ein zufälliger Ruck zu sein, der bald durch einen entgegengesetzten Stoß des Schicksals ausgeglichen wird. Das Leben in der Abfolge seiner Momente gleicht der Brownschen Bewegung, und über allem herrscht der ewige Glanz einer Blütezeit. So gesehen ist unser Verhungern weißes Rauschen, eine bestenfalls vernachlässigbare Störung der großen Abläufe.

Am fünften Tag ohne Konserven habe ich die Nase voll. Ich bitte Josephine, mir den kleinen Finger abzuschneiden. Ich lege alles bereit: das Schneidebrettchen aus der Küche, eine Menge Tücher, sterilen Verbandstoff, das Schweizer Taschenmesser, das ich vorher ebenfalls mit Steril-Serum abgerieben habe, einen Hammer. Ich bitte Josephine, mir den Oberarm abzubinden zwecks Rückstau des Blutes. Es ist mein Ernst.

Josephine wie eine Krankenschwester. Auch das hinterste Glied des linken kleinen Fingers schnürt sie mir ab; sicherheitshalber. Jetzt liegt er da, mein Finger, seitlich abgespreizt auf dem Schneidebrettchen, die Guillotine erwartend.

»Los. Halte die Klinge über den Finger, hier, direkt über dem ersten Knöchel, und schlag mit dem Hammer drauf. Ein einziger richtiger Schlag genügt.«

Die scharfe Klinge auf meiner Haut.

»Ein richtiger Schlag, und bitte ganz durch«, befehle ich, überrascht, wie sachlich, selbstverständlich, ja routiniert ich an die Sache rangehe. Ich kneife die Augen zu und versuche mir vorzustellen, wie es sich anfühlen wird, ein feuriger, stechender Schmerz, ein gnadenloser Stich durch den ganzen Körper.

Ich atme kaum.

»–«

»Ich kann nicht!« – Josephine läßt den Hammer fallen.

»Los! Das ist unsere letzte Hoffnung. Ich will, daß du das machst. Jetzt.«

Als ich aufgewacht bin, liege ich auf dem Kajütenboden, mein Kopf in ein Kissen gebettet.

»Das hat richtig gespritzt.«

Ich verstehe kaum etwas. Das Licht der Kajüte – gelblich, durch die vielen Holztürchen bräunlich –, der Geruch – muffig, stets dieser Restmief von Butangas –, das Rauschen der Fahrtwellen am Schiffsrumpf – alles vermischt sich zu einem einschläfernden Cocktail.

»Richtig gespritzt hat es.«

»Warum Fisch?« Ich verstehe nichts.

Langsam komme ich zur Besinnung.

Josephine fährt mit einem nassen Tuch über meine Stirn. Meine Hand schmerzt kaum. Erst als ich den Finger, den es nicht mehr gibt, bewegen will, sticht es. Ansonsten ein blödes Kribbeln.

»Hier, Fisch«, triumphiert sie und hält einen mehrpfündigen Marlin am Schwanzteil in die Luft. »Dein Finger muß irgendwo in diesem Magen stekken.«

Sie bereitet ein Festessen, gegrillte Marlin-Filets an Zitronensauce – à discretion.

Anderntags ziehen wir einen Mahi-Mahi, einen Schwertfisch und drei Groupers heraus. Die Köpfe schlagen wir ab, hängen sie als Köder an die Leine. An den folgenden Tagen fischen wir mehr, als wir in einem Jahr verzehren können.

Schon nach einer Woche ist meine Hand verheilt.

Trotz des fehlenden Fingers: glücklich wie noch nie.

Josephine erscheint mir in diesen Wochen und Monaten als das schlichtweg perfekte Geschöpf, der Inbegriff eines vollendeten Lebens, so daß irgend etwas vollkommen Unwichtiges genügt – zum Beispiel, wenn sie sich bückt, um einen heruntergefallenen Korkenzieher vom Boden aufzuheben, oder wenn sie unter den Tisch kriecht, um den Hauptschalter für das Butangas auf- oder zuzudrehen, wenn sie ein Türchen öffnet, um die Pfeffermühle zu entnehmen, oder ein Türchen schließt, wenn ich ihre Rückenlinie, ihre Schulterblätter, ihr Becken oder das weiche Schwingen ihrer Brüste sehe –, um mir den Verstand zu rauben. Alles, was sie zufällig oder auch nicht zufällig tut, ihre ganze Präsenz, ist mir im höchsten Grad willkommen.

Sie hat Wein entdeckt. Einen ganzen Weinkeller, mindestens fünfzig Flaschen – Wein, den wir nicht gestohlen haben, beziehungsweise zusammen mit dem Schiff gestohlen haben. Beim Aufstehen ist ihr der Ring auf den Boden gefallen und nach einigem Hinundherkullern in einer metallenen Vertiefung liegengeblieben. Als sie ihn mit dem Finger herauskramt, fällt ihr auf, daß dies die Öffnung zu einer eingelassenen Luke ist. Josephine kommt mit zwei Flaschen hoch, in jeder Hand eine. Wir jubeln, beglückt von soviel Ausnahme. Just als das Trinkwasser zur Neige geht: Wein. Ein ganzer Kiel voll. »Save water, drink wine« – wir singen es die ganze Nacht hindurch.

Hoffnung, daß wir die Karibik verpassen. Nie mehr Land in Sicht. Altwerden auf hoher See. Krankwerden auf hoher See. Sterben auf hoher See. Kremation: Sich den Haien übergeben statt dem Feuer.

Time to Destination: 1 Hour 44 Minutes.

Unterbrechung des Musikprogramms. Geflimmer auf dem Bildschirm. Der Captain meldet: Kontinent erreicht. Momentan auf zehn Kilometer Höhe über St. Johns. Neufundland. Die weitere Route wie immer: Labradorstrom, Halifax, Bangor, Portland, New York, man kennt sie wie den Weg vom Schlafzimmer zur Toilette. Von hier oben aus gesehen alles weiß. Die Sonne, nicht mehr als ein Punkt im sonst makellosen Himmel. Lange Schatten. Landschaft wie ineinandergeschobene Styroporplatten. Gelegentlich Konturen von Seen oder Buchten, schattenlos. Kein Puder. Alles eher wie grundierte Leinwand. Ringsherum Erhebungen, mutlos, karg, dann wieder ausgestanzte Flächen, topfeben. Glimmer nur dort, wo die Sonne im tiefen Winkel zurückgeworfen wird. Ab und zu das Geschlängel eines Flusses, vereist und eingeschneit wie der Rest der Erdoberfläche, wie glatte, graue, gummige Silikonfugen, in die hinein man mit den Fingernägeln stechen könnte oder die man herauszerren könnte aus der Landschaft, kilometerweise. Das unendliche Spiel zwischen Weiß und Schatten und Licht und der Schwärze des Himmels. Keine Wolken, nur manchmal ein Schleier, ein tief liegender Schleier wie Dampf von flüssigem Stickstoff, in den hinein die Sonne in scheuen Regenbogenfarben einen exakten Kreis zeichnet, der in Reisefluggeschwindigkeit – 948 Kilometer pro Stunde, laut Monitor – über den Schleier huscht. Frühling über Neufundland.

Nichts auf dieser Welt, was die Existenz des Menschen voraussetzen würde.

Keine Ahnung übrigens, was Josephine meinte, damals, wenn sie von der »Liebe«, genauer, von der »Liebe des Lebens« sprach. Für mich ist Liebe ein Zustand der Verzückung. Ein Rausch. Nichts weiter. Ich habe mich in meinem Leben schon oft in Projekte verliebt, in Pläne, in Strategien, aber doch nicht in handfeste Dinge, oder gar in Frauen! Platon hatte recht: Neben Ideen gibt es sehr wenig, in das man sich verlieben könnte. Das liegt nicht am Willen, sondern an der Konstitution der Realität. Ich habe Josephine oft zu erklären versucht, wie das ist mit dem Gefühl der Liebe: Die Neurotransmitter, die Hormone, der Hypothalamus, wo die Hormone ausgeschüttet werden, die neuronalen Verbindungen, die Enzyme zwischen den Neuronen, Stimulus-Response. Das alles versteht die Wissenschaft mittlerweile. Biomechanik respektive Neurobiologie. Aber wenn Josephine wieder von der

Liebe des Lebens sprach – sie war tatsächlich der Überzeugung, jeder Mensch hätte einmal, höchstens zweimal, das unheimliche Glück, auf die Liebe des Lebens zu treffen –, dann wurden ihre Augen ganz dunkel und rund und geheimnisvoll. Ich mußte mich dann zwingen, sie nicht gleich zu küssen. Ich blieb ruhig und hörte zu, wie man einem Kind zuhört, das von Sankt Nikolaus erzählt. Josephine hätte der Liebe wegen auch auf Bäumen leben und sich von Blättern und Insekten ernähren können. Mein Glück oder Pech, daß ich für sie genau in dieses Schema paßte. Es ist perfekt mit dir, sagte sie, und ich zuckte die Schultern. Natürlich war es perfekt, unsere Gespräche, unsere Neckereien, die Spaziergänge, auf denen wir mit unseren Händen experimentierten, die Umarmungen, unsere angeregte Phantasie – mir kamen in den vergangenen Monaten Geschichten in den Sinn wie sonst nie, wenn ich nicht verliebt bin, also seit Jahrzehnten nicht mehr – natürlich war es perfekt, aber es waren Tage, wie gesagt, Wochen. Darum um so präziser das Wort »Affäre«. Sie haßte dieses Wort. Dann biß sie mir jedesmal ins Ohr. Es ist schon so weit, daß ich den Biß im Ohr spüre, wenn ich nur an dieses Wort denke, sogar hier oben auf 33 000 Fuß.

Ich löse mich aus den Gurten, steige über die ausgestreckten Beine meines schlafenden Sitznachbarn und schlendere zur Toilette. Lavatory, wie sie es hier oben nennen. Ich wasche mir das Gesicht mit kaltem Wasser, trockne es aber nicht, ich lasse das Wasser einfach abtropfen, ich warte, bis es auf meinem heißen Gesicht verdampft. Im Spiegel mein Ohr, das nicht schmerzt, kein Biß, dafür ein dummes Kitzeln im linken kleinen Finger, ein Kribbeln, als wäre er eingeschlafen, ein bizarres Gefühl, ich betrachte meine Hand wie ein fremdes Objekt: Der Finger ist noch da, weiß wie Kalk, aber vorhanden, ich reibe ihn, bis das Blut wieder zirkuliert.

»Noch etwas Wein?« fragt die Stewardess als ich wieder in meinem ausgefahrenen Sitz liege. Das junge Geschöpf in ihrem Schürzchen, das sie so mütterlich macht, so ideal, so beschützend, man möchte ihr geradezu Kinder machen, um dieses Vakuum zu füllen. Ich nicke. Sie füllt auf, schüttet Cabernet in den südafrikanischen Merlot. Ich sage mir: Spätestens im Magen mischt sich alles – die Salzstengel, der Salat, das Chicken, der Spinat, das Schaumstoffbrot, das Mineralwasser, das Mövenpick-Eis, der kalifornische Cabernet und der südafrikanische Merlot, die Magensäure, die Geschichte mit Josephine, das Verdaute von heute morgen.

Schätzungsweise zweihundert Meilen vor Guadeloupe (das sagt mir mein Gefühl) – Windstille.
Nichts geht mehr. Ich lasse die Schoten los, um zu
sehen, wohin das Hauptsegel springen möchte,
doch es bleibt an Ort und Stelle. Der Spinnaker
hängt schlaff. Der Windmesser auf dem Mast voller
Unlust. Ab und zu bringen die überkreuzten Löffelchen eine halbe Umdrehung zustande, dann ru-
hen sie wieder. Die Windfahne schwappt im Takt
der Wellen hin und her. Wir ziehen den Spinnaker
ein – es macht keinen Sinn, er hängt bloß ins Wasser. Ohne Fahrt keine Richtung. NOVACASA liegt
mal so, mal anders im Atlantik. Glucksen. Das
Wasser bucklig, aber wie geschliffenes Glas. Man
kann den Sonnenstrahlen nachschauen, wie sie ins
Wasser tauchen, immer tiefer – diese grün schimmernden, unruhigen Linien. Sie erinnern mich an
Polarlichter, die Anna und ich auf unserer Hoch-
zeitsreise gesehen haben. Das war vor vierzehn Jahren, auf einem Kreuzfahrtschiff nach Alaska, es war
nach Mitternacht, sie hatte zuviel getrunken, und
ich wollte sie ausnüchtern, ich zerrte sie am Arm
auf das Deck hinaus, der Wind pfiff, als ich die Tür
aufstieß und sie sich schloß, plötzlich diese eisige
Luft um unsere Gesichter, und dann auf einmal
diese Lichter am Himmel wie schimmernde Vorhänge, ein Gewirr von grünlichen und bläulichen

Streifen, Haarfasern, glitzernd, und alle wie durch einen Wind in etwa dieselbe Richtung gekämmt, sie kamen und gingen wie geheimnisvolle Meerestiere. Wir hielten es nicht lange auf Deck aus, es war unter null Grad. – »Spielen wir Wasserball«, ruft Josephine und jongliert einen kleinen orangefarbenen Ball von Hand zu Hand. Wo sie wohl den wieder ausgegraben hat? Auch nach Wochen scheint NOVACASA immer neue Abteile, Kojen und Fächer bereitzuhalten. Wir tun, was man niemals tun sollte: Wir springen beide ins Wasser und lassen das Schiff herrenlos zurück. Wir schwimmen ums Boot herum, planschen, werfen uns gegenseitig den Ball zu. Ein kleiner Windstoß, und NOVACASA würde fortgetrieben, wir wissen es beide, zehnmal schneller, als wir schwimmen können. Ein lustiges Ballspiel, das man mit dem Tod bezahlen müßte. Es ist erschreckend, wie vergnügt man sein kann angesichts eines solchen Risikos. Der Atlantik ist an dieser Stelle siebentausend Meter tief (ich habe gestern auf der Karte nachgesehen). Wir haben kein Gefühl für diesen Abgrund. Sie zielt besser, dafür hat sie nicht die Kraft in den Armen. Ich muß oft zum Ball hinschwimmen, um ihn zu fassen. Wenn ich werfe, schnelle ich aus dem Wasser und schmettere den Ball weit weg, in irgendeine Richtung. Sie muß mehr schwimmen als ich. Manchmal muß sie mir den Ball in zwei Schüben bringen. Sie wirft, schwimmt ihm nach, dann wirft sie ihn nochmals. Erstmals seit Wochen: Gefühl von Raum. Wir entfernen uns vom Boot, dann kommen wir ihm wieder näher, es ist hirnverbrannt, dieses Ballspiel mitten auf dem Atlantik. Einmal schlage ich den Ball so weit weg, daß er für einen Moment lang in einem Wellental verschwindet. Josephine schwimmt los, sie schwimmt gern, das sehe ich. Sie versucht zu kraulen. Es spritzt um ihren ganzen Körper herum. Ich frage mich, was aus unserer Geschichte geworden wäre, wenn ich damals die Maschine nach New York bestiegen hätte. Ich wäre jetzt Bankdirektor in den USA. So what! Ich wäre mit Anna verheiratet (das bin ich juristisch gesehen noch immer). Ich hätte Josephine aus meinem Leben verdrängt, oder, was noch schlimmer ist, wir wären Freunde geworden: eine Glückwunschkarte zu Weihnachten, ab und zu eine E-Mail, Berichte aus dem Leben, nicht gelogen, nicht ohne Details, aber belanglos. Ich hätte nie erfahren, was das ist: diese alles außer Kraft setzende Hingabe an ein anderes Wesen. Und – ich hätte es nie geschafft, dem Alltag so entschlossen den Rücken zu kehren. Eines Tages, vielleicht, wenn alles vergessen ist, wenn dieser ganze Betrug durch die Zeit abgeschliffen und verschüttet sein wird, werde ich wieder in die Wirtschaftswelt zurückkehren. Aber ich werde es tun mit der Besonnenheit eines Konvertierten. – Jetzt hat sie den Ball gefunden, aber mag ihn nicht mehr werfen, sie schubst ihn beim Schwimmen stückweise nach vorn wie ein Seehund. Josephines Kopf, der orangefarbene Ball, die Sonne, das Wasser (siebentausend Meter tief), ich beobachte, wie meine Füße im Wasser schlingern, wie sie sich drehen und winden, wie sie ganz unruhig sind. Josephine ist müde. Sie wirft den Ball ins Cockpit, dann klettert sie die Metalleiter hoch. Aus der Distanz habe ich sie noch nie nackt gesehen. Ich muß an Evolution denken, an die vielen tausend Schritte, die nötig waren, bis aus einem Meerestier ein solches Lebewesen wurde – dünn, hell, mit langen Armen und langen Beinen und einem Büschel schwarzer Haare auf dem Kopf. Es fällt mir ein, warum ich glücklich bin: weil ich zu derselben Spezies gehöre, und ich muß lachen, daß mir so etwas eingefallen ist. Jetzt reibt sie mit einem Frotteetuch das Haar trocken und kämmt es mit allen Fingern zurück. Es hat etwas Primitives, diese Zeit auf See, etwas Animalisches. Jetzt winkt Josephine, ich solle kommen. Ich winke ab. Ich genieße es, allein zu sein. Ich genieße die Tatsache, daß wir sexuelle Wesen sind. Ich bin selig.

Time to Destination: 1 Hour 00 Minutes.

Jetzt auch per Lautsprecher: Landung in einer Stunde. JFK meldet: wolkenlos bei 14 Grad.

Draußen der Labradorstrom und die ringsherum abgeschliffenen Inselbuckel aus der letzten Eiszeit.

Wieder eine Geschichte. Diesmal bin ich dran (Josephine auf der Sitzbank mit geschlossenen Augen, den Kopf nach hinten gelegt):

»Du schaust einem einsamen Vogel nach und staunst, daß er fliegen kann, und es wundert dich, wie er's macht. Es ist ein Sommerwind an irgendeiner Brandung irgendwo. Ein Abendhimmel breitet sich aus und nimmt den schwarzen Vogel auf. Manchmal verharrt er in der Luft, demonstrativ, wie ein Lumpen, der sich an den verwaschenen Himmel gehängt hat. Die zitternden Flügelspitzen – wie sie die feinsten Unebenheiten der Luft ausbalancieren. Dabei bewegt er seinen Kopf von der einen Seite zur anderen, ohne Hast. Sein Reich. Man könnte meinen, er lächle über die ganze Schwere dieser Welt. Was soll er sonst machen, der stolze Vogel, als fliegen? Soll er etwa auf einer Sanddüne hocken, dick wie Menschen, und schauen, wie die Sonne ins Meer plumpst? Plötzlich ein Schlag mit den Flügeln, und jetzt gleitet er den Küstenstrich entlang auf und ab, getrieben vom Abendwind, der streng über den Strand fährt. Dann macht er sich wieder im Himmel fest. Du schaust ihm zu, bis er dir keine Ruhe mehr läßt.

Du fängst ihn ein. Du sperrst ihn in einen Käfig und beobachtest ihn Tag und Nacht – wie er von einer Stange zur nächsten hüpft, von einem Gitter zum anderen. Du gibst ihm einen Namen, nennst ihn Timo oder Baldin oder sonstwie. Vielleicht gibst du ihm auch keinen Namen, sondern schaust ihm bloß zu. Du fütterst ihn mit Sonnenblumenkernen. Dann mißt du ihn aus. Du mißt seine Spannweite, seine Länge, den Durchmesser seines Rumpfes an allen Stellen, du zählst die Anzahl Federn, du mißt die Gelenke und zeichnest die Konstruktion auf Millimeterpapier auf wie ein Architekt. Dann steckst du ihn in einen Windkanal, experimentierst mit verschiedenen Geschwindigkeiten und Anstellwinkeln. Du berechnest Kennzahlen und Proportionen und leitest daraus weitere Proportionen ab und vergleichst diese mit wiederum anderen Kennzahlen. Dann rupfst du ihm die Federn aus, eine nach der anderen. Sie stecken tief, und manchmal muß man drehen, bis sie sich lösen. Dann nimmst du das spitze Messer und schneidest ihm die Unterseite auf, von der Kehle bis zum

Schwanz. Du trennst ihn sorgfältig auseinander und spannst seine Haut mit hundert Nadeln im Wachs der Sezierschale auf. Stilleben. Der einst stolze Vogel nun wie ein antikes Fledermausgemälde. Jetzt frißt sich deine blanke Sezierschere durch die Innereien und trennt Organ um Organ heraus, ohne daß Blut fließt. Zuerst die Leber, der Magen, dann das Herz. Es erstaunt dich, daß keine göttliche Kraft in ihm steckt, sondern hohle Knochen, Därme, Sehnen. Dazwischen halbverdaute Sonnenblumenkerne. Das Gewebe unter dem Mikroskop zeigt wieder einen anderen Vogel: keine Fledermaus mehr, sondern undefinierte Stränge von Zellen wie Würmer im Glas, die durch sich selbst kriechen. Ein stärkeres Mikroskop zeigt keine Würmer mehr, sondern einzelne Zellen, die sich gegenseitig den Platz streitig machen. Schließlich bestätigt das stärkste Mikroskop, das du auftreiben kannst: dieselbe Substanz wie der Rest der Welt, eine banale Anhäufung von Atomen. Du kannst dir sogar ausrechnen, daß einige dieser Atome einmal einen Menschen gebaut haben.

Viele Jahrzehnte später, du bist inzwischen ein alter Mann oder, in deinem Fall, eine alte Frau, stehst du wieder auf einer Düne und schaust einem Vogel dabei zu, wie er mit dem Wind spielt und sich über die Menschen lustig macht. Du schaust ihm lange zu. Allmählich merkst du, daß er genau das ausführt, was du gerade denkst. Denkst du eine Rechtskurve, so dreht er rechts ab, denkst du Gleitflug, so breitet er seine Flügel aus und läßt den Wind über jede Feder streichen. Du läßt ihn in der Luft stehen, Kreise drehen, herunterstechen mit angelegten Flügeln und wieder auffahren, du läßt ihn tänzeln in den Luftwellen und den Strand entlang auf und ab schießen. Du spielst mit ihm bis weit in die Dämmerung hinein, bis du ihn nicht mehr sehen kannst, dann läßt du ihn fliegen und gehst nach Hause.

Auf dem Heimweg wirst du das Gefühl nicht los, daß nicht du mit ihm, sondern er mit dir gespielt hat. Das denkst du noch die ganze Nacht; vielleicht noch viele Jahre. Dabei war dir gar nichts aufgefallen damals, als du ihn zerlegt hattest. Du hast den Verdacht, daß nicht du die Welt betrachtest, sondern die Welt dich; daß seine Flügel mit hundert Augen übersät sind wie die Engel Kataloniens; daß jeder deiner Gedanken ein jämmerlicher Abklatsch eines viel größeren Gedankens sein könnte...«

Ihr gefällt die Geschichte nicht.

Einige Tage später (oder sind es Wochen? – ich habe wie gesagt die Kontrolle über die Zeit verloren): Land in Sicht. Ich schütte gerade einen Kübel Salzwasser über meinen Kopf, um die Seife aus meinem Haar zu spülen, Morgentoilette auf dem Bug, stehend, ich bin splitternackt, seit Wochen, ja Monaten kenne ich keinen anderen Zustand, man braucht mindestens fünf Kübel, bis die Seife wirklich weg ist. Ein Bleistiftstrich am Horizont, nichts weiter.

Josephine im Cockpit, Kopf an die Bordwand gelehnt, Beine von sich gestreckt, Blick in Richtung Sonnenaufgang, also in Richtung Vergangenheit. Ich verstehe nicht, wie man wochenlang in diesem Buch lesen kann, dieses Herumirren in Dublin, dabei liest sie nicht einmal richtig, sie blättert bloß darin, als wäre das Buch ein Setzkasten, mit dem man seine eigene Geschichte zusammenstellen kann, vielleicht döst sie auch, oder sie denkt nach, es ist unmöglich, dies vom Bug aus festzustellen. Ulysses liegt jedenfalls aufgeschlagen auf ihren Beinen. Jetzt also Land in Sicht, ein Strich, der mit jeder Stunde etwas dicker wird.

Land, das ist wie das Ende eines Traums. Land heißt: konkret werden, arbeitsam. Land ist handfest, Land ist da, vorhanden, unausweichlich. Land fordert einem Pläne ab. Land ist die Tyrannei des Tatsächlichen. Ich schleiche mich ins Cockpit unseres Schiffs und reiße das Steuer um 90 Grad herum und lasse das Segel weit ausfahren, um möglichst auf kein Land zu stoßen. Josephine noch immer dösend.

Time to Destination: 0 Hours 45 Minutes.

»Meine Damen und Herren, Ihr Maître de Cabine, Ursula Stüssi. Wie Sie vom Kapitän gehört haben, haben wir den Sinkflug Richtung New York eingeleitet. Um die nötigen Zollformalitäten abschließen zu können, werden wir den Zollfrei- und Bar-Service in ca. fünf Minuten abschließen. Bitte beachten Sie, daß das Fasten-Seatbelt-Zeichen eingeschaltet ist. Bitte kehren Sie zu Ihren Sitzen zurück, und schnallen Sie sich an. Der Gang auf die Toilette ist ab sofort nicht mehr gestattet. Wir werden jetzt die Kopfhörer wieder einsammeln. Die Uhrzeit in New York beträgt 14 Uhr 20. Die Landung in 45 Minuten. Wir möchten uns bei dieser Gelegenheit nochmals für die entstandene Verspätung entschuldigen und bedanken uns, daß Sie Swissair geflogen sind.«

Jetzt hat es auch Josephine gemerkt: Land in Sicht. Josephine auf dem Bug, splitternackt, mit einer Hand hält sie sich am Mast fest. Sie sagt nichts, sie schaut bloß. Ich sehe sie nur von hinten. Ihre Wirbelsäule, die das Schaukeln des Bootes ausbalanciert. Ein Bleistiftstrich am Horizont, eine Inselkette, nehme ich an, denn der Bleistiftstrich ist immer wieder unterbrochen. Ein Morsealphabet, dieser Horizont. Weit vorne das Aufschäumen von Meer, ein feiner, weißer Strich, der sich ständig neu produziert. Bäume wie Filzhaar auf dem Land. Keine Ahnung, wo auf dem Globus wir uns befinden – Guadeloupe, Puerto Rico, Cuba, Bahamas. Es genügt Josephine, zu wissen, daß wir die Neue Welt erreicht haben. Sie verschwindet in der Kabine. Augenblicke später steht sie schon wieder auf Deck – in ihrem olivgrünen Frühlingsrock. Ihr Haar nach hinten gekämmt. Sie sieht hinreißend aus, verlockend, im ganzen Sinn unwiderstehlich, seit Monaten habe ich sie nicht mehr in Kleidern gesehen, ich habe vergessen, wie man in Kleidern aussieht. Das unregelmäßige Schaukeln, je mehr wir uns dem Land nähern. Der weiße, bauschige Strich jetzt wie Zahnpastaschaum. Wir segeln das Riff entlang, auf der Suche nach einer Stelle, wo wir es durchstechen können. Das Fernglas zeigt Palmen im flimmernden Licht des Nachmittags. Keine Spur von Zivilisation.

Nur Palmen und Sand und ein Hauch von hohen Gräsern manchmal, wo der Sand in Wald übergeht, und ich frage mich, ob es nicht sinnvoller wäre, weiterzusegeln, bis wenigstens eine Hütte oder ein Fischerdorf zu finden ist, aber Josephine ist entschlossen, zu landen, hier und jetzt. Schließlich landet man nicht zufällig an einem Ort, sondern das Schicksal hat diesen Ort für einen ausgesucht. Außer der Vernunft habe ich keine Gegenargumente.

Time to Destination: 0 Hours 30 Minutes.

»Beim Landeanflug versucht der Pilot auf dem Bildschirm die Striche, die die Anflugschneise markieren, mit den Strichen, die das Flugzeug markieren, in Deckung zu bringen. Das ist wie bei einem Computerspiel«, klärt mich mein allwissender Sitznachbar auf.

Mein Versuch, mich durch das Ausdrücken allerlei Wünsche für die Zukunft endgültig von ihm zu verabschieden.

»I am Stephen«, sagt er – ich weiß nicht, warum plötzlich auf englisch – und streckt seine junge Hand vor mein Gesicht, »it was a pleasure.«

»Freut mich – Himmelreich.« Ich bin nicht dafür zu haben, auf amerikanische Lockerheit zu machen, nur weil man acht Stunden seines Lebens in derselben Röhre verbracht hat. Kein Anlaß für die Aufgabe von Anstand, kein Anlaß für übertriebene Kameradschaft, auch nicht dreißig Minuten vor Amerika.

»Hier, falls Sie einmal Lust auf einen Rundflug haben, meine Visitenkarte.«

Daß ich keine Visitenkarte bei mir trage, mit der ich mich hätte revanchieren können, beweist mir die Unwichtigkeit dieser Begegnung. Meine Kärtchen werden, wenn alles klappt, druckfrisch in Manhattan auf dem Schreibtisch liegen – Manhattan Finance Corporation, Chief Executive Officer. Und so wende ich mich dem Arrival-Film zu, der über unseren Köpfen läuft. Er zeigt Bilder der Skyline, blitzende Wolkenkratzer aus der Ferne, Tanz der Glastürme, dann einzeln: das Empire State Building, das Woolworth Building, die beiden Türme am Columbus Circle. Wolkenkratzerspitzen rund um den Times Square. Der Central Park wie eine moosige Grube. Dann abstrakte Diagramme des Flughafens: Arrival Gate, wo die Immigrationsbehörde ist und der Zoll und wo es Taxis und Busse nach Manhattan gibt, dazu Hinweise, was alles verboten ist: rauchen, telefonieren (in der Immigration Hall), Taxis auf dem Abflugdeck herwinken und so weiter. Strengstens verboten: die Einfuhr von unverpackten Eßwaren – Früchte, Gemüse, Kekse, selbst Schokolade. Wären die Amerikaner Menschenfresser, wären sogar die Passagiere verboten.

Wir durchsegeln einen Bruch des Riffs. Links und rechts das Andonnern der Wellen, das Zerschellen auf dem Riff, das Tosen und Zischen und Spritzen, die haushohen Fontänen, die einen Regenbogen in den Himmel zeichnen und gleich wieder vergehen. Das Meer hinter dem Riff wie ein See, diese müde Stille. Jetzt mit bloßem Auge zu sehen: die Palmen, der Sand, das Wasser grünlich mit einem Stich ins Gelb. Alles reglos. Alles wie Tapete. Wir ziehen die Segel ein. Ich lasse den Anker sausen. Das Klirren der Ankerkette, wie sie über die Bugwinde rollt. Nach fünf, sechs Metern ist der sandige Boden erreicht. Ich lasse noch einige Bootslängen Spielraum, dann mache ich sie fest. Das Boot hält. Wir springen beide kopfüber in das Kristallwasser. Augenblicke später stehen wir auf Sand – Josephine im tropfenden Frühlingsrock, ich in meinen Unterhosen. Dieses seltsame Schaukeln des Bodens.

Die Insel ist nicht größer als ein durchschnittliches Kreuzfahrtschiff. Wir schlendern den Strand entlang, barfuß, heben ab und zu eine Muschel auf, die besonders schön glänzt, manchmal auch ein abgebrochenes Korallenstück. Wir flanieren. Schon nach zwanzig Minuten finden wir uns wieder am Ausgangspunkt. Was wir zu sehen bekommen: Palmen. Viel Gebüsch. Dornensträucher. Trockenes Gewucher. Überall Blätter wie Leder. Aus dem Sand ragendes Korallengestein. Manchmal eine Kokosnuß mit verschrumpelter Rinde. Kein Mensch weit und breit. Nicht einmal ein Hund oder ein Wildschwein. Nur Insekten.

Time to Destination: 0 Hours 15 Minutes.

Das Bremsen und Schütteln beim Ausfahren der Landeklappen. Ein Gewucher aus Städten, Wäldern, Autobahnen, alles wie Flechten, dahinter der Long Island Sound. Linkskurve auf das Meer hinaus. Die rechte Flügelspitze weit oben im blauschwarzen Himmel. Die zusätzliche Schwerkraft in der Kurve. Long Island jetzt als Zunge. Das Licht über dem Atlantik, das Blinken und Blitzen, dort, wo die Wellen mit der Sonne spielen. Ein Frachter wie hinter Rauchglas. Ruß, der über dem Frachter stehenbleibt, weil Wind und Frachter demselben Vektor folgen. Die endlose Küste Long Islands. Piers, die wie Zündhölzer in den Atlantik hineinstechen. Die Sitze, die sich vor einem auftürmen – je tiefer man rutscht, desto mächtiger das Rücklehnengebirge. Ich denke – ja was denke ich? Die Stewardess bittet mich höflich, endlich auch meine Sitzlehne senkrecht zu stellen, und als ich es nicht augenblicklich ausführe, sondern noch immer zum Fenster hinausstarre, drückt sie selbst auf den Knopf und kippt meinen Sitz in die richtige Position. Ich komme mir wie ein Kranker vor. Mein Sitznachbar hantiert an seiner Uhr. Ich entscheide mich, erst nach der Landung auf Lokalzeit zu wechseln. Jetzt poliert er seine Schuhe mit einem kleinen schwarzen Schwämmchen, das er im Business-Class-Set zwischen Zahnbürste und Ohrstöpsel gefunden hat. Endlich Manhattan – jetzt nicht mehr auf dem Bildschirm, sondern wirklich. Eine graue Wolke aus Haarkristallen. Alles scharf umrandet von Wasser – East River, Hudson, Upper New York Bay – überhaupt das Wasser überall. Long Island wird immer dicker. Ab und zu ein Golfplatz, ein Geschlängel aus Rasenflächen. Time to Destination: 0 Hours 06 Minutes. Die Häuser am Strand jetzt einzeln. Ein viel zu weiter Strand. Autos wie Läuse in den Straßen und Querstraßen. Das Auskippen des Fahrgestells, das Surren des Elektromotors, das Einrasten der Stützbolzen, dann Geräusche wie bei einem Sturm. Ich stelle mir vor, wie die Reifen, die Stützbolzen und die Hydraulikschläuche jetzt durch die anschießende Luft pflügen. Rechts Brooklyn, dann die Spitze Manhattans, deutlich zu sehen, die Statue of Liberty, das Woolworth Building, weiter hinten das breitschultrige Met Life Building, das Empire State, das Durcheinander der Frachter im Hafen. Plötzlich geht alles sehr schnell, Eindrehen nach rechts, die Marshlands von Long Beach, die Sümpfe und Tümpel, die verlorenen Schienenstränge, das Gedränge der Giebelhäuser, eine Autobahn mit zwölf Spuren, wir sind beinahe so langsam wie die schnellsten Autos, das Schaukeln der Flügelspitzen auf den letzten hundert Metern, ein kurzer Schub der Triebwerke, ein Parkplatz, man könnte die tausend Autodächer mit bloßer Hand berühren, die Piste, die Smaragdkette der grünen Lichter, die Landung, das Aufsetzen auf der Piste, Umkehrschub.

Time to Destination: o Hours oo Minutes.

3

U.s. citizens to the left, all others to the right! u.s. citizens to the left, all others to the right!

Die Halle, weit wie ein Fußballfeld, trägerlos, dafür mit Spannteppich, filzgrau, kalt, was am eisigen Schauer der Klimaanlage liegt. Warteschlangen überall. Neonlicht wie Puder. Schalter 1–14 für u.s. citizens. Schalter 15–45 für foreigners, Fremdlinge, wie sie es hier ausdrücklich nennen.

Man hatte keine Zeit zu überlegen. Ein ganzer Airbus voller Menschen strömte in diesen Saal, und wenn dieser Airbus sich geleert hatte, kam schon der nächste. Ich stellte mich augenblicklich hinter den Juden, dank dem wir nicht abgestürzt waren. Seine Kippa glänzte schwarz wie das Fell einer Perserkatze, und ich hätte sie am liebsten gestreichelt. Links und rechts bekannte Gesichter aus der Business Class. Ein ganzer Saal voller Hinterköpfe. Weit vorne jener meines Sitznachbars; er hatte eine bessere Warteschlange erwischt. Es gab nichts zu sagen. Wir standen vor dem Mund des Landes. Rote Schweizerpässe weithin sichtbar. Ob Business Class oder Economy, ob reich oder arm, ob fünfzehntausend Mitarbeiter auf einen warten oder niemand, die Einwanderungsbehörde macht bewußt keinen Klassenunterschied. Weder Geld noch Herkunft spielen in diesem Land eine Rolle, zumindest nicht, bis man durch die Zollkontrolle hindurch ist. Kinder, die auf ihren Taschen hockten, erschöpft nach acht Stunden Flug, zu müde, um ihren Eltern auf die Nerven zu gehen, und Eltern, zu müde, um sich von ihren Kindern auf die Palme jagen zu lassen (ich war froh, keine Kinder zu haben). Ein Saal voller Erschöpfung. Man war jetzt bereit, alles zu erdulden. Nur ein Mädchen mit pelzigem Haar, das noch kaum aufrecht gehen konnte, wirbelte quer durch die Kolonnen. Kameras in der Decke, die versteckt sein wollten, halbdurchlässige Spiegel, hinter denen man hundert Augen vermutete. Ich las – eine PricewaterhouseCoopers-Marktstudie zum Global Private Banking – und war erstaunt, daß alle anderen die Langeweile vorzogen. Ab und zu ging's einen Schritt vorwärts. Ich schaffte es, weiterzulesen, ohne je einen Satz zu unterbrechen, während ich Aktentasche und Trolley mit meinem Fuß vorwärts kickte.

Anderthalb Stunden später saß ich im Taxi. Das Gebirge der Skyline und die Sonne, die in diese Skyline hineinfiel. New York. Die Erinnerung: vor zwanzig Jahren, mein erstes Jahr im Ausland. Es gab die schwülen Sommerabende, an denen ich nicht anders konnte, als langen, wohlgeformten, kräftigen Beinen nachzulaufen, Beinen, die durch ihre Strümpfe etwas vom muschelartigen Glanz des Hudson River hatten, Frauenbeine in der Perfektion industrieller Produkte, lebenden Stahls, wenn sie bei Rot an den Ampeln standen und auf den Absätzen kaum sichtbar hin- und herschaukelten, fast so, als würden sie ungeduldig in diesen Schuhen stehen, ja als würden sie lieber vorwärts gehen, gehen, immer gehen, um mit jedem Schritt die Hüften in der kreisenden Bewegung zu halten, die es ihnen ermöglicht hätte, Hula-Hoop-Reifen gleichmäßig und schwerelos in Schwingung zu halten. Es gab Straßen im New York dieser Sommerabende, die voll waren mit Frauen, Frauen, die wußten, wie man Kleider trägt, Frauen, die sich so bewegten, wie es der männlichen Vorstellung in aller Kühnheit entsprach, Frauen, die vor einem Schaufenster stehen konnten, in einer Art, die es mir unmöglich machte, zu denken oder wenigstens anzunehmen, sie hätten sich nicht wegen mir genau so hingestellt, gelassen und in einer raffinierten Weise konstruiert, ohne aufdringlich zu erscheinen. Ihre Unnahbarkeit, obschon sie da waren, ansprechbar wie Notrufsäulen der Polizei. Es gab Frauen, deren Haare ein solches Gestrüpp bildeten, daß man damit hätte Schuhe putzen können, und es gab Frauen, deren Haare wie handgeschöpftes Papier waren, hell, glatt, kalt, fein wie Staub. Es gab Frauen, deren Brüste Fingerhüten glichen, und solche, deren Brüste groß wie Köpfe waren. Es gab Frauen, wie ich sie noch nie gesehen hatte, wie ich sie mir nicht einmal hätte vorstellen können, so viele Frauen auf einmal, die geeignet gewesen wären, für Schönheitsprodukte zu werben, für Parfüm, Kosmetik, Unterwäsche oder Shampoo, und auf den Seiten der Busse als Werbung durch die Straßen zu ziehen. Ein Übermaß an Anmut, eine fast beleidigende Konzentration an Grazie. New York, das war in meinem ersten Jahr ein Laufsteg aus karamelisiertem Zucker. Je länger der Sommer andauerte, desto mehr Abende gab es, an denen mir die Schwüle wie ein Bühnenvorhang vorkam, der sich nicht heben wollte und hinter den ich nicht schauen konnte, der, wie ich mir dachte, das Leben in all seiner Banalität und Misere, in seiner spektakulären Einfältigkeit, in seiner Überdramatisierung der trivialsten Gefühle vor mir verbarg. Ich hatte in diesem Theater Platz genommen und wollte, daß das Stück des Lebens, des sogenannten etablierten Lebens, noch lange nicht beginnen würde; ich wollte, daß der Saal nie aufhören würde, sich mit Leuten zu füllen, daß das Gequassel ewig weitergehen würde, die gegenseitigen Begrüßungen, der Austausch von Blicken, die Reihen von Menschen, die sich erheben mußten, um jemanden zu seinem Sitz durchzulassen – einer nach dem anderen setzten sie sich dann wieder, wie die Tasten eines Klaviers. Ich wollte noch eine Ewigkeit lang vor diesem dunkelroten, schwülstigen, bebenden Vorhang sitzen. New York, das war ein Triumph, der ausschließlich darin bestand, anwesend zu sein, vorhanden, lebend, atmend, schauend. Der ganze Sommer bestand aus nichts anderem als Erwartung. Das war vor über zwanzig Jahren.

Am Morgen noch in Zürich; jetzt stand ich in der Park Avenue. Die Luft fühlte sich kalt und metallisch an. Der Himmel zauberhaft leer. Sonnenglanz auf den Spitzen der Bürotürme. Der Verkehr in Wellen – wie er sich staute und bei Grünlicht wieder entspannte, regelmäßig, beinahe wie Atmung, und es fiel mir auf, daß meine eigenen Muskeln dieselbe Entspannung mitmachten, wenn die Fahrzeuge losbrausten, Gehupe aus den Seitenstraßen, seltsam abgedämpft, ich entdeckte keine neuen Verhaltensmuster im Verkehr, alles so, wie ich es erwartet hatte, alles so, wie ich New York von meinen früheren Besuchen kannte. Ich drehte mich um: Hier also war sie, die Bank, Manhattan Finance Corporation, die ich ab diesem Tag zu führen hatte, diese Dame mit ihrer Fassade aus den 70er Jahren, Glas, aber nicht durchgehend, sondern jedes Stockwerk unterbrochen von schwarzglänzenden Kunststeinplatten, kein Glasklotz, sondern ein Zebramuster, bei dem die weißen Streifen doppelt so breit waren wie die schwarzen. Man erwartete mich dort oben; möglich, daß sie sich vor mir fürchteten, ich prüfte mein Haar in einem Schaufenster, meinen Anzug – Nadelstreifen, wie üblich hier in Bankenkreisen –, meine Krawatte. Dann ließ ich mich in die Drehtür hineinfallen.

Ich tauchte mit meiner ganzen Existenz in das Sprudelbad der Arbeit ein, deren Dämpfe und Gerüche ich gierig aufsog, als wären es Heilkräfte, und deren Düsen mich an Stellen kitzelten und massierten, von deren Existenz ich gar nichts mehr wußte, Bereiche, die tief in mir Freude auslösten, Begeisterung in einer nie geglaubten Intensität – mag sein, daß es an New York lag, an der gesteigerten Verantwortung, an meiner mir selbst auferlegten maßlosen Erwartung, oder ganz einfach daran, daß ich mich als quasi freier Mann ohne die offene

Flanke einer Affäre endlich dem zuwenden konnte, was mir am meisten bedeutete: dem professionellen, unternehmerischen Management.

Noch in der ersten Woche nach meiner Ankunft in New York gab ich die neue Strategie durch: Spezialisierung auf sogenannte Ultra High Net Worth Individuals, im Gegensatz zu den einfachen High Net Worth Individuals.

Einmal, etwa vier Wochen nach meinem Antritt in New York, stand Renfer in meinem Büro. Händeringend. Unangemeldet. Er stellte sich vor, obwohl wir uns schon begegnet waren. Er stand bloß da, mit dem Rücken zur Skyline der Park Avenue, und musterte das Innere meines Büros – den dunklen Schreibtisch, vermutlich Eiche gebeizt, das noch leere Büchergestell aus demselben Material, eine Polstergruppe aus aufgebauschten, dunklen Lederelementen, die wie ein Tausendfüßler um die Ecke schlich – die ganze Ausstattung meines Vorgängers, die mir auf die Nerven ging, aber die zu korrigieren ich noch keine Zeit gehabt hatte. Keine Ahnung, was Renfer hier wollte, und offenbar wußte er's selbst nicht. Was ihn überraschte, schien nicht die Tatsache zu sein, daß etwas vorgefallen war, sondern daß absolut nichts vorgefallen war. Natürlich hatte er als Security-Mann Zugang zu sämtlichen Büros der Bank, weltweit, und so bot ich ihm Mimi an, meine Sekretärin, die bereit war, ihn durchs neue Gebäude zu führen.

Er lehnte ab.

»Aber was wollen Sie denn hier?« Ich versuchte, höflich zu bleiben, aber ich verfügte auch nicht über eine ausziehbare Zeitachse, es war meine vierte Woche hier, wie gesagt, fünfzehntausend Mitarbeiter erwarteten Entscheidungen. Wäre Rauchen in amerikanischen Büros gestattet, ich hätte ihm eine Zigarette angeboten, einfach damit man nicht mit leeren Händen in einem Büro herumstand und sich gegenseitig musterte, aber so blieben uns nur die leeren Hände.

»Raus mit der Sprache: Ist irgend etwas vorgefallen?« fragte ich schließlich.

Er sagte lange nichts. Dann öffnete er seine Lippen, bevor er anfing zu sprechen. »Es handelt sich um eine routinemäßige Identitätskontrolle.«

Seine Aussprache war trocken und seine Stimme klein, und er gab sein Bestes, die Wand mit entschlossenem Denken anzustarren.

»Hier«, ich griff in eine Schublade, zerrte einen dicken Stapel Papier heraus und knallte ihn auf meinen Schreibtisch, »dies ist die Liste all unserer amerikanischen Mitarbeiter, sortiert von A bis Z.«

»Wir beginnen bei Ihnen«, sagte er daraufhin und wagte nicht, mir dabei ins Gesicht zu schauen. Er tat so, als suche er etwas in seiner Aktentasche, was mir wie ein fadenscheiniges Wühlen vorkam.

»Bei mir?« Ich mußte lachen.

Er verlangte tatsächlich meinen Ausweis.

Ich fand diese ganze Veranstaltung entschieden zu blöd.

»Hören Sie, Renfer, hier bin ich der Chef, diesen amerikanischen Laden führe ich. Wenn Sie mir nicht sofort sagen, was Sache ist, werde ich Sie von unserem Gebäude wegschaffen und Sie zurück ins Schweizer Flaschen-Depot schicken lassen.«

Sobald ich dies ausgesprochen hatte, fühlte ich ein Zerren in meiner Brust, die Atmung, die bis dahin so automatisch, so leicht und flüssig funktioniert hatte, erforderte jetzt meinen gedanklichen Einsatz. Es war ein scheußliches Gefühl. Ich wußte, daß es kaum zu entschuldigen war, einen Headoffice-Mitarbeiter so zusammenzustauchen, insbesondere den Chef des Sicherheitsdienstes.

Ich entschuldigte mich. »Was genau möchten Sie denn sehen?«

»Wie gesagt, Ihre Ausweise: Paß und Firmen-ID.«

Renfer blätterte in meinem Paß, bis er das Foto gefunden hatte, dann hielt er den Paß und den Firmenausweis vor sich hin und verglich die Fotos mit dem, der vor ihm stand.

»Hier« – ich hielt meine ausgespreizten Hände vor sein Gesicht – »warum nehmen Sie keine Fingerabdrücke?«

Daraufhin verschwand er aus meinem Büro. Er bestieg ein Taxi zum Flughafen und flog noch am gleichen Abend zurück nach Zürich – ohne auch nur mit einem einzigen meiner amerikanischen Mitarbeiter gesprochen zu haben. Ich fand die ganze Vorführung mehr als seltsam – als gäbe es etwas an meiner Identität zu bezweifeln. Ich vergaß die Szene bald.

Es folgte ein höllischer Sommer. Die Stadt fiel heiß und schläfrig in Fieber. Sobald man auf die Straße trat, war man naß vor Schweiß. Das Hemd klebte einem am Körper, der Kragen war schon nach kurzer Zeit braungelb, und wenn dann doch mal ein Windstoß kam, dann war es meistens ein vorbeibrausender Lastwagen oder eine Schütte heißer Luft aus der Subway. Man trug das Jackett nicht, auch nicht über die verschwitzte Schulter gelegt, sondern hängte es an den Finger wie an einen Haken. Selbst die Gedanken klebten. Man dachte nur daran, sich möglichst schnell von einem klimatisierten Gebäude ins andere zu retten. Regen, wenn er endlich kam, als dampfender Erguß. Nach dem Regen der rezente Geruch von Asphalt. Er konnte tagelang in den Straßenschluchten liegenbleiben. Man schnitt sich die Haare kürzer. Man weitete den Krawattenknoten schon am Morgen, schlürfte Eiswasser statt Kaffee und ließ sich die Mittagsverpflegung ins Büro liefern.

Mit der Zeit vergaß ich Josephine dann tatsächlich.

Arbeit, das war wie ein guter Freund, der mich an der Hand nahm und mich auf den vertrauten, geradlinig ansteigenden Pfad zurückführte. Ich war dankbar für New York.

Wir telefonierten fast täglich miteinander – Anna und ich. Ich rief sie an, wenn sie zu Bett ging, also nachmittags New Yorker Zeit, hin und wieder war sie nicht zu erreichen, und ich machte mir nichts daraus, auch ich war häufig unterwegs in diesen Monaten, jedenfalls, so war mein Eindruck, redeten wir öfter miteinander als damals in Zürich. Manchmal rief sie mich zu Hause in meinem Apartment an, mitten in der Nacht, und riß mich aus dem Schlaf. Sie berichtete, ich berichtete – Begebenheiten, Freunde, Job –, und es verwunderte mich, daß es mich tatsächlich interessierte, ich hörte zu, nicht aus Anstand, sondern um ein Gefühl dafür zu kriegen, wer das war, der da am anderen Ende redete. Ich stellte sie mir vor, Anna, ihre hübsche Fülle, ihre lichtscheue Haut, ihr starkes, spiraliges Haar, das mit einer nicht zu übersehenden Üppigkeit ihrem Schädel entsprang und sich, selbst wenn sie es hochgesteckt hatte, unbändig und leuchtend ineinander verschlang, Haar in der Farbe von Kirschholz. Anna, eine schöne Frau – ich brauchte es mir nicht täglich einzureden. Ich stellte mir vor, wie es wäre, wenn sie sich ebenfalls nach New York versetzen ließe, über eine assoziierte Anwaltskanzlei zum Beispiel, ich stellte es mir vor, unser Leben zu zweit in dieser Stadt, es müßte möglich sein. Die ganze Zeit gab ich mir größte Mühe, die minimalen Veränderungen nicht zu bemerken, die geringfügigen Verschiebungen im Tonfall, die Art, wie wir uns gegenseitig auf dem laufenden hielten, und die feine Technik des Aussparens und Ausklammerns von Themen.

Nur einmal in diesem Sommer reiste ich in die Schweiz zurück, um den Aufsichtsrat über den Gang der Geschäfte in den USA zu informieren. Vierundzwanzig Stunden Zürich. Anna war beruflich gerade in Oslo, und so verpaßten wir uns. Ich überlegte mir natürlich, über Oslo nach New York zurückzufliegen, aber am nächsten Tag mußte sie schon wieder weiter, nach Bergen, und von dort gab es keine Direktflüge nach New York. Die Umsteigerei hätte mich mindestens zwei Tage gekostet, und das lag in dieser Phase der Integration einfach nicht drin. Auch sie konnte ihre Meetings nicht verschieben – sie leitete die Legal Due Diligence für einen paneuropäischen Roll-up im Health-Care-Bereich. So übernachtete ich noch einmal in unserem Haus in Rüschlikon. Ich kam spät nach Hause und mußte früh wieder zum Flughafen raus. Ich sah weder den See noch den Garten, ich sah bloß die Stämme unserer Eichen im Licht der Scheinwerfer, als das Taxi auf unseren Kiesplatz fuhr und ich ausstieg. Obwohl drinnen nichts umgestellt war, kam ich mir wie ein Eindringling vor. Ich hinterließ ihr eine Notiz auf dem Küchentisch, einen Gruß, Love Philip, so wie es die Amerikaner verwenden, das Wort Love.

Ein Sommer ohne Sex, darauf war ich eingestellt. Dafür mit glänzenden Verkaufszahlen im Geschäft.

Schon nach sechs Monaten waren wir in der Gewinnzone. Die Integration der Manhattan Finance Corporation mit ihren fünfzehntausend Mitarbeitern war, über diese Zeit betrachtet, ein Kinderspiel – a piece of cake. Alle meine Entscheidungen trafen ins Schwarze, was ich sagte, sagte ich zur richtigen Zeit am richtigen Ort im richtigen Ton, was ich tat und ließ, hatte Signalwirkung auf die ganze Organisation, es war wie Magie oder, wenn man will, Bestimmung, ich hatte mich geschäftlich noch nie so kompetent gefühlt wie jetzt in New York. Ich liebte sie, die Amerikaner, als Angestellte. Nach außen: kämpferisch, furchtlos, anpackend. Sie sprühten vor Ideen. Nichts, was sie ihrer Karriere nicht zu opfern bereit gewesen wären. Jeden zusätzlichen Dollar, den sie verdienten, gaben sie sofort wieder aus, was sie nur um so empfänglicher für die steigenden Anforderungen des Geschäftsalltags machte. Sie waren, in einem Wort, Schäfchen im Wolfspelz. Meine Leistungen als CEO in New York blieben nicht unbeachtet. Je schlechter sich die Konjunktur in Europa entwickelte, desto besser standen wir da. Plötzlich war New York ebenso wichtig geworden wie unsere Filialen in London, Zürich oder Frankfurt. Keine Woche verging, ohne daß sich der eine oder andere Aufsichtsrat persönlich bei mir meldete und sich für meinen Einsatz in New York bedankte. Meine Boni häuften sich – eine Million nach sechs Monaten –, und die Aussicht auf den CEO-Job des gesamten Konzerns wurde mir, wenn nicht explizit angeboten, so doch zumindest indirekt zugesichert.

Nach einem Jahr die Scheidung.

Auf den Tag genau ein Jahr nach meiner Ankunft in New York. Per eingeschriebenen Brief. Anna spielte nicht selbst Scheidungsanwalt, sondern übergab die Angelegenheit einem ihrer Kollegen bei Ladner & Partner. Ich stand vor dem aufgefalteten Brief wie vor einem Todesurteil. Ich rief sofort an. Sie war gerade in einer Sitzung, und ihre Sekretärin vertröstete mich auf später. Ich konnte es nicht wahrhaben. Ich zitterte. Ich war bestürzt, wirr, fassungslos. In meinen Venen pulsierte flüssiges Blei. Ich war wütend, nicht auf sie, sondern auf mich, auf meine Art, unsere Ehe als die selbstverständlichste Sache der Welt zu betrachten. Ich zerriß den Brief in tausend Fetzen und verließ das Büro.

Draußen fegte ein letzter Winterwind durch die Straßen (obwohl es schon April war). Himmel wie Schiefer. Zeitungen flatterten zusammen mit Papierservietten, Plastikfolien und anderem Abfall durch die Luft. Dampf quoll dick und gallig aus den Subway-Schächten. Der Wind löste ihn in hundert Fäden auf. Ich stürzte Whisky um Whisky hinunter. Ich saß in der Plaza-Bar und schaute über die 59. Straße hinüber in den Central Park: die Aufregung in den Baumkronen. Vögel auf unkontrollierten Flugbahnen. Kinder, die Drachen steigen ließen, sich an die Leinen hängten und daran zogen, bis die Drachen heruntersausten, kopfüber, und im Gras zerschellten. Dazu drei Geiger im Hintergrund, Mozart, alles sehr schwülstig, Hotellobbykitsch. Ich saß da und zerbrach mir den Kopf. Zur abgemachten Zeit ging ich zurück in mein Büro. Ich kam mir vor wie ein angeschossenes Tier. Ich hatte zuviel getrunken. Als ich eintrat, klingelte das Telefon.

Offenbar hatte sie von der Affäre mit Josephine erfahren.

Ich tat so, als wüßte ich von nichts.

»Du Feigling!«

Natürlich hatte sie recht.

Nochmals: »Feigling!«

Ich zeichnete mit meinen Fingernägeln Kurven in den neuesten Strategiebericht.

»Lügner!«

Ihre Stimme war Metall.

»Ich hätte es wissen müssen – deine Leichtigkeit damals, deine endlose Begeisterungsfähigkeit über die kleinsten Dinge, die Wolken, das Glitzern des Sees, all diese Aufmerksamkeit, zum Beispiel für den Regen, den langweiligsten Landregen, den du auf einmal als großartiges Spektakel empfunden hast, all die neuen Hemden, rosa, auf einmal rosa, nicht unpassend, aber modisch, sehr modisch, dein plötzliches Interesse für Literatur, für James Joyce, der noch immer auf dem Schlafzimmertischchen liegt, zusammen mit den anderen Wälzern – Romane, mein Gott! –, deine neue Frisur, längere Haare auf einmal, es mußten längere Haare sein, in deinem Alter, mit deinem Haarwuchs, in deiner Position. Wenn das keine Zeichen gewesen sind.«

Am besten ging es mit dem kleinen Fingernagel. Der grub sich ins Papier wie ein winziger Pflug.

»Ich habe versucht, diese Hofer zu treffen. Ein Gespräch von Frau zu Frau. Ohne Erfolg. Die Dame scheint sich absichtlich rar zu machen.«

Ich korrigierte: »Hofmann.«

»Offenbar seit Monaten irgendwo in Spanien oder Portugal verschollen, sagt man mir in der Buchhandlung.«

Ich zerriß das Strategiepapier.

»Man spricht von Entführung.«

Ich zerriß es der Länge nach, faltete es nochmals und zerriß es in die Quere, dann ließ ich die Schnipsel mit einer Hand in den Papierkorb regnen.

»Es tut mir leid«, sagte ich, und dann nochmals: »Es tut mir leid.«

Etwas Besseres fiel mir nicht ein.

Des weiteren: die Inkommensurabilität unserer Karrieren, wie sie es ausdrückte.

»Anna, Schatz.«

»Nenn mich nicht Anna-Schatz!«

Ich beschwor sie, nach New York zu kommen, ich bot ihr an, den Flug und die ganze Reise zu übernehmen, sie gleich selbst zu buchen.

»Let's talk«, sagte ich.

Ich weiß nicht, warum plötzlich auf englisch.

»Hör zu, die Affäre ist zu Ende. Wirklich. Diese Hofmann ist verschwunden. Weg aus meinem Leben. Keine Anrufe mehr, keine E-Mails mehr, rein gar nichts. Eigentlich war sie gar nie in meinem Leben.«

»Lügner!«

»Also – wir haben ein paarmal miteinander geschlafen.«

Anna sagte nichts.

»Ausrutscher« – ich bemühte mich, viel Gewicht in dieses Wort zu legen.

»Vielleicht«, fuhr ich fort, »ist sie gar tot, wer weiß, da ist nichts mehr, keine Gefühle mehr, nada.«

Des weiteren: der aufgesetzte Lebemensch-Anfall.

»Laß es uns noch einmal versuchen. Please. Wir sind das perfekte Paar.«

»Das habe ich auch immer gedacht.«

»New York. Spazieren im Central Park. Wir besuchen die Musicals, die besten Restaurants, Carnegie Hall, New York Philharmonic – Lorin Maazel, den du so liebst. Ausflüge nach Long Island, nach Key West, in die Rockys, wohin du möchtest. Und dann reden wir. Wir nehmen uns Zeit.« Ich flehte sie an: »Let's talk.«

Ich sank vor dem Telefonapparat in die Knie. Ich rollte mich auf den Rücken und sah nur noch das geringelte Telefonkabel, das von mir wegging und immer dünner wurde und schließlich in jenem schwarzen Apparat verschwand.

Des weiteren: das Fehlen von Zuneigung beiderseits – und das schon seit Jahren.

Des weiteren: ein Glück, daß wir nicht auch noch Kinder haben.

»Also gut, meinetwegen, laß uns Kinder haben!« schrie ich in den Hörer.

Eine Weile lang war Stille.

»Anna, bist du noch dran?«

Das Knacksen in der Leitung.

Dann die Tränen.

Ich zitterte.

Kein Wort.

»Anna?«

Aber dann, in einem Ton, der einem letzten Zusammenreißen all ihrer Kräfte entsprach, sagte sie: »Die Sache ist für mich abgeschlossen.«

»Dann komme ich nach Zürich.«

»Philip, ich bitte dich. Du hast dein Leben, ich habe meins. Ich sag's nochmals: Komm nicht.«

Dann legte sie auf.

Als Mimi, meine Sekretärin, am nächsten Morgen ins Büro trat, um die Post zu bringen, fand sie mich auf dem Boden liegend, das Telefonkabel um den Hals gewickelt – offenbar hatte ich mich im Schlaf gedreht. Ihr hoher Schrei hatte mich geweckt. Ich stand augenblicklich auf, strich meine Hose glatt, auch meine Krawatte. Ich zog den Hörer am Kabel entlang zu mir hoch. Das endlose Besetztzeichen im Hörer.

»Everything okay, everything okay.« Ich winkte ab, bevor sie auf irgendwelche Gedanken kam. »Everything okay.«

Sie legte die Post auf meinen Tisch und verließ das Büro, zog die Tür hinter sich zu, nicht ohne sie noch einmal aufzustoßen: »Are you sure?«

Ich sackte auf dem Stuhl zusammen, vergrub mein Gesicht in den Händen. Ich zitterte vor Kälte. Dieses verdammte Air-conditioning, das die ganze Nacht Eiskälte wie eine Strafe auf mich niedergeschüttet hatte. Mein unrasiertes Gesicht.

»Du hast dein Leben, ich habe meins« – dieser Satz ließ sich nicht mehr abstellen.

Ich hätte jetzt alles darum gegeben, Josephine nie kennengelernt zu haben, nie zu diesem verdammten Literaturempfang eingeladen gewesen zu sein. Warum konnte ich ausgerechnet ihr gegenüber nicht standhaft sein, so wie bei anderen Frauen zuvor? Was war es an dieser Frau, an ihrer Haltung, an ihrer Stimme, an der Art, wie sie sich bewegte? Keine Ahnung, was ich mir gedacht hatte. Nichts hatte ich mir gedacht! Plötzlich sah ich Bilder von Josephine vor mir aufsteigen, Bilder des ersten Abends, wie sie das Tellerchen mit dem Senf hielt und ihre Bratwurst dareintunkte, wie sie dastand, ihre erregende Haltung, ihr sehr schlanker Körper, ihr fordernder Gang, ihr Stolz. Wochen später ihre Küsse (unsere Küsse). Ich dachte an Josephine, ich dachte an Anna, ich weiß nicht, was ich dachte. Mein Gesicht in den Händen. Am liebsten hätte ich mich erstickt.

Wenige Wochen später, kurz vor Mitternacht, klingelte das Telefon. Ich ließ den Beantworter arbeiten. »Anna hier. Hör mal, Philip, ich hab's mir überlegt, ich komme nach New York.«
Nach vier Stunden ein weiterer Anruf: »Ich sitze

bereits im Flieger, Swissair 101 – Landung am Nachmittag in JFK.«

Fünf Minuten später nochmals: »Abflugsverspätung, aber jetzt starten wir dann gleich. Landung um 14:54. JFK. Falls du mich abholen kommst.«

Ich wußte nicht, was denken, nein, eigentlich wußte ich es, ich war überzeugt, daß ihr »ich hab's mir überlegt, ich komme nach New York« eine bloße Finte war, um mich gutzustimmen, um mir die Unterschrift unter ein für sie höchst vorteilhaftes Scheidungspapier abzuluchsen. Die einfache Tatsache, daß sie Anwältin war, steigerte mein Mißtrauen ins Unerträgliche.

»Falls du mich abholen kommst –«

Ich schleuderte eine leere Bierflasche gegen den Telefonapparat. Seither blieb er stumm. Am liebsten wäre ich noch in dieser Nacht aus der Stadt geflohen. Statt dessen öffnete ich jede Flasche, die irgendwie nach Alkohol aussah, und schüttete den Inhalt in mich hinein, Wein, Bier, Whisky, es mußten mindestens acht Flaschen gewesen sein, ich trat auf den Balkon hinaus, es war ungefähr vier Uhr morgens, und schrie mir die Lunge aus dem Leib, ich glaube, ich sang zuerst, dann schrie ich, dann brüllte ich, dann lehnte ich mich über die Balkonbrüstung hinaus und wimmerte, dann hüstelte ich, dann kotzte ich über achtundzwanzig Stockwerke in die Tiefe, die Nacht glühte, sie zitterte wie ein Tier, dem man eine Spritze verpaßt hat, dieses Flimmern und Flackern und Vibrieren, dieses Flirren der Gegenwart, diese Möchtegerndunkelheit New Yorks, die nie eine ist.

Anna kam wie angekündigt. Ihr Klingeln riß mich aus dem Schlaf. Sie mußte den verdammten Pförtner bestochen haben, damit er sie zu meinem Stockwerk ließ. Ich war außer mir vor Wut und bat sie durch die Metalltür hindurch, dieses Haus schleunigst zu verlassen. Ich fluchte, mag sein. Ich wollte sie nicht sehen, auch nicht für einen Augenblick, sie sollte ihre getürkten Scheidungspapiere wieder einpacken und verschwinden. Nach einer halben Stunde ließ das Poltern nach. Wäre mein Telefon nicht stumm in Scherben gelegen, hätte ich die Polizei gerufen, um sie von meiner Tür wegschaffen zu lassen. Eine Stunde später stand sie im Wohnzimmer. Offenbar genügte es auch in diesem Fall, den Security-Mann zu bestechen, der mit einem Paß-Schlüssel meine Wohnungstür aufschloß. Anna zuckte zusammen, als ob jemand sie am Rücken berührt hätte. Was sie in diesem Augenblick zu sehen bekam: einen Mann am Boden, in bloßer Unterwäsche, sein unrasiertes Gesicht, seine blutunterlaufenen Augen, die er nur unter größter Anstren-

gung zu einem zitternden Schlitz öffnete, dazu Bier-
flaschen überall, ein Telefonapparat inmitten von
Scherben, Gestank von Schweiß, von Alkohol. Ich
kam mir vor wie eine Leiche. Anna in einem frischen Sommerrock.

Sie war sprachlos.

Augenblicke später riß sie Fenster und Türen auf,
ließ sich erschöpft in den Liegesessel fallen, der
draußen auf dem Balkon stand. Kein Zweifel, das
war New York: die Dächer, die Wolkenkratzer, das
Röcheln und Hupen des Verkehrs aus den Straßenschluchten. Diese Qualität von Lärm gibt es in
keiner anderen Stadt: das kurze, dumpfe Hupen,
wie aus Posaunen mit dicken Schalldämpfern. Kein
Quietschen von Reifen, kein bissiges Anfahren.
Eher ein einschläferndes Rauschen, durchsetzt mit
lustigen Tubatupfern. Ein elektrisches Plärren zwischendurch, Feuerwehr, dann wieder das einschläfernde Fließen der Geräusche. Ein monotones Rauschen, wie Luft aus einer Orgel, die nachhuscht,
wenn die Töne schon verhallt sind.

Ich beobachtete sie, wie sie sich durchs aufgesteckte
drahtige Haar fuhr, wie sie es löste, wie sie mit ge-
duldigen, kreisenden Bewegungen ihre Stirn mas-

sierte, während sich ihr Blick in den Wolkenkratzern verfing. Ihrerseits kein Wort. Zeitweise drehte sie sich um, schielte flüchtig aus den Augenwinkeln, prüfte, ob dieser scheußliche Kadaver, für den sie um die halbe Welt geflogen war, noch immer dalag. Ich fühlte, daß ich Zeit hatte. Ich konnte stundenlang daliegen und durch die offene Balkontür hinaus in den gelb verschmierten und von Kondensstreifen durchzogenen Abendhimmel starren. Nichts würde meinen Zustand verändern, auch nicht nach Tagen, nicht nach Wochen, außer daß ich allmählich verwesen würde. Und selbst dieser Gedanke war in einer seltsamen Weise behaglich. Es war paradiesisch, da zu liegen, nichts zu müssen, nur zu atmen, nicht einmal zu denken, nur zu sehen, was gerade da war: ein kieselgrauer Spannteppich, ein müde sich drehender Deckenventilator, vierarmig, Glastürme mit leuchtenden Firmenlogos darauf, auch ein Zipfel Himmel, eine offene Balkontür, der mit cremefarbenen Plastikbändern bespannte Liegestuhl, eine Frau, schlafend.

Sie war eingenickt. Die Falten ihres lippenstiftroten Sommerrocks flatterten im Wind, ihr Haar flammend wie Kupfer. Der Balkonsessel leicht schräg gestellt, so daß ich sie mehr von hinten als von der Seite sah. Es fiel mir nicht leicht, zu akzeptieren, daß dies Anna war, meine Frau oder Exfrau, je nachdem, wie man es interpretierte. Wo ihre Haut an die Luft kam, gingen Sommersprossen auf. Ein Bein war übers andere geschlagen. Die in schimmernden Strumpfhosen eingezwängten Zehen lehnten sich aneinander, als schliefen sie ebenfalls. Ein Arm hing schlaff über den Rand des Stuhls, durch sein Gewicht an der Liegestuhlkante leicht abgeknickt, Wachs mit Sommersprossen, die Finger eingerollt, aber nicht zur Faust, sondern so, daß der Wind gerade noch drin Platz hatte. Der verfärbte Abendhimmel unterlegte ihre Haut mit einem zarten Violett, das an abgelutschte, durchsichtige Bonbons erinnerte. Den anderen Arm sah ich nicht. Was ich sah: eine sich verhalten hebende und senkende Brust, und Haar, langes, kräftiges Haar, das sich wie Ranken in allen Richtungen über das Kleid und über die Rückenlehne des Liegesessels tastete. Eigentlich sah man bloß die gegen sich selbst gekehrten Fußspitzen, ein Stück lippenstiftroten Stoff, einen Arm und schließlich das Kupferbüschel. Sehr wenig Haut. Kein einziges Stück Hals, kein Gesicht, nicht einmal eine Nasenspitze. Die Perspektive ließ es nicht zu. Ihr Gesicht gehörte der Stadt. Zwischendurch zupfte der Frühlingswind am Stoff herum, dann kam etwas Bein hinzu. Ansonsten blieb es bei einer abstrakten Komposition. Noch nie hatte ich sie so gesehen, und für einen Moment zweifelte ich an dem Gedanken, daß es jene Frau war, mit der ich vor mittlerweile fünfzehn Jahren ein gemeinsames Leben beschlossen hatte.

Als der Himmel sich verdunkelte und die Nacht heranschlich, als die violetten Schlieren über den Dächern ihre Pigmente ablegten und sich in dunkelgraue Flecken verwandelten: Wer war diese Frau? Was zum Teufel wollte sie von mir? Ich versetzte sie in Szenen. Diese begannen zu sprießen, produzierten Tage und Jahre, Vorlesungen an der Universität, Hörsäle, eine scheue Pultnachbarschaft in diesen Hörsälen, Hot dogs in verschneiten Gassen, produzierten einen ersten Kuß, der nach Ketchup schmeckte, noch einen, eine gemeinsame Nacht, noch eine, zwei Studienabschlüsse, eine gemeinsame Wohnung, eine Flitterwoche samt Polarlichtern, eine Ehe, ein stattliches Haus, zwei Karrieren, eine abgebrochene Schwangerschaft, noch mehr Karriere, noch mehr Ehe – wer war diese Frau?

Sie richtete sich in der Wohnung ein. Die Scheidungspapiere hatte sie in Zürich gelassen. Ich verbot es mir, nachzufragen. Sie kaufte Möbel, Kücheninventar – ich hatte kaum Pfannen oder Teller –, ließ Vorhänge nähen, experimentierte mit Lampen.

Auch ein neuer Anstrich mußte her, weiß statt des deprimierenden Cremetons. Blumen in Hotelhallendimension. Dabei mache ich mir wirklich nichts aus Schnittblumen, sie eigentlich auch nicht, aber es mußten plötzlich Riesenbouquets sein, farblich fein auf die Innenarchitektur abgestimmte Kunstwerke, die jeden Montag im Abonnement angeliefert wurden, grandios duftende Pflanzenskulpturen. Aus dem Balkon wurde ein hübscher, exotischer Pflanzengarten, der, das war klar, den Winter nicht überleben würde, aber für den Moment paßte er ausgezeichnet zu unserer Ausstattung, von der Straße her betrachtet: ein winziger grüner Pelz im 28. Stock. Annas ordnende Hände. Sie hatte recht: So viel war aus diesem Nest zu machen. Wir lachten über das Paradoxe der Situation und die launige Melancholie, die alldem entsprang.

Auf einmal fühlte es sich wieder an wie ein Paar.

Anna hatte recht: Zuviel Vergangenheit. Wie konnte man all die Jahre einfach vergeuden. Nein, aus dieser Ehe war etwas zu machen. Unsere Ehe, das war ein Klumpen Lehm – und zwar erstklassiger –, der jahrelang in einer dunklen Ecke vor sich hin geschimmelt hatte und den wir versäumt hatten, ans Licht zu holen und zu formen.

Ihr Glück: Die Anwaltskanzlei hatte sich bereit erklärt, sie weiterhin zu beschäftigen, wenn auch nicht als Partner, sondern als einfachen ›associate lawyer‹, und sie rapportierte jetzt an eine ihr damals untergebene Anwältin. Eine minderwertige Beschäftigung, aber immerhin Beschäftigung. Durchsicht von Verträgen, kleinere Datenbankrecherchen, Kundenkorrespondenz via E-Mail, die niemand erledigen wollte. Parallel dazu belegte sie Kurse an der New York University, um sich weiterzubilden (international law), aber sie schrieb sich nicht ein, sie wollte keine Diplome, sie genoß die Freiheit, zu erscheinen oder nicht zu erscheinen. Sie schlich von Vorlesung zu Vorlesung. Niemand schien Anstoß an ihr zu nehmen. Sie war wie nicht vorhanden. Manchmal schwärmte sie von dem einen oder anderen Studenten, von blitzgescheiten jungen Männern, neben denen sie saß. Einer kam in ihren Tagesberichten häufig vor, einer, der scheinbar in seiner Freizeit auf dem Empire State Building Kaffee serviert, um Geld fürs Studium zu verdienen. An Gruppenarbeiten konnte sie nicht teilnehmen; sie war ja nicht immatrikuliert, also existierte sie auf keiner Liste. Einmal besuchte ihre Klasse den Supreme Court in Washington, eine private Führung samt Audienz beim Chief Justice. Da konnte sie natürlich nicht mit. Meinen Vorschlag, sie solle sich doch für einen richtigen Studienplatz bewerben, schlug sie aus. Zu alt für die Universität, sagte sie.

Nach sechs Monaten, es war inzwischen wieder Herbst – mein zweiter in New York –, ging sie nur noch sporadisch hin. Auch die Aufträge aus der Schweiz ließen immer länger auf sich warten und blieben schließlich ganz aus. Es war, als hätte sie jemand aus der Adreßliste der Menschheit gestrichen. Die New Yorker Luft machte ihr zu schaffen. Sie begann zu husten. Dabei war die Luft objektiv betrachtet nicht schlechter als in Zürich oder in irgendeiner anderen Großstadt – meine Sekretärin suchte die entsprechenden Statistiken heraus. Ich vermutete psychische Gründe – der konstante Lärmteppich, die Enge in dieser Stadt. Ihr Gefühl, nicht gebraucht zu werden. Besonders in der Nacht: ihr Husten, trocken, schleimlos, als hätte sie Mehlstaub geschluckt, kurz, ohne Nachhallen, Husten wie ein Punkt, kein Asthma, kein Keuchen. Der Arzt fand nichts.

Ich wußte natürlich genau, was es war. Sie hatte sich, vom Tag ihrer Landung in New York an, in die Idee verbohrt, doch noch ein Kind zu bekommen, und zwar mit 41. Und anscheinend nur, weil ich mich zu dem Ausspruch hatte hinreißen lassen: »Meinetwegen, laß uns Kinder haben!« – damals, als sie mir telefonisch die Scheidung angetragen hatte.

Ich verstehe nicht die ungeheure Bedeutung, die man – und eben neuerdings Anna – Kindern zuschreibt. Das ist es doch: Die Gene schaffen sich Körper – menschliche, tierische, pflanzliche – , mit denen sie sich ihr Überleben sichern. Und unsere Körper, auch Annas und meiner, sind nichts als Geländewagen für diese Gene. »Wollen wir das«, fragte ich Anna, »wollen wir das, Sklaven eines blinden evolutionären Willens sein?« Ich brauche kein Kind, ich brauche kein Vehikel, das meine Gene in die Zukunft transportiert. Es macht mir nichts aus, in puncto Reproduktion eine Einbahnstraße zu sein. Ich bin weder meinem eigenen Stammbaum verpflichtet noch irgendwelchen Bräuchen. Es macht mir nichts aus, wenn die Schweizer aussterben wegen mangelnder Fortpflanzung. Ich fühle mich nicht als Schweizer. Nicht einmal als Europäer. Ich bin ein Mensch, und als solcher höchstens der Vernunft verpflichtet. Homo sapiens – mein Gott, soll sich die Evolution doch über Eidechsen weiterentwickeln. Wenn schon ein Beitrag an die Zukunft, dann über Ideen, nicht über fleischliche Fortpflanzung. Wenn schon sich verewigen,

dann lieber über die Schaffung innovativer Finanz-
produkte als über Kinder.

Diese Diskussion führte ich nur einmal. Ohne Erfolg.

Anna hatte einen ganzen Apparat an Vitaminen
aufgebaut, den ihr die Ernährungsberaterin empfohlen hatte. Dazu kamen Hormonzusätze auf
Empfehlung der Frauenärztin. Mit 41 brauche der
Körper Unterstützung, die Zeit arbeitete schon
kräftig gegen die Fruchtbarkeit. Darum die Vit-
amine. Darum die Hormonzusätze. Darum die
Therapie. Darum der ganze Klimbim. Als wäre das
Kinderkriegen ein reines Management-Problem.

Ich gab Mimi die strikte Anweisung, an Annas
fruchtbaren Tagen weder Geschäftsreisen noch
Dinners abzumachen.

An solchen Abenden kam ich nach Hause, mein
Kopf noch voller Geschäftsalltag, fand Anna im
Bett, nackt, die Bettdecke zurückgeschlagen, sie lag
da, hellhäutig, sommersprossig und reglos wie eine
Kranke, und wartete darauf, daß ich mich ebenfalls
auszog. Kein Wort der Begrüßung. Ich war etwas
spät dran, weil Sitzung, weil ein Anruf noch in letz-

ter Minute. Je ein Glas Wasser stand auf den beiden Nachttischchen. Eiswürfel darin. Auf meiner Seite blinkte der Wecker im Sekundenrhythmus. Auf ihrem Tischchen kamen noch Kleenextücher dazu, und unter der Kleenexschachtel lag der zusammengefaltete Computerausdruck der Gynäkologin, der ihren Monatszyklus beschrieb. (Ich hatte ihn ebenfalls auf meinem Computer gespeichert.) Die Vorhänge waren zugezogen, um das Licht der untergehenden Sonne einigermaßen abzuschirmen, aber das nervöse Flimmern hinter den Vorhängen sprang auf die Tapeten des Schlafzimmers und von dort auf das streng gespannte Bettlaken über. Überhaupt waren die Laken an diesen Tagen immer frisch gewaschen, die Bügelfalten schossen in geraden Winkeln über die weiße Ebene. Geruch von Waschpulver. Geruch von Hygiene. Die Telefonkabel hatte sie herausgezogen, damit uns kein Anruf stören konnte, die Kabel lagen am Boden.

»Komm schon«, sagte sie. Sie starrte in den Propeller, der sich lautlos über ihr drehte.

In solchen Momenten wäre ich am liebsten ins Büro zurückgefahren, um die Nacht auf dem Fußboden unter dem Schreibtisch zu verbringen. Ich wusch meine Hände, ausgiebiger als sonst, trocknete sie ab, stieß meine Schuhe von mir und hob sie ins Schuhgestell, nicht ohne die anderen Schuhe ein bißchen zur Seite zu schieben, dann nahm ich die New York Times aus meiner Mappe und legte sie auf den Tisch. Ich wollte unbedingt noch einen Artikel fertiglesen, den ich im Taxi begonnen hatte (»Bright Future for Private Banking, Experts Say«), aber erst nach dem Sex.

»Haben wir heute noch Pläne?« fragte ich.

Mein Gesicht im Spiegel, während ich die Hände noch einmal wusch und noch einmal trocknete.

»Nur die Psychologin. Um acht.«

»Gab es denn keinen anderen Termin?« fragte ich, noch immer mit dem Handtuch beschäftigt.

»Philip, bis dann sollten wir durch sein.«

Ich zog mich aus. Hemd und Hosen faltete ich für späteren Gebrauch zusammen und legte alles auf den Stuhl. Dann zog ich auch das Unterhemd und die Unterhosen aus und zuletzt die Socken. Für einen Moment überlegte ich, ob ich duschen sollte, und ich entschloß mich zu duschen, auch wenn es Zeit kosten würde.

Ich roch nach amerikanischem Shower Gel – Active Body Gel Athletic.

Mein Körper im Spiegel.

Ich kam mir alt vor.

Ich schlüpfte ins Bett.

Jetzt lag ich auf dem Rücken, wie sie, ich lag neben ihr, die Arme eng neben dem Körper, die Härchen meines linken Handrückens berührten ihre Haut, und die einzige Faszination schien der Deckenventilator zu sein, der still über uns rotierte und zu dem wir gemeinsam hochstarrten.

Es fiel mir ein, daß ich meine IWC noch trug. Ich zog sie aus und legte sie zwischen Wecker und Wasserglas.

Meine Hände rochen noch immer nach Seife.

Alles war bereit.

Der Deckenventilator arbeitete pausenlos.

Stille.

Vakuum zwischen den Beinen.

Die Psychologin, eine stattliche Dame der Upper West Side mit einem Haarschopf voller kleiner, kräftiger, silbriger Locken, der ausgereicht hätte, um für Stahlwolle zu werben, und die unter anderem dafür bekannt war, steinreiche Holocaust-Überlebende zu therapieren, meinte, wir sollten uns nicht unter Druck setzen. Unter Druck würde es niemals klappen. Sie empfahl uns, während dem Sex auf keinen Fall ans Kindermachen zu denken. Wir sollten uns vergnügen im Bett, jawohl vergnügen. Für diesen Ratschlag bezahlten wir $ 1500.

Ich bin kein Mann, der auf Knopfdruck lieben kann.

Ich entschuldigte mich, obwohl es unmenschlich war, fand ich, diese Laboratmosphäre. Ich kam mir tatsächlich wie eine Labormaus vor.

»Nur in deinem Kopf«, konnte Anna dann sagen.

Wir standen dann beide wieder auf, gleichzeitig, sie auf ihrer, ich auf meiner Bettseite, bemüht, so zu tun, als wäre nichts geschehen. Und es war ja nichts geschehen. Wir zogen unsere Kleider an. Ich setzte mich an den Küchentisch und las zum Beispiel den New-York-Times-Artikel zu Ende, während Anna eine neue Stehlampe aus der Verpackung schälte und zusammenschraubte.

Außerhalb der relevanten Tage klappte es fast immer – nur zählte es dann nicht.

Wenn sich ihre Tage näherten, wurde sie ganz still und beobachtete alles an ihrem Körper und an ihren Gefühlen und interpretierte die winzigste Veränderung als Indiz für eine Schwangerschaft. Einmal redete sie sich ein, daß sich ihre Brüste vergrößert hätten, und als sie mich fragte, wußte ich nicht, was sagen. Ein andermal, nach einem Abendessen im Le Cirque mußte sie erbrechen und war ganz froh, daß sie erbrechen mußte. Die Übelkeit war ihr Triumph. Dabei fühlte auch ich mich elend, als wir das Restaurant verließen. Ziemlich sicher waren es die Austern gewesen, aber ich zwang mich, nichts zu sagen und unbeschwert nach einem Taxi zu rufen. Und wenn die Blutungen dann wieder einsetzten, brach für sie eine Welt zusammen.

Und jeden Monat stürzte die Welt aufs neue ein.

Einmal an einem solchen Tag, als ich dringend ein Pflaster brauchte und die Tür zum Badezimmer aufstieß, sah ich sie, wie sie auf der Toilette saß, ihr Gesicht in den Händen vergraben. Es quälte mich, sie so zu sehen, und ich machte mir Vorwürfe. Mit der Zeit glaubte ich es selbst: daß ich es war, der Anna mit dem Versprechen eines Kindes in die USA gelockt hatte.

Es folgten erste Gespräche mit der Gynäkologin über In-Vitro-Fertilisation.

Zum Glück war ich in jener Zeit sehr beschäftigt. Nicht nur reduzierte ich die Belegschaft um ein Drittel und überwachte die Installation eines neuen Computersystems, auch ein Fall sexueller Belästigung beschäftigte mich das ganze Jahr, ein lächerlicher Fall: ein Abteilungsleiter, der eine geschiedene, zehn Jahre jüngere Produktmanagerin offenbar nach Arbeitsschluß auf der Straße geküßt hatte, oder umgekehrt, natürlich hatte sie keine Beweise, und natürlich hatte er keine Beweise, daß es nicht Liebe war – wer hat das schon? Jedenfalls führte es zu einem Vergleich: $ 250 000 für die junge Dame mitsamt Anwaltsrechnungen von ebenfalls $ 250 000. Eine halbe Million für einen Kuß!

Only in America.

Ich verstand nicht, wie man angesichts einer Frau nicht standhaft bleiben konnte.

Beginn der In-Vitro-Fertilisation.

An den Wochenenden, soweit es meine Arbeitsbelastung erlaubte, Ausflüge. Jersey Shores: Anna in ein Buch vertieft – »What to Expect when You're Expecting«. Ihr Haar auf mindestens drei verschiedene Arten aufgetürmt. Sie trug einen roten Rock, der mir, das wußte sie, sehr gefiel. Ich hatte immer weniger Lust auf Marktforschungsberichte, legte sie zur Seite und beobachtete statt dessen die Wellen, die sich aufbäumten, zuerst noch lautlos, sich in einen Spitz hoben, scharf wie Glas, dann Sprühnebel auf dem Kamm, der vom Wind verweht wurde, das Überschlagen, das dumpfe Donnern, das Tosen, die Gischt, das Sprudeln, Geräusch wie Schotter.

Manchmal so, als würde Kies in einen Metallkübel geschüttet. Der Schaum auf dem Sand wie Zungen, die bis hin zu meinen Zehenspitzen reichten. Ich kam nicht zum Lesen. Auch nicht zum Denken. Ich starrte nur in die Wellen hinein, deren Aufgabe darin besteht, Sand zu immer feinerem Sand zu mahlen und so die Erdrotation allmählich abzubremsen. Wir wechselten kaum ein Wort, Anna und ich. Ich registrierte bloß, daß wir beisammen waren. Möglich, daß zwischen uns alles zerbrochen war, daß es aber nicht auffiel, weil ein Wochenende auf diese Art für beide angenehmer und vor allem erholsamer war, als wenn man sich stets hätte unterhalten müssen wie frisch Verliebte. Es war erholsam, nicht frisch verliebt zu sein.

Draußen ein Frachter. Von weitem: das Cappuccino-Schäumchen vor dem Bug. Manchmal ging die Rauchfahne mit dem Schiff, und der Ruß stieg wie eine Prozession in den Himmel. Illusion von Stillstand. Schaute ich nach einer Stunde nach, war der Tanker verschwunden, der Horizont blank wie Draht. Ich stellte mir vor – in fünf Jahren, in zehn Jahren: Anna und ich am gleichen Strand, in den gleichen Liegen. Der Himmel wolkenlos wie an diesem Tag. Die Möwen, die Eisverkäufer, der Öltanker weit draußen, der Lärm von der Straße –

alles noch da. Die Badetücher in Orange statt weiß. Sonst alles gleich. Anna in ein Buch vertieft, ich schaue aufs Meer hinaus. Alles wie an diesem Tag.

»Ich glaube, ich gehe zurück – in die Schweiz.«

Das sagte sie einfach so, während sie in ihrem Strandsessel lag, sie schaute nicht einmal vom Buch auf.

Der Himmel hatte angefangen, sich mit dunklen Wolken zu füllen. Ich zog mir ein Hemd über.

»Anna«, fragte ich, »hast du Hunger?« Ich streckte ihr die Büchse Cashews hin.

»Ich halte das nicht mehr aus, diese Warterei, diese Nichtsnutzigkeit. Auf was warte ich denn eigentlich? Auf dich? Auf ein Kind? Auf Romantik? Auf was? Sag es mir. Auf was?«

Sie sagte es in einem viel gelasseneren Ton, als der Inhalt der Botschaft es gefordert hätte, auch war da ein feines Körnchen Herablassung, nur ein Schimmer auf der Oberfläche ihres Blicks, aber ich sah es.

Ich wußte nicht, was sagen.

Also aß ich Cashews.

»Übrigens: Das mit dem Kind ist ja dein Problem.«

Sie schwieg, um mir Zeit zu geben, zurückzunehmen, was ich soeben gesagt hatte.

So meinte ich es natürlich nicht. Aber die medizinischen Untersuchungen waren eindeutig. Außerdem hatte sie sich vor zehn Jahren nun mal für die Karriere entschieden, das war ja, nüchtern betrachtet, keine Katastrophe, im Gegenteil, die Vorteile von Karriere liegen auf der Hand: intellektuelle Stimulanz, Reisen in alle Winkel dieses Planeten, Gefühl von Leistung, Selbstbewußtsein. Ich kannte die Argumentation ja selbst. Kinder aus Brauchtum, mein Gott! Ich schleifte sie an den Haaren zum Abtreibungsarzt, das heißt, sie willigte ein, weil Kinder damals – sie wurde gerade zur Partnerin befördert – wirklich nicht paßten. Das sah sie auch ein. Es gibt, wenn man keine will, gegen nichts bessere Gründe als gegen Kinder. Als ich dann einige Jahre später wollte, wollte sie nicht mehr. Ganz und gar ausgeschlossen. Und als sie an ihrem 38. Geburtstag (ich war damals gerade 40) plötzlich auf die Idee kam, doch Kinder zu wollen, und zwar umgehend, fand ich, wir seien doch nun beide aus diesem Alter heraus. Und jetzt, seit sie in New York ist, diese maßlose Erwartung. Heute meine ich: Wenn schon Kinder, dann nicht eigene in die Welt stellen, sondern bereits geborene zu vollen Menschen entwickeln. Solange die Afrikaner und Araber drauflosgebären, sind genug Kinder auf der Welt. Unsere Kultur ist nicht zu retten durch ein Wettrüsten der Geburten, sondern durch Ausbildung, durch das Vermitteln kritischen, aufgeklärten, westlichen Geistes. Rettung durch Vernunft. Was soll dieser Drang nach einem eigenen Kind? Konkret gefragt: Welches ist der Vorteil eines eigenen Kindes gegenüber jedem beliebig anderen? Was ist der Vorteil eines Kindes überhaupt? Ich verstehe es nicht. Kinder besitzen, wie man einen Sportwagen besitzt; es ist lächerlich; es ist narzißtisch. Außerdem brauche ich kein Kind, um mich als Mann bestätigt zu fühlen.

Rückblickend scheint mir, daß wir eigentlich immerzu dasselbe wollten, daß aber, aus unerklärlichen Gründen, unsere Leben stets ein bißchen aus dem Gleichschritt waren. Wie ein zweistimmiges Lied, das auf verschiedenen Notenlinien notiert ist und bis zum Schluß nicht richtig aufgeht. Wenn der eine wollte, wollte der andere nicht, und umgekehrt, und wenn der eine das Schrittmaß des anderen übernahm, mußte der erste gerade seinen Schritt wechseln, und es ging wieder nicht auf, nicht aus Trotz, sondern aus der Situation heraus. Unsere Ehe war, in einem Wort, ein grandioses Sich-nicht-Finden, das wie ein Fluch über diesen Jahren lastete. Deshalb kam es auch nie zu einer Explosion, nur zu einem allmählichen Sich-Verlieren. Manchmal auf der Straße zu beobachten: ein Paar, ein verliebtes, händehaltend, aber aus dem Schritt, so daß es an den Armen zieht und stößt, und trotz aller Liebe scheinen sie nie den Gleichschritt zu finden, der es ihnen ermöglichte, harmonisch vorwärts zu kommen. Bis es ihnen allmählich auf die Nerven geht. Es dauert dann nicht lange, und sie lassen sich los, nicht aus Verärgerung, sondern weil es praktischer ist.

»Und meine Karriere habe ich auch sausenlassen. Alles wegen einem Mann, der mich betrogen hat.«

Ich warf Sand in den Wind. Wir schwiegen.

»Ich habe tatsächlich geglaubt, wir würden wieder zusammenfinden. Hier in New York.«

»Komm«, sagte ich, »zieh dir den Pullover über.«

Der Wind hatte zugelegt.

Ich vergrub meine Füße unter einem Frotteetuch.

»Philip, wir sind beide über 40, und es wäre Zeit, sich Gedanken über das Leben zu machen, über die Ehe, das Alter, den Sinn des Ganzen. Deshalb bin ich nach Amerika gekommen – ja, und um mit dir ein Kind zu haben. Aber du sitzt nur da und schweigst oder arbeitest, dabei könntest du genausogut allein dasitzen, oder woanders, es würde dir überhaupt nichts ausmachen. Du denkst allein, du arbeitest allein, du bist sowieso ganz unbeteiligt. Du hast dich schon so weit von mir entfernt, daß du mir ein fremder Mann geworden bist.«

Sie hatte das Buch jetzt zugeklappt und hielt es in ihren Händen wie einen Holzprügel.

Sie fror.

Ich wagte es nicht, sie zu berühren. Ich ließ Sand aus meiner Faust rieseln und beobachtete, wie er sich im Wind nach Korngröße trennte. Spektralanalyse von Licht, kam mir in den Sinn.

»Außerdem quält sie mich noch immer, die Geschichte mit dieser Hofmann. Wenn es wenigstens Sex gewesen wäre, einfacher Sex, das wäre das eine, aber es scheint, daß du sie geliebt hast, emotional, das war eine Herzensangelegenheit.«

Ich war nicht sicher, ob sie die nächsten Worte mit derselben Präzision würde hinzufügen können. Ihre Kehle hielt so viel Schwingung zurück, daß ihre Sätze tönten, als kämen sie aus einer verschlossenen Kammer. Ihre Hände vor meinem Gesicht, ihre Fäuste, die ich jetzt zu bremsen versuchte.

»Sag mir, daß es nicht stimmt.«

»Also, es stimmt nicht.«

»Warum soll ich dir noch ein einziges Wort glauben?«

»Weil es stimmt.«

Sie ließ irgendein inneres Bild mit geschlossenen

Augen vorbeigehen, lehnte sich dann zurück, und ich half ihr, sich zuzudecken.

Es gibt Frauen, die können ohne Tränen weinen. Die Tränen, wenn sie dann kommen, sind nichts als der letzte Ausstoß – wie wenn eine Kerze erlischt und einen Rußfaden in die Luft entläßt –, eine Art Zeichen, daß sie wieder in die Wirklichkeit zurückgekehrt sind. Ich fuhr mit meinem Finger um ihre Augen. Mehr als einmal. Sie ließen sich nicht schließen, und zum ersten Mal dachte ich: Niemand kann heftiger ohne Tränen weinen als Anna.

»Komm, spielen wir Schach.«

Ich stellte es auf, ein Steckschach, das ich in irgendeinem Duty-free-Shop am Flughafen gekauft hatte. Was sollten wir denn noch miteinander streiten? Schach schien perfekt.

»Sei nicht albern.« Jetzt stand sie auf, wischte sich den Sand von den Schenkeln, von den Knien, vom Badeanzug.

»Fahren wir in die Stadt zurück«, sagte sie.

Meine Frage: »Hast du mich denn noch nie betrogen?«

Sie weinte nur und schüttelte den Haarschopf, sie weinte in den Boden hinein, immer wieder schüttelte sie den Kopf, wie sie dastand, vornübergeneigt, den Boden anstarrend, um mich nicht anschauen zu müssen.

Ich hatte ihre Schulter gefaßt.

»Komm«, sagte sie, »rühr mich nicht an.«

Wir standen so noch eine ganze Weile. Ich wußte selbst nicht, was ich sagen wollte. Wir starrten beide und jeder für sich in den Sonnenuntergang, als gäbe es für jeden von uns einen separaten Untergang.

Dann zum Wagen zurück.

Sie kehrte nicht in die Schweiz zurück. Davon konnte ich sie zum Glück abhalten. Sie hörte mir zu und war einigermaßen bereit, sich umstimmen zu lassen. Ich erklärte ihr, daß es für sie und für uns besser sei, in New York zu bleiben, ich legte Gründe dar, die teils überzeugten, teils nicht, doch sie blieb, das war die Hauptsache, es war mir aus irgendeinem Grund wichtig, sie hier in New York zu wissen. Daß sie mich nicht verließ, war mir gleichzeitig auf eine seltsame Art unheimlich – nach all den gescheiterten In-Vitro-Versuchen. War es die Angst vor der Niederlage, die sie in Zürich erwarten mußte, dieses für jedermann sichtbare Scheitern ihres Lebenswegs? War es, weil tief drinnen doch noch ein Körnchen Überzeugung für unsere gemeinsame Sache steckte und weil es ihr gelungen war, den Hohn, der diese Sache wie eine Schale umschloß, aufzubrechen? Oder war der Grund außerhalb zu suchen?

Anna wurde immer stiller. Ich fühlte mich zunehmend für ihr Tagesprogramm verantwortlich, was mich belastete, was ich aber unter allen Umständen zu verbergen versuchte. Es schmerzte mich, sie so unbeschäftigt zu sehen, und nicht selten trug ich mich mit dem Gedanken, meinen Job hinzuwerfen und mit ihr nach Zürich zurückzukehren – zwei Jahre New York sind genug! Dann wiederum packte mich dieser unauslöschliche Ehrgeiz – es konnte unmöglich noch Jahre dauern, bis ich Konzernchef wurde, und dann wären wir ohnehin wieder in Zürich. Mit oder ohne Kind. Es schien mir nicht, daß sie die ganze Zeit besonders unglücklich war, sie war einfach gelangweilt, fand ich, da einsam, da unwichtig. Sie liebte die Museen dieser Stadt, je moderner und ausgefallener, desto besser, ja sie genoß sogar den Flirt mit den teuren Produkten der Madison Avenue, was früher überhaupt nicht ihre Sache war. Von einem Tag auf den anderen erschien sie in den teuersten Chanel-Kostümen, die sie dann aber doch nie trug, weil sie sich aus offiziellen Empfängen nichts mehr machte. Es genügte ihr offenbar, sie selbst zu sein, sie mußte nicht auch noch anderen etwas bedeuten, und vielleicht schätzte sie es auf ihre Weise, ein Niemand zu sein, und war darum so still. Ich verstand sie immer weniger.

Im Anschluß an den Fall sexueller Nötigung verstärkte ich die Firmen-Richtlinien. Direkt ausgesprochen: never fuck payroll. Nach der Restrukturierung übriggeblieben: 4755 Frauen und 5669 Männer in meiner Belegschaft, ergibt mehr Kombinationsmöglichkeiten als Sandkörner auf dieser Erde. Wenn ich zwei erwische, wie sie es nach Arbeitsschluß im Kopierraum treiben, dann werde ich maßlos. Romantik am Arbeitsplatz, das gibt es nicht. Nicht bei mir. Nicht solange ich ihr Vorgesetzter bin. Wenn ein Chef eine Untergebene, dann fliegt der Chef. Wenn zwei auf derselben Stufe oder aus verschiedenen Abteilungen, dann überlasse ich die Wahl, entweder sie oder er; wir beschäftigen keine Paare. Wer es für nötig erachtet, eine Beziehung einzugehen, der soll das bitteschön woanders erledigen. Jedes Jahr, wenn ein Rudel neuer Hochschulabsolventinnen die Bank überschwemmt, lauter intelligente, willige Mädchen aus den besten Business Schools – ein Wirbelsturm der Fruchtbarkeit –, dann sinkt die Produktivität der Bank auf den Nullpunkt. Dieses Knistern! Dieses Delirium!

Keine einzige ohne diese erregende Scheu, dieses Herzklopfen vor dem neuen Lebensabschnitt. Wie sie die Anweisungen ihrer Vorgesetzten aufsaugen mit ihren großen, frischen, jungen Augen, so als wäre es der tiefere Sinn ihrer bisherigen Existenz gewesen, sie exakt auf diesen Augenblick hin reifen zu lassen. Wie sie bereit sind, alles zu tun, um einen guten ersten Eindruck zu hinterlassen. Und einen guten zweiten. In der ersten Woche trommle ich sie in der Vorstandsetage zusammen und lege ihnen ans Herz: Kleiden Sie sich konservativ. Dunkle Farben, Hosen. Wenn es unbedingt ein Rock sein muß, dann bis unter die Knie. Strümpfe, aber ohne aufreizende Naht. Bitte. Schuhabsätze keinesfalls höher als Daumenlänge. Im Sommer versorgen wir Sie durch unsere Klimaanlage mit kühler Luft, somit kein Grund, übertrieben sommerlich zu werden. Wie oft hat Liebe einer vielversprechenden Karriere einen Strich durch die Rechnung gemacht, wie oft! Wer verheiratet ist, soll sich bitte daran halten; und wer nicht, ebenfalls. Wie verheerend Liebschaften sein können. Viel Unheil aus Romantik. Meine Damen, im Klartext: Wir sind eine Bank, kein Genpool.

Die Fälle sexueller Nötigung bleiben aus.

Dafür ein eingeschriebener Brief des FBI in Sachen Hofmann. Vorladung an den New Yorker Hauptsitz des FBI, 6th Avenue, am nächsten Freitag, 15:00 Uhr. Androhung von Buße oder Gefängnis bei Nichterscheinen. Keine weiteren Informationen. Ich werfe ihn in den Papierkorb.

In Sachen Hofmann...

Augenblicke später krame ich den Brief aus dem Papierkorb hervor. Zwei volle Jahre, 6000 Kilometer Distanz und eine Versetzung nach New York hat es gebraucht, um von dieser Frau loszukommen. Jetzt sehe ich Josephine in ihrem Mantel, in ihren Stiefeln, ihr Gang wie auf einem Hochseil, ihr Haar, dunkel, aber nicht pechschwarz, Haar mit einem großen Appetit auf Licht. Obwohl es mir damals wie eine federleichte Affäre vorgekommen ist, dieses neckische Spiel, ihre Idee der fingierten Entführung. Jetzt ist Josephine wieder da – als Verhör.

Mimi ist ganz aufgeregt. Auch sie hat nichts Neues in Erfahrung bringen können, es gelang ihr nicht einmal, den Termin zu verschieben – er kollidiert mit einem von Annas fruchtbaren Tagen (wir versuchen es weiterhin). Jedenfalls, mit dem FBI sei nicht zu spaßen, meint sie und empfiehlt mir eindringlich, einen Anwalt einzuschalten, the sooner the better. Ich sage: »Mimi, es braucht nicht für alles und jedes einen Rechtsanwalt«, und zitiere die Statistik, wonach die USA 6% der Weltbevölkerung ausmachen, aber 50% der Anwälte weltweit auf sich vereinigen. Ich verstehe sie nicht, die Amerikaner mit ihrer Leidenschaft für diese Leute. Es hat für mich etwas Unselbständiges, Verängstigtes, etwas Kindliches, stets dieser Griff nach dem Anwalt.

Was ich von einem Sergeant Bellizzi in Erfahrung bringen kann: Eine gewisse Josephine Hofmann sei am 31. März, also vor genau zwei Jahren, am Flughafen Zürich entführt und seither nicht mehr gesehen worden. Ich würde, laut Rechtshilfegesuch der Schweiz, verdächtigt, ihr Entführer zu sein. Untersuchungshaft nicht ausgeschlossen. Natürlich, so läßt man mich wissen, sei dies ein Fall für die Schweizer Behörden, bestenfalls etwas Europäisches, falls es denn over there schon so etwas wie eine europaweite Polizei gäbe – was er sich allerdings beim besten Willen nicht vorstellen könne, mit all den verschiedenen Sprachen, over there. Auf jeden Fall seien sie gemäß der Haager Konvention verpflichtet zu agieren, obwohl das FBI, ganz offen gesagt, weit wichtigere Fälle aufzuklären habe als eine entführte Buchhändlerin – Handel mit Nuklearwaffen, Bombendrohungen, Massenschießereien –, es sei denn, der Fall stehe im Zusammenhang mit dem Terrorismus, was aber wohl auszuschließen sei, weil laut Unterlagen weder amerikanische Staatsbürger noch amerikanische Institutionen darin verwickelt seien. Auch gebe es kein Bekennerschreiben mit politischer Absicht, es gebe überhaupt kein Bekennerschreiben, nur eine Lösegeldforderung von einer lausigen Million Euro, die schon eingelöst worden sei – wieviel das in Dollar sei, wisse er auch nicht, auf jeden Fall klinge es nach nichts.

»Wie stellen Sie sich denn das vor?« frage ich den Sergeant Bellizzi am anderen Ende der Telefonleitung. »Ich meine, ich, CEO einer Bank, einer nicht unbekannten, mit Hauptsitz an der Park Avenue, seit zwei Jahren wohnhaft in Manhattan, Upper East Side, soll jemanden durch Frankreich, Spanien und Portugal verschleppt haben, und dies zu einer Zeit, als ich schon seit Tagen und Wochen hier war, in diesem Land, in dieser Stadt? Fragen Sie meine Mitarbeiter, erkundigen Sie sich beim Vermieter meiner Wohnung, ich meine, das ist doch absurd!« Auf meine Frage hin, wie lange eine Untersuchungshaft denn dauern könne, meint der Sergeant:

bis der Fall geklärt sei, und das könne Monate, wenn nicht Jahre dauern. Und dann zum Abschluß der Satz: »If you don't show up on Friday, we'll put you in jail.« So einfach.

Meine Nachfrage bei der Botschaft in Washington: Es sei dies eine Angelegenheit zwischen der Kantonspolizei Zürich und dem FBI, berichtet mir ein Attaché Häberli im breitesten Berner-Dialekt, und da sie keine Vertretung Zürichs seien, sondern der Schweiz, könnten sie mir auch nicht helfen, außerdem handle es sich bei einer Botschaft um eine diplomatische Repräsentation und nicht um einen rechtlichen Beistand, geschweige denn eine Strafverteidigung. Natürlich, so meint mein Attaché, habe er von diesem Fall Kenntnis, denn die Übersetzung des Rechtshilfegesuchs – ursprünglich von der Kantonspolizei Zürich auf Veranlassung eines Herrn Renfer verfaßt – ins Englische stamme aus seiner Feder, die Zürcher kriegten so etwas nicht hin. »Am besten, Sie halten sich an die Anweisungen des FBI.« Es folgt ein längeres Gespräch des Attachés mit seiner Freundin, so nehme ich an, ich höre es mit, weil er mich auf Hold gestellt glaubt, aber offenbar den falschen Knopf gedrückt hat, jedenfalls höre ich aus Distanz: »No, Wednesday is bad. My wife will be here on Wednesday. How about Thursday, I'll book a flight for you... Oh, you are so busy... Okay, Friday then, I'll come up to New York, Four Seasons Hotel, we'll fuck up a storm... you sweet thing...« und so weiter. Als er wieder am Apparat ist: sein spontaner Vorschlag, mich am Freitag zur Vorladung zu begleiten.

Ich schalte einen Rechtsanwalt ein.

Leider wird dieser zur Vorladung nicht zugelassen, dafür der Attaché aus der Schweizer Botschaft.

Warten in einem winzigen, fensterlosen Raum, ein Tisch, drei Stühle ohne Armlehne, Pappdecke, Neonlicht, eisige Luft aus der Klimaanlage, ein Raum wie gemacht für ein Verhör. Ich weiß nicht, warum ich jetzt froh bin um den jungen Landsmann neben mir.

Und da steht er und füllt den ganzen Raum: Sergeant Bellizzi. Ein Mann, mächtig im Fleisch, mit gedrungenem Körperbau, und an seinem Hals treten die Sehnen wie Kordeln hervor. Seine Stirn sieht so belebt aus, daß man das Gefühl hat, sie könnte zerplatzen, wenn man mit einer Nadel hineinstechen würde, seine Augen sind klein und blutunterlaufen, seine Zähne liegen tief im Zahnfleisch ver-

graben, und seine Wangen sind die aufgesprunge-
nen Kartoffelwangen eines Großbauern. Ich kann
mir geradezu vorstellen, in welchem Bereich sein
Blutdruck pendelt und welche medizinischen Pro-
zeduren auf ihn zukommen werden. Den Hemd-
kragen seiner schwarzvioletten Uniform trägt er
weit geöffnet, um dem sichtlichen Ärger über seine
zahllosen Betrugs- und Mordfälle Platz zu machen.

»Are you Philip Himmelreich?«

  »Yes.«

  »Are you married?«

  »Sort of.«

  »Did you know Josephine Hofmann?«

  »Yes.«

  »In which capacity?«

  Ich schweige.

  »In welcher Beziehung«, flüstert mir Häberli auf
Berndeutsch ein.

  Ich habe die Frage schon verstanden.

  »As an affair.«

  »You mean, she was your lover?«

  »Yes.«

  »Extramarital relationship«, korrigiert mein Attaché, als wäre er persönlich dabeigewesen.

  »From when to when?«

  »I still love her.«

Ich bin selbst überrascht, mich so reden zu hören.

»But she is dead – presumably.«

»I still love her.«

»Did you kidnap her?«

»She kidnapped my heart.«

»Das war nicht die Frage«, unterbricht mein Attaché. »Haben Sie Frau Hofmann entführt?«

»No.«

Der Raum wird verdunkelt, und ich sehe ein Video, anscheinend Zürich Flughafen, Abflugbereich, so flüstert mir der Attaché ins Ohr, Verkehr, alles in Schwarzweiß und schlechter Bildqualität, tonlos und damit unwirklich. Die Lichter der Autos als verzogene Punkte auf dem Bildschirm, deren Spiegeln auf dem Asphalt, vermutlich hervorgerufen durch Regen, ein Mann mit einem Gepäcktrolley vor dem Check-in-Gebäude, wartend, manchmal bewegt er seinen Kopf wie ein Vogel, der Wasser schluckt. Im Hintergrund plötzlich ein Lieferwagen, vermutlich vw-Bus, zwei Männer steigen aus, wie Schatten, wie Geister, sie nähern sich dem wartenden Mann und schleifen ihn zum vw-Bus, Bildstörung, alles sehr schwer zu erkennen, dann kommt einer zurück und wirft den Trolley in den Bus. Der Lieferwagen fährt aus dem Bild.

Licht im Raum.

»So, what is this?« fragt der FBI-Sergeant meinen Attaché. »You sent us this stuff.«

Der Attaché, jetzt nervös: »I believe there is a better sequence, Sir.«

Wieder wird der Raum verdunkelt. Die Projektion, diesmal farbig und mit Ton, zeigt einen Mann mit umgehängten, rostigen Ketten vor einem Kaminfeuer. Er spricht gelassen.

»This guy looks just like you.«

Ich finde, nicht unbedingt, und zucke die Schultern.

»What does he say in the video?« fragt der Sergeant meinen Attaché.

Häberli übersetzt sinngemäß.

»This doesn't make any sense.«

»Why not?«

Der Sergeant blättert in den Unterlagen. »I thought he is the kidnapper.« Ich hasse es, wenn Leute mit dem Zeigefinger auf andere Leute zeigen, und jetzt zeigt der Sergeant wie ein Scharfschütze auf mein Gesicht.

»There must be another sequence, Sir.« Wieder wird der Raum verdunkelt. Es folgt eine Aufnahme in einem Hotelzimmer; unter einem Strumpf erkenne ich mit etwas Phantasie Josephines Kopf.

Natürlich gleicht der Mann auf dem Video mir. Er hat ungefähr mein Alter, meinen Haarschnitt, meinen Gesichtsausdruck. Wie er redet, unterscheidet sich kaum von meinem Gehabe, er ist vergnügter, als ich es normalerweise bin, das schon, aber vielleicht hat das einfach mit der schlechten Bildqualität zu tun. Auch trägt er, dem Bild nach zu schließen, einen Nadelstreifenanzug, der mir seltsam bekannt vorkommt. Nur würde es mir nicht einmal im Traum einfallen, eine solche Szene zu drehen.

»What the hell is this guy in the video saying now?«

Der Attaché übersetzt. Lauter abstruses Zeug – Lösegeldforderung, aber ein freiwilliger Betrag, eine Art Spende.

»This is fucking nonsense!«

»There must have been a translation error.«

»Obviously«, meint der Sergeant. »Seems to me that *this* guy has been kidnapped.«

Wieder sein Finger vor meinen Augen.

Mein junger Attaché nickt schüchtern, das Kinn so eingezogen, daß sein Hals faltig und dick wird.

»Maybe they both kidnapped each other«, sage ich.

»But why?«

»Love«, antworte ich.

Der Sergeant schüttelt den Kopf. Nein, für solchen Nonsens habe er nun wirklich keine Zeit. Da draußen seien Schwerverbrecher und Terroristen zu fangen, »these Europeans with their petty problems. Here« – er nimmt die Spulen und das Papier und drückt es dem Attaché in die Arme – »take it back to fucking Europe.«

Der Winter kam und verging, und dann kam der April, und mit ihm der Regen, ab und zu ein Sturm, und weil es hinter New York keine Alpen gibt, staut sich das Wetter nicht, sondern zieht schnell über die Stadt hinweg auf den Atlantik hinaus. Immer wieder riß die Wolkendecke auf und brachte strahlend blaue Tage. Ich genoß es, am Fenster zu stehen und dem Spiel der Wolken zu folgen, das sich über den Dächern der Stadt in ein Spektakel des Lichts verwandelte, selbst wenn es regnete, ja schüttete, ich stand nah am Fenster, wenn ich telefonierte, diktierte oder nachdenken mußte. Ich war jetzt etwas mehr als zwei Jahre in New York, und seit einem Jahr war Anna hier.

Eines Tages, es war gerade so ein windiger Nachmittag mit aufgerissenen Wolkenschwaden, böig, durchsetzt mit sturzbachartigen Regengüssen, ich beobachtete den Verkehr weit unten, wie er sich in diesem Regen staute, ein Anruf, es sei dringend. Mimi stellte durch. Eine Dame vom Lower Manhattan Community Hospital meldet: Anna auf der Intensivstation. Sie hätten meine Visitenkarte in ihrer Tasche gefunden. Mehr wollen sie mir nicht verraten, ich müsse mich zuerst als ihr Ehemann ausweisen.

»Aber, was Sie gewählt haben, ist doch meine Nummer!« schreie ich in den Hörer. Argumentieren zwecklos. Ich renne auf die Straße hinaus. Noch immer dieser Regen, dieser reißende Wind, dazu Rush-hour, unmöglich, ein Taxi zu finden. Ich lege dem Doorman des Drake Hotel von nebenan eine Zwanzigdollarnote in die Hand; der beginnt augenblicklich auf seiner Pfeife zu trillern, aber kein Taxi. Ich winke, ich stehe mitten auf der Park Avenue und hüpfe mit offenen Armen. Überall Pfützen. Strömender Regen. Ich werfe mich vor ein Taxi mit OFF SERVICE-Zeichen. Quietschen. Ich reiße die Wagentür auf, schlage dem Fahrer meine letzte Banknote – einen Hundertdollarschein – in die Hand und befehle: »Lower Manhattan Community Hospital. Fast.« Wo das sei, welche Avenue, welche Straße, will er wissen. »I don't know. You must know. You are the fucking driver!« Möglich, daß ich ihn angeschnauzt habe.

Jetzt fährt er an den Randstein, in aller Ruhe, schaltet den Wagen auf Park. Nur der Motor läuft noch,

sonst ist alles reglos, seine Hände auf dem Lenkrad, sein Hinterkopf, seine kräftigen Schultern. Ich
klemme meine Fäuste zwischen die Oberschenkel,
damit sie nicht die Kunststoffscheibe einschlagen.
Möglich, daß der Fahrer jetzt mit geschlossenen
Augen hinter dem Steuer sitzt. Ich sage kein Wort.
Nach einer Weile kramt er sein Straßenverzeichnis
aus dem Handschuhfach. Alles übertrieben gemütlich. Er benetzt seinen Mittelfinger für das Umblät-
tern jeder einzelnen Seite. »William Street«, sagt er
und schaltet auf Drive.

Wir kommen gut voran auf den ersten Meilen,
weil gegen den Rush-hour-Verkehr, aber ab der
20. Straße wird's ein Kriechen. Stoßstange an Stoßstange. Regen wie Taubendreck, schwer und pfun-
dig. Eine Lawine an Bremslichtern. Je schneller sich
die Scheibenwischer bewegen, desto langsamer die
Fahrt. Endloses Geschmier in den Straßenschluchten. Die letzten vier Kilometer renne ich. Ich weiß
nicht, weshalb ich mir die Strähnen aus dem Gesicht
wische, während ich durch New York renne. Ich
renne und renne. Atemlos, benommen von dem be-
rauschenden Gefühl, Teil dieser Symbiose zwischen
Wasser und Leben zu sein. Straße um Straße. Ich
weiß nicht, was mich nasser macht, der Regen oder
der Schweiß. Ich renne. Erschöpfung nicht einmal

als Gedanke. Meine Schuhe, die bei jedem Tritt dem Asphalt einen Tropfenkranz entreißen, sich mit Regen vollsaugen, um ihn während der Schwungphase wieder fallen zu lassen, um erneut in eine Pfütze zu klatschen. Die letzten Fasern meines Anzugs jetzt mit Regen vollgesogen. Die Welt eine einzige Pfütze.

Plötzlich stehe ich, wo ich nie habe stehen wollen, am Empfang des Community Hospital. Aus brauntrüben Plexiglasabdeckungen, quadratischen, rußdunklen und teilweise verbogenen Plastikverschalungen fällt Neonlicht. Einige Röhren zucken, flackern an ihren Enden kurz an und versiegen gleich wieder. Die Wände aus unverputztem Beton, die sagen wollen, daß dieses Spital in Eile und unter größten Budgetzwängen hochgezogen wurde. Auf gleicher Höhe, nebeneinander, beide von Flaggen umstellt, das gerahmte Bild des Spitaldirektors und das gerahmte Bild des Präsidenten dieses Landes, als wäre ihre ausgestrahlte Zuversicht der heilende Geist selbst. Linoleumboden. Glitschig wie Eis, wenn man, wie ich, in triefenden Klamotten dasteht. Ringsum an den Wänden Stühle wie in älteren Flughäfen, fünf oder sechs Stück aneinandergeschweißt, hart, unbequem, Plastikschalenstühle wie eine Strafe. Bäche laufen aus meinen Schuhen.

Der Chefarzt, ein Mittvierziger mit schütterem Haar und bleicher, geäderter Haut, ein Mann mit Mangel an Zeit und Schlaf, mit Ringen unter den Augen und kleinen, schwarzen Geräten in der Kitteltasche, die unaufhörlich vibrieren, meint, in zehn Tagen sei sie wieder auf dem Damm, möglicherweise schon früher. Es scheint mir, als versuche er absichtlich, seinem Gesicht einen hoffnungsvollen Anstrich zu geben. Aber im Grunde ist er düster. Ob eine Schädigung des Hirns eingetreten sei, das könne jetzt noch nicht eingeschätzt werden. Zunächst müßten die vegetativen Funktionen wieder in Gang gebracht werden, der Herzschlag, die Atmung, die Verdauung.

Wir unterhalten uns im Stehen.

Ich verstehe wenig, während er redet und Fachausdruck an Fachausdruck reiht, ich beobachte bloß seine Lippen, die sich hastig bewegen, wie auch seinen sprunghaften Blick. Dabei das Gefühl, ihm lästig zu sein, ihm Zeit zu stehlen, die er zur Rettung hundert anderer Patienten hätte einsetzen können. Was mich stört, ist nicht so sehr die alles umspannende Eile der Situation, sondern meine Unentschiedenheit, ob diesem Mann und vor allem seinem amerikanischen Gesundheitsapparat mitsamt der aus den Wänden quellenden Feuchtigkeit zu vertrauen ist. Wir unterhalten uns im Gang, und so müssen wir ab und zu ausweichen, wenn ein schwirrendes Team aus Ärzten und Krankenpersonal rennend mit einem Notfall durchwill. Er redet und redet. Fachterminologie. Überall der Geruch nach Hygiene, nach Sterilisiermitteln. Meine Gedanken draußen, auf der Terrasse, ich sehe Anna, wie sie in New York ankommt, die Schuhe abstreift, sich auf den Balkonsessel setzt und die Beine übereinanderschlägt, Anna in ihrem roten Sommerkleid, Anna mit ihrem spiraligen Haar, Anna, die soeben ihr Zürich aufgegeben hat, um unser Leben zu leben, der Versuch eines gemeinsamen; ich sehe sie, wie sie auf dem Balkon sitzt, im Liegestuhl, unser erster gemeinsamer Abend in dieser Stadt, die Huplaute aus den Straßen, das Orange der untergehenden Sonne.

Der Arzt bekräftigt nochmals, daß mit einer fünfzigprozentigen Wahrscheinlichkeit kein Verlust der Sprech- und Lesefähigkeit eingetreten sei, Genaueres könne, wie gesagt, erst später festgestellt werden.

»As you know, probabilities are always theoretical.«

Er wirkt sachlich, wenn auch gehetzt, rastlos. Er erlaubt mir nicht, zu vergessen, daß er in Eile ist. Erst durch unnachgiebiges Nachfragen erfahre ich, daß man Anna heute morgen beim Battery Park aus dem Hudson gefischt hat – ein Tourist, der gerade dabei war, die Fähre zur Statue of Liberty zu besteigen, habe sie entdeckt – eigentlich nur ihren Hinterkopf, das Büschel aufgelösten, roten Haars und einen linken und rechten Arm im bewegten Wasser schlingernd – und sofort einen Polizisten hergerufen –, daß ihre Lunge minutenlang mit Wasser gefüllt war, mit dem verpesteten Wasser der New York Bay. Ich erfahre von der Intubation heute morgen, von der Stabilisierung der Herzfrequenz und von einer zweiten Intubation heute mittag.

Einmal fragt er: »Has she always been suicidal?«

Wir stehen an der Betonwand. Alles ist von Neon beschlagen, der Boden, die Wände, die Türen, selbst die Brille des Arztes. Ich halte mich an einer Sauerstoffflasche fest, die im Gang steht. Sie ist in ein dunkles Grün getaucht, das mich an Pflanzen erinnert, genauer, an Palmblätter. Ihre Oberfläche ist kalt, aber durch den dicken Farbaufstrich etwas weniger kalt als blankes Metall. Keine Ahnung, weshalb ich mich an dieser Sauerstoffflasche festhalte. Ich glaube nicht, daß ich ohne diesen Halt umgekippt wäre. Ich brauche einfach etwas Festes in meinen Händen.

Von irgendwoher das Geräusch einer Beatmungsmaschine.

Ab und zu das Quietschen eines Cateringwagens, das, ausgehend von einer nicht geölten Stelle im Kugellager eines Rädchens, den langen Korridor mit einem sirenenhaften auf- und absteigenden Ton durchzuckt.

Cateringwagen. Erinnerungen an Langstreckenflüge – Chicken or Beef.

Die sich aus dem Beton drängenden gelbweißen Kalkwürmer gibt es auch hier. So muß es in einem alten Hirn aussehen, denke ich. Das Flackern von Neonlicht.

Ob ich sie sehen könne?

Ausgeschlossen. Morgen vielleicht oder übermorgen.

Leer verlasse ich das Spital. Erschöpft. Ich komme mir steif und wie ein Angestellter meiner Ängste vor, und alle Hoffnung, die ich aufbaue, zerfasert an ihren Rändern. Draußen der ungeheure bleiche Himmel, groß und ohne Bewegung. Auf dem Weg zurück zur Wohnung werde ich von einem Schwarzen angerempelt. Ich bleibe nicht stehen, sondern gehe weiter. Immer wieder packt mich der Schwarze an der Schulter. Ich vermeide Augenkontakt, und weil es noch immer regnet, fällt es mir leicht, ihn nicht zu beachten, ich tue, als würde mich dies alles nichts angehen, als wäre es nicht meine Schulter, ja als säße ich in irgendeiner Maschine irgendwo über dem Atlantik, der Glanz des Mondes auf dem Wasser, auf den Flügeln. Erst als ich stehenbleibe, wird klar, daß der Schwarze kein Geld will, keine Kreditkarte, keinen Ausweis, er will mich nicht einmal niederprügeln. Der Schwarze, betrunken und also keine Gefahr, lallt noch lange weiter, als ich davonschlurfe – wie nicht vorhanden.

Ein langer Abend allein mit Whisky.

Anderntags der Anruf, daß sie verstorben sei.

Beerdigung in Zürich.

Ich kneife, was sonst nicht meine Art ist, die Entscheidung fällt noch auf dem Flug. Respektlosigkeit, ein Skandal, meinetwegen, aber ich kann nicht, ich kann nicht hin, um eine Totenrede zu hören, die nichts mit ihrem – unserem – Leben zu tun hat, ich schaffe es nicht, vor einem frisch angepflanzten Grab zu stehen, vor dem lackierten, provisorischen Holzkreuz mit dem hingenagelten Messingschildchen, das ihren Namen trägt, vor den Kränzen und den Schleifen und den Blumenbouquets, Hände zu schütteln, eine endlose Reihe von Verwandten und Bekannten zu begrüßen, alle in ihren dunkelsten Garderoben, also so, wie man sie nicht kennt, Leute aus der Bank, ihre Anwaltskollegen von Ladner & Partner, es genügt, daß ich es mir vorstelle, ich muß es nicht auch noch erleben.

Das Gepäck gebe ich am Flughafen in Verwahrung und setze mich in den nächsten Zug. Schnellzug nach Arth Goldau, Bellinzona, Lugano, Chiasso, Milano. Regen auf der Alpennordseite. Reste von spätem Schnee auf den Hügeln, der als Zufallskomposition einzelner hingeworfener grauer Lappen daliegt. Der Zürichsee wie Blech. In Arth Goldau steige ich aus – plötzlich der Wunsch, zu wandern. Bärlauchwald. Nebel. Schuhe, für die Fifth Avenue gemacht, schwarz und glänzend, Kalbsleder, rahmengenäht mit Ziernaht, jetzt im nassen Laub. Laub, von den Würmern halb zu Erde gemacht, zu Dreck, aus dem Bärlauch sprießt, büschelweise. Steine unter dem Laub, hagelkörnergroß. Jeder Tritt fühlt sich anders an, es ist, als hätte ich Augen in den Füßen. Der Aufstieg steil. Ich schwitze und friere gleichzeitig. Spinnweben zwischen Bärlauchblättern. Dunkelgrün schimmernde Käfer. Mein langsamer Schritt. In der Schule gelernt: Das Moos an den Baumstämmen markiert Westen. Ich marschiere gegen Osten, scheint es, und wenn ich zurückblicke: Moos am ganzen Stamm. Wie ein Hirnloser: Ich umarme einen Baumstamm, einfach so. Meine Hände ertasten sich gegenseitig, wie zwei Reptilien. Wie fremd der eigene Körper wird, wenn man ihn nicht sieht. (Wie fremd irgendein vertrauter Körper wird, wenn man ihn nicht sieht.) Das tropfende, kalte, bauschige Moos vermischt sich mit meinem Hemd. Meine Stirn im Moos. Mein Haar im Moos. Überall ist Westen. Dann weiter. Nebel, der nicht aufhören will. Eine aufgeschreckte Amsel im Gebüsch – ihr Alarm, wenn sie sich davonmacht. Langsam saugen sich meine Schuhe voll. Gestank von Bärlauch. Meine Mutter hat ihn jeden Frühling unter den Salat gemischt. Danach ließ ich Zahnpasta im Mund zergehen, so stark war der Geruch. Flüssiger Nebel. Ich zertrete einen Käfer. Nicht absichtlich. Ich gehe ihm aber auch nicht aus dem Weg. Ob der Käfer lebt oder stirbt, ist eine Funktion davon, mit welchem Fuß ich diesen Weg angetreten bin – vor Stunden. Was will ich in diesem Wald? Das Tropfen aus den Ästen – diese sich unaufhörlich austropfende Dusche. Nadeln sind Blätter. Man hat viel in der Schule gelernt, aber wenig im Leben. Was will ich eigentlich?

Ich weiß es nicht.

Was ich will: einfach wandern und an nichts denken. Sich noch einmal verlieben, noch ein letztes Mal, und sei's bloß aus einer Laune heraus. Rausch der Verzückung. Verschwendung von Energie. Verzehren aller Kräfte. Abbrennen der innersten Feuerwerkskörper. Sich verausgaben, ruchlos. Vulkan sein. Sich verlieren an eine Frau. Mit allen Fingern durch fremdes Haar fahren. Nichts denken. Nur sein. Alles vergessen. Den Tod vergessen. Lebendig sein. Das Leben reinschaufeln. Trichter in den Mund und dann rein mit allem, was diese Welt zu bieten hat. Stopfen, wie man Gänse stopft. Rachen auf, Leben rein, mit der Faust nachstoßen, runterschlucken. Dann den nächsten Bissen. Leben, bis es am ganzen Körper schmerzt. Füße ans offene Feuer halten, bis man schreit. Lieben, bis man schreit. Mensch sein. Tier sein. Innen und außen gleichzeitig sein. Mann sein. Der teuflische Ungehorsam gegenüber der Welt. Hoch oben auf einem Gipfel stehen – ringsherum nichts als Schneeverwehungen und schwarzer Himmel – und schreien, bis die Stimmbänder reißen. Landschaft einatmen. Gräser aus den Alpwiesen zerren und zwischen den Zähnen hindurchziehen. Nackt und von weit oben in eine riesige Schwarzwäldertorte springen, tief hineinsinken, in der kühlen Sahne vorwärts kraulen, sich durchfressen, und dann, wenn man am anderen Ende herauskommt, sich mit beiden Händen durchs Haar fahren und die Kuchenmasse von den Fingern schlecken. Sich an die Schwänze der Vögel klammern und mitfliegen. Die Sonne, die rote, bonbongroße, vor dem Untergang wegpflücken, sie im Mund zergehen lassen. Tief ins Firmament hineinlangen und die Sterne durcheinanderwirbeln, die Arme herausziehen: Hände voller Glitzer.

Noch im gleichen Jahr, es war ein später Sommer, der schon in einen Herbst überging – die Manhattan Finance Corporation erzielte soeben ein Rekordergebnis, ich war erleichtert, ein wichtiges Etappenziel erreicht zu haben, ein nicht ungebührlicher Erfolg –, erreichte mich die Nachricht, daß ich zum Nachfolger des abtretenden Konzernchefs Sievers gewählt worden sei. Antritt zum ersten Januar, also in vier Monaten.

Nach dem Tod von Anna und den vorausgegangenen Qualen unserer Beziehung, nach den Verirrungen, den Verletzungen, dem Verschweigen, dem Gift, nach dem unergiebigen Hin und Her und nach zweieinhalb Jahren New York tat er gut, dieser Sieg. Ich hatte ihn gebraucht. Wie fest, wie nötig, erkannte ich erst jetzt, als er da war, ich mochte endlich wieder lachen, was mich einen Augenblick lang befremdete, ich spürte es, ohne mich im Spiegel zu sehen, allein schon die Spannung in den Muskeln fühlte sich erfrischend an, dieses Ziehen und Straffen der Haut über den Backenknochen, dieses feine Ziehen an den Augenwinkeln. Gleichzeitig beschlich mich das Gefühl, daß es eine falsche Reaktion war, eine verlogene, ein Relikt aus einem früheren Leben. Ich wünschte mir, daß ich nicht so empfinden würde, aber dann sagte ich mir: Weg mit der Trauer! Weg mit der Melancholie!, und begann, den Triumph zu genießen, und ich wünschte, daß aus Triumphen dieser Art mein ganzes Leben bestehen sollte. Ich war glücklich, wieder jener zu sein, dem alles gelingt, kein Hadern mehr, keine Fehltritte, nur noch eines: Geradlinigkeit; ich hatte die Vernunft wiederentdeckt, und ich interpretierte das als meine persönliche Renaissance. Ich wollte sie festhalten, sie nie mehr loslassen. Es war der Reflex, wie ihn Säuglinge haben, denen man einen Kugelschreiber entgegenstreckt – sie klammern sich daran fest, so fest, daß man sie daran hochziehen kann. Und im gleichen Atemzug zweifelte ich, ob diese Geradlinigkeit nicht nur eine neu gespannte Tapete über einer zerbrochenen Mauer war. Aber dieser alte, vertraute Erfolgspfad war mir in diesem

Moment, auch wenn er sich als Illusion entpuppen sollte, willkommener als jede andere Empfindung. Und zur Feier des Tages entschied ich mich zu etwas, was ich sonst entschieden ablehne: Ich machte blau, einfach so.

Spazieren im Central Park, allein, was ich schätze – man verbringt zu viele Stunden in der Gesellschaft anderer, dabei habe ich nichts gegen Leute, ich hoffe nur, daß das Jenseits weniger bevölkert sein wird. Es regnete wieder einmal, was mich nicht störte – der Ausläufer eines Orkans, der vor zwei Tagen die Bahamas verwüstet hatte, so hörte ich, jetzt als triefender Schwamm über der Stadt. Auch amerikanische Touristen unter den Toten. Die Wetterstationen hatten für New York vor Windschäden wegen dieses Wirbelsturm-Ausläufers gewarnt, aber so schlimm war es nicht, es regnete bloß schief wie aus einer Dusche. Solange ich den Schirm in einem konstanten Winkel hielt, blieb es erträglich. Naß wurden die Hosen und die Schuhe – und wenn die einmal vollgesogen sind, ist nichts mehr dabei. Außerdem war es ein warmer Regen, geradezu tropisch. Kein Mensch auf den gewundenen Wegen, der Park wie ausgestorben, dabei war es noch nicht einmal dunkel, ja es war mitten am Nachmittag. Sogar die Vögel waren verschwunden, fortgeblasen

Richtung Atlantik. Abgerissene Äste auf den Straßen, aber die gibt's auch an sturmfreien Tagen. Gefühl von Leichtigkeit. Gefühl von Einsamkeit. Man müßte sich selbst küssen können.

Nun hatte es meinen Schirm doch herumgerissen – eine Fahne am Metallskelett, es zerrte und schwirrte, ich drehte mich um und stieß das Geflatter in den Wind hinein, ruckartig, mehrmals. Zuerst war es nur mein Gesicht. Dann spürte ich es im Haar: Wasser wie Eissorbet. Überall braune, lehmige Rinnsale. Wo sie zusammenflossen, bildeten sich Tümpel. Wo vorher Gras gewesen war, etwa ein Baseballfeld, jetzt ein See. Ich zog die Schuhe aus. Barfuß durchs Seegras waten.

Auf einmal ein Anruf aus der Schweiz. Der am anderen Ende meldete sich mit Raphael – aus Zürich. Das Rauschen und Pfeifen von Wind im Hörer, das Knacksen, jetzt verstärkt.

»Tut mir leid, da müssen Sie sich verwählt haben«, antwortete ich, leicht gereizt über Mimi, die einen solchen Anruf auf mein Handy durchgestellt hat. Für sie sind alle Anrufe, die in einer Fremdsprache kommen, entweder persönlich oder wichtig.

»Ein Freund von Josephine. Sie sind doch Philip

Himmelreich?« fragte er, seltsam überrascht, ja verdutzt, denjenigen am Telefon zu haben, den er angerufen hatte.

Meinerseits kein Bedürfnis nach Vergangenheit, ich versuchte es ihm zu erklären.

»Es ist wichtig, Herr Himmelreich, ich brauche Ihre Hilfe.«

»Wissen Sie, wie viele Dinge jetzt gerade wichtig sind? Etwa zehntausend. Die habe ich alle auf meinem Tisch liegen; die brauchen alle meine Hilfe. Also, bitte, entschuldigen Sie mich, Herr Raphael, und richten Sie Josephine einen schönen Gruß von mir aus.«

Er blieb hartnäckig. Ich setzte mich auf den nassen, schwarzen, glimmerigen, vom Gletscher abgeschliffenen Fels des Central Park, das einzige Stück Urnatur, das man nicht abgehobelt hat, ich saß und lauschte, die Hand muschelförmig über das Handy gelegt, das zarte, elektronische Innenleben beschützend. Ich weiß nicht, warum ich das Gespräch nicht einfach beendet hatte.

Allmählich erinnerte ich mich: Sie erzählte so oft von ihm, daß ich mich beherrschen mußte, nicht eifersüchtig zu werden. Natürlich hatte ich keinen Grund dazu, eifersüchtig zu sein, wenn jemand eifersüchtig sein konnte, dann sie, und zwar auf

Anna – oder Anna auf sie. Außerdem war es mir zuweilen recht, daß sie Verehrer hatte, und Raphael war ganz eindeutig einer. Verehrer machten unsere Affäre leichter, weniger exklusiv und damit spielerischer. Raphael und Josephine paßten auf einander auf wie Geschwister. Wenn einer an Liebeskummer litt, tröstete ihn der andere. Wenn der eine etwas zu feiern hatte, feierten sie zusammen. Kein Seenachtsfest ohne Raphael. Keine Erst-August-Feier ohne Raphael. Keine Neujahrsfeier ohne Raphael. Raphael war, soweit ich es damals einschätzen konnte, eine Art Ersatzehemann geworden. Falls ich ihr das Herz brechen würde, sagte sie einmal, würde er mir die Fresse polieren. Natürlich war es als Witz gemeint. Er war schwul, wobei ich nie wußte, ob er das auch tatsächlich war. Raphael, das sei der einzige Mensch, der sie verstehe – offenbar hatte ich sie nur unvollkommen verstanden. Jetzt hatte ich also zum ersten Mal in meinem Leben das Vergnügen, und es tat mir leid, daß ich so schnippisch reagiert hatte. »Also, bitte, lang wird die Elektronik meines Handys bei diesem Sturm nicht mehr mitmachen, aber schießen Sie los.«

Raphael berichtete. Es waren lauter Vermutungen. Natürlich konnte man nichts beweisen. Von Tod konnte keine Rede sein. Wahrscheinlich waren die

Kommunikationsverbindungen einfach unterbrochen. Ich hatte die Bilder der Verwüstungen nach dem Hurrikan im Fernsehen ja gesehen – das konnte Monate, wenn nicht Jahre dauern, bis alles wieder funktionierte. Wie viele Opfer der Wirbelsturm gekostet hatte, konnte noch nicht beziffert werden. Soviel war klar: Die Bahamas haben den Notstand ausgerufen und ihr einziges Militärschiff mit Hilfsgütern Richtung Exumas – so heißt die Inselkette – losgeschickt. Ich verstand Raphael nicht. Warum nicht einfach ein paar Wochen warten, dann würde Josephine sich schon wieder melden. Er sprach von Lebensgefahr, von einer »letzten Chance«. Alles sehr kryptisch. Er redete und redete; ich verstand ihn immer weniger.

Dann sagte er: »Aber Sie müssen es doch wissen: Sie waren ja mit Josephine dort unten. Außerdem haben Sie zusammen ein Kind, eine Familie, eine Existenz, Sie müssen doch wissen, ob sie noch lebt. Wenn es jemand wissen muß, dann Sie.«

Ich starrte den Hörer an.

»Ich hatte ja mitbekommen, wie Josephine von Ihnen förmlich aufgefressen wurde, damals, vor zweieinhalb Jahren in Zürich. Und als Sie dann bekanntgaben, nach New York auszuwandern, und also Schluß machten, ging es ihr miserabel. Und noch an jenem Abend reifte ihr Entschluß, Sie zu entführen. Offenbar wie angekündigt. Sie tat mir leid, sie war im Innersten verletzt und fand keine Kraft, einen detaillierten Plan zu schmieden, und so bot ich ihr meine Hilfe an. Anderntags fuhren wir mit dem Lieferwagen zuerst dutzendmal um den Flughafen, aber Sie waren nirgends zu sehen. Josephine kochte vor Wut. ›Jetzt ist er also doch einfach abgehauen, dieser Feigling!‹ rief sie. Und als wir Sie dann endlich entdeckt hatten, vor dem Terminal-eingang, war ich es, zusammen mit Ingo, der Sie eigenhändig in den Transportbus geschleift hat, Zürich Flughafen, Sie erinnern sich.«

Ich erinnerte mich nicht. Warum soll ich mich an etwas erinnern, was gar nie stattgefunden hat? Warum sich einbilden, was es niemals gegeben hat?

Ich weigerte mich, zu denken, was unsinnig war.

Er berichtete noch eine ganze Weile darüber, wie ich (der ich seit zweieinhalb Jahren hier in New York eine Bank führe) mit Josephine zusammen zuerst quer durch Frankreich, Spanien und Portugal gereist und schließlich über den Atlantik gesegelt sei (ich und segeln) und daß wir zusammen (jawohl, Josephine und ich) ein Kind gezeugt hätten (eine Tochter), Lily (warum um alles in der Welt ein so drolliger Name?), darüber hinaus betrieben wir eine Bäckerei, jawohl, auf den Bahamas, eine Bäkkerei für Segler (ich und ein Handwerk, überhaupt, Bäckerei auf einer Insel, was für ein unmöglicher Einfall), wie glücklich sie gewesen sei, wie selig. Die Erfüllung ihrer Träume (offenbar auch meiner). Er redete und redete.

Ich weiß nicht, warum ich plötzlich im Auto saß. Ich fand mich auf einer zehnspurigen Autobahn Richtung Upstate New York, also Norden, dann über die George Washington Bridge nach Westen, nach New Jersey, der Sturm war abgezogen, zerrissene Pakete von dunklen Wolken segelten ostwärts, die Sonne stand hoch und klar im Himmel, beidseits Bäume, Wälder voller Herbstglanz, ganze Hügel in diesem Farbengewitter – ich finde es seltsam, daß die Blätter erst dann mit ihren Farben prahlen, wenn sie tot sind. Erinnerungen an Heu, Erinnerungen an versengte Matten in den Alpen kurz vor dem ersten Schneefall, im Radio Jazz – vermutlich Diana Krall, so genau kenne ich die Jazz-Szene wirklich nicht. Ab und zu ein letzter kurzer Schauer, ein Spritzer, dann ein Stück Regenbogen tief im Osten, dann wieder die Sonne in Herkulesfarben. Es war seltsam und doch irgendwie vertraut, dieses ziellose Fahren, ich genoß das Rollen, das Fließen, das einschläfernde Brummen, das sanfte Rütteln hinter dem Steuer, ich fühlte mich, warum auch immer, als Teil eines Schwarms. Irgend etwas Rätselhaftes geschah hier. Ich richtete meiner Sekretärin aus, sämtliche Meetings der nächsten Tage auf unbestimmte Zeit zu verschieben. Ich hätte mich kurzfristig entschieden, nach Cancun zu fliegen, um mit Freunden meine Beförderung zum Konzernchef zu feiern. Meine Gedanken waren weit weg. Ich nahm Abzweigung um Abzweigung, wechselte die Spuren, gedankenverloren und doch mit Bestimmtheit, automatisch, es war, als säße nicht ich hinter dem Steuer, sondern ein anderer, ein Nicht-Ich, ein Alter ego. Ich sah mich auf den Parkplatz des Flughafens Teterboro fahren.

»Hätten Sie Lust, mich auf die Bahamas zu fliegen?«

Ich packte, blind vor Aufregung, den erstbesten Menschen in Pilotenuniform, ich packte ihn von hinten, weil er gerade über den Motor einer kleinen Maschine (Cessna) gebeugt stand und den Ölstand kontrollierte, in der einen Hand hielt er den tropfenden Meßstab, in der anderen ein Lümpchen, mit dem er die Ölflecken auf dem Blech wegrieb. Er drehte sich um.

»Sagen Sie mal, sind Sie nicht...«

»Ja natürlich, Sie sind doch...«

Es war Stephan, respektive Stephen oder Steve, der Mann mit dem Jugendgesicht, braun vor lauter Fliegerei, Pilot, Fluglehrer, mein Sitznachbar auf der Reise von Zürich nach New York.

»Was führt Sie hierher?« Er rieb seine Finger am Lappen sauber.

»Los, steigen wir ein.« Ich bedrängte ihn, mag sein, aber ohne Gewalt, trotzdem folgte er meinem Befehl wie einem Leutnant. »Reden wir später.«

Wir flogen auf Baumwipfelhöhe. Nach dem Übernachten und Zwischentanken auf Nassau, das Meer: blau wie das Hintergrundleuchten eines Plasmabildschirms, Glanz wie Gefieder, eine Regenbogenhaut über das Meer gespannt, Glimmer in Grünblau und Türkis, darunter Sandbänke, nicht anders als in der Sahara, Wasser, durchsichtig wie Glas. Die Sonne drang bis auf den sandigen Grund, von wo aus sie das Meer innerlich erleuchtete. Selbst in der Nacht muß es hier noch leuchten, phosphoreszierend, dachte ich. Ich war froh um unseren Motor, sein monotones Brummen, einschläfernd, er drehte und drehte, der Propeller als stehende Kreisscheibe, wir flogen über ein Aquarell, das mit zuviel Wasser gemalt war, so daß die Farben ineinander verliefen.

Stephen, der froh war, einmal einen richtigen Ausflug zu machen, statt seine langweiligen Volten um den Flugplatz zu drehen, steuerte unsere Cessna sicher, so hatte ich das Gefühl, nie übermütig, ab und zu klopfte er mit dem Finger auf die Anzeigen, offenbar um die Nadeln nicht einschlafen zu lassen. Auf dem Funk gab es kaum Stimmen.

Inseln als hingeworfene Ketten in der Farbe von Muscheln, davor manchmal ein Riff, Korallen, Seegras wie Moos. Haie, vom Flugzeug aus zu sehen als dunkelgraue Pinselstriche. Sonst sprachen wir wenig, ich zeigte mit der Hand nach links oder nach rechts, und er steuerte nach links oder nach rechts. Wir flogen tief über die Inseln, Baumwipfelhöhe, wie gesagt, ab und zu einige Hütten, Fischerboote, die unter uns vorbeizogen. Nur in einem Luftschiff wäre es noch beschaulicher gewesen. Dazwischen Erinnerungen an seine Abenteuergeschichte mit der DC-3 – die Goldbarren im Sand, die im Wasser treibenden Melonen vor Miami Beach.

»Da«, rief ich, »die Spur! – Alles zerstört.«

Wir flogen den Streifen entlang, der im Auge des Hurrikans gelegen haben mußte: Baumgruppen, die aus abgeknickten Stämmen bestanden. Wälder wie zerbrochene Mikados. Einmal flogen wir über eine größere Anlage, vermutlich ein Hotelkomplex, im Pool trieben ein Dachgiebel, zwei, drei Liegestühle, ein Pingpongtisch. Wir sausten darüber hinweg. Dann wieder nichts als Meer. Ab und zu eine Insel, auf der es nichts zu zerstören gab: Strand wie eh und je, Büschel von Gras auf den Dünen, keine Spur von Zivilisation. Wir flogen und flogen. Unter uns der Schatten der Cessna, der Rumpf, die beiden Flügel, wie ein schneller Fischschwarm knapp unter der Wasseroberfläche, einmal eine abgedeckte Fischerhütte, Backsteinruinen, ein halber Segelrumpf im Gebüsch, ein anderer Teil des Rumpfs lag im Sand wie eine zerbrochene Eierschale – dann wieder das Wasserfarbengemisch des Meers. Ich wußte auch nicht, was ich suchte, ich suchte Josephine, aber woher zum Teufel nahm ich die Gewißheit, sie auf einer dieser tausend Inseln zu finden? Es war idiotisch. Warum gerade Bahamas? Vielleicht war sie in Zürich verschollen oder auf einer Wanderung in den Alpen, auf einer Reise nach Dublin, wohin sie immer schon wollte. Aber warum gerade Bahamas? Wir flogen südwärts, immer weiter die Exumas entlang. Dabei konnte sie nach eigener Auskunft nicht einmal segeln; lesen konnte sie und denken und träumen, sie konnte stark sein mit ihren Armen, erregend, ihr ganzer

Körper eine Sensation, man konnte sich in ihre Seele hineinfallen lassen, und sie konnte einen herausfischen mit ihrem Lachen, das so unmittelbar kam, so ungezügelt, als wäre es nicht ihr Lachen, sondern stellvertretend für das der Götter – aber segeln? Das einschläfernde Brummen unseres Motors. Ich dachte an die vielen tausend Explosionen, die sich in jeder Minute in diesen Zylindern ereigneten, an die Ventile, die sich im selben dämonischen Takt öffneten und schlossen, an den Vergaser, an die Kurbelwelle, die Propeller, die sich mit jeder Rotation ein Stück Himmel abschnitten und nach hinten schleuderten. Ich war froh um diese Gedanken. Eigentlich aber schaute ich nur unserem Schatten zu, der starr und aufgespannt wie ein sezierter Vogel über das blitzende Meer zog.

»Wir müssen umdrehen«, meinte Stephen und klopfte mit dem Finger auf die Treibstoffanzeige.

Ich ließ mir nichts anmerken. Wir flogen geradeaus weiter, südwärts, vor uns die Exumas, die meisten unbewohnt, Landerbsen, eine nach der anderen wie eine Kette aufgereiht. Links und rechts nichts als das Meer.

»Sehen Sie hier«, sagte er wieder. Diesmal rüttelte er an meiner Schulter. Der Benzinstandsanzeiger stand tatsächlich auf halb leer. Weiter südlich sei kein Benzin mehr zu erwarten; erst wieder in Turks and Caicos, was außerhalb unserer Reichweite liege.

Wir drehten um.

Ich weiß nicht, was Stephen von mir dachte. Ein zwölfstündiger Rundflug am Rand eines Kontinents?

»Was genau suchen Sie?« hatte er mich mehrmals gefragt. Ich hatte mich mit Handzeichen als Antwort begnügt: etwas nach links, bitte, etwas nach rechts, und so weiter.

Wir flogen jetzt gegen Norden; also zurück.

»Was wollten Sie eigentlich finden?« – seine Frage in der Vergangenheitsform.

Ich zuckte die Schultern. »Liebe«, sagte ich.

Der Junge nahm es als Witz. »Nein, wirklich?« Er lachte.

Die Sonne stand jetzt so, daß sie unseren Schatten direkt vor uns herwarf.

»Liebe«, sagte ich noch einmal. Ich packte ihn am Ärmel, so daß wir beide erschraken. »Wissen Sie eigentlich, was das ist: Liebe?«

Er war jetzt froh, ganz Pilot sein zu dürfen. Er schraubte an verschiedenen Instrumenten herum, nahm seinen Notizblock und notierte Koordinaten und Zeiten, er faltete die Navigationskarte auf, übrigens zum ersten Mal, er tat beschäftigt, vielleicht gab es auch gerade viel zu tun im Cockpit, mag sein, trotzdem erzählte ich ihm die ganze Geschichte von Josephine, die mich entführen wollte, und meine Versetzung nach New York, mein relatives Glück als alleinstehender Mann, die Scheidung von Anna, unser erneutes Zusammenleben, ihre Versuche, schwanger zu werden, ihr Tod. Ich erzählte ihm, was Liebe für mich bedeutet hatte: ein stumpfsinnig romantisches Konstrukt, ein genetischer Marketing-Gag, eine weibische Einstellung, eine pubertäre Illusion. »I was obsessed with this woman, obsessed, infatuated, do you understand?« Keine Ahnung, warum auf englisch – weil ich mich ereiferte, darum, ich packte ihn schon wieder am Ärmel. Er tat, als ginge es jetzt nur um die Navigation. Ich versuchte ihm zu schildern, wie sie stand, wie sie ging, wie sie sich bewegte, ich beschrieb ihm ihr Haar, ihr Gesicht, ihre Schultern, ich erzählte ihm vom Schwung ihrer Hüften und den triumphierenden Muskeln ihrer Waden, die ihr einen straffen Bogen der Ungeduld gaben; überhaupt ihre furchtbar schöne Art zu stehen. Ich ratterte zwei Dutzend Buchtitel herunter und zitierte Sätze aus ebendiesen Büchern, die sie, wann immer sie sprach, wie Goldstaub in die Konversation einstreute. Ich weiß auch nicht, was in mich gefahren war, ich erzählte ihm mein ganzes Leben und noch viel mehr. Ich hörte mich selbst durch den Kopfhörer sprechen, ich lauschte dieser Stimme, als wär's die Geschichte eines anderen. »A goddess, a goddamn goddess, have you ever experienced that? Tell me: Have you ever experienced love?« Er drehte die Lautstärke auf seinem Kopfhörer zurück, dann klopfte er wieder auf den Benzinstandsanzeiger. Ringsherum das aufblitzende Meer, flach, aber endlich, der Horizont eine Schnur, Inseln wie hineingeworfene Flußsteine. Wir flogen jetzt auf einer größeren Höhe, vermutlich um Benzin zu sparen.

Die Spur der Verwüstung, die geknickten Wälder, jetzt als bloße Farbnuance. Und da war wieder die abgedeckte Hütte mit dem zerbrochenen Segelschiff.

»Gehen Sie runter«, befahl ich. »Dort müssen wir landen.«

Natürlich gab es keine Piste, das sah ich auch.

»Dann landen Sie halt auf dem Strand, das sind Sie ja gewohnt.«

Unmöglich, meinte Stephen. Erstens kämen wir da nie wieder heraus, und zweitens seien wir so knapp an Benzin, daß es unverantwortlich wäre, jetzt nicht direkt nach Nassau zurückzufliegen.

Und wenn schon landen, dann auf Staniel Cay, einige Meilen südlich von hier, eine Naturpiste gemäß Flugkarte, aber immerhin eine Piste.

»Runter!« sagte ich noch einmal, und er folgte mir wie aus einem Reflex heraus.

Die Landung auf dem schmalen Strand verlief alles andere als problemlos. Wir umkreisten die Insel dreimal, bis wir uns für einen einigermaßen geraden Küstenstrich entscheiden konnten – einen Küstenstrich ohne Felsen, Dünen oder Gebüsch. Der Anflug, das Ausfahren der Landeklappen, das Drosseln des Motors, Segelflug, ein stilles Absinken, und im letzten Moment Vollgas, wir stiegen wieder, suchten einen anderen Strand. Dann der Anflug bei Seitenwind, die Sonne stand tief und blendete, dazu ihre Reflexion auf dem Meer, dieses doppelte Glitzern, es war sehr schwierig auszumachen, ob da nicht doch noch ein Korallenfels oder ein angespülter Baumstrunk lag. Dann das Aufsetzen, mit einem Rad im Wasser, mit dem anderen auf dem Sand, so daß es uns mehrmals um die eigene Achse wirbelte und die Maschine mit einer Flügelspitze schief im Wasser stehenblieb.

Wir kletterten aus dem Cockpit. Zuerst ich, dann Stephen. Er mußte sich sofort setzen, er zitterte am ganzen Körper. »This was my worst landing«, und es spielte keine Rolle, daß er jetzt ebenfalls auf englisch stotterte. Ich ließ mich neben ihn in den Sand fallen.

Ein sanfter Wind. Die Abendhitze. Das einfache Rascheln der Palmen. Das Meer tat, als hätte es schon wieder alles vergessen. Was aus der Luft wie eine zerbrochene Eierschale aussah, war tatsächlich der Rumpf eines Segelschiffs. Zumindest der hintere Teil davon. Das Heck war noch ganz, es fehlten ein oder zwei Lettern. Heimathafen Isla Bo, was mir überhaupt nichts sagte. Sonst war nicht viel übriggeblieben. Der Mast zeigte schief nach oben, die Drahtseile hingen wie Spinnenbeine herunter, die Windfahne führte noch immer winzige Bewegungen aus. Fetzen von Segeltüchern in den Palmen. Der Steg war abgebrochen. Pfähle trieben im Wasser. Allerlei Schwemmaterial auf dem Strand – Taue, Baumstümpfe. Mein Pilot sagte nichts. Er weigerte sich aufzustehen. Er war jetzt einfach froh, daß er noch am Leben war.

Ich stapfte allein den Strand entlang zu dem Haus, das ich schon aus der Luft gesehen hatte. Ich weiß nicht, was ich suchte, es waren wenige Meter, die mir endlos vorkamen, und je näher ich kam, desto offensichtlicher wurde es, daß dies kein Haus mehr war, sondern eine Ruine, ein zerschlagenes

Gemäuer ohne Dach, aus dem ein entwurzelter Baumstamm ragte, Geäst.

Dann, plötzlich, blieb ich stehen.

Es mußte sich um Stunden gehandelt haben. Die Körper waren nicht mehr warm, aber noch hatten sie keine Insekten angezogen. Es sah aus, als schliefen sie. Rechts Josephine, links ein Mann, der mir auf seltsame Weise bekannt vorkam. Noch fehlte das Wächserne, das Harte, das Endgültige auf ihren Gesichtern. Sie lagen nebeneinander, nicht wie ein Liebespaar, sondern eher wie Kollegen in einem Massenlager, parallel ausgerichtet und etwa einen Fuß weit voneinander getrennt. Josephines Arme – es fiel mir erst jetzt wieder auf, wie lang und dünn ihre Arme waren – lagen neben ihrem Körper. Er hingegen hatte seine Arme hochgeworfen, der eine lag quer über dem Bauch, der andere war abgewinkelt und zeigte vom Körper weg. Er trug einen abgewetzten Anzug, wie er vor etwa drei Jahren in Bankenkreisen Mode war: anthrazit mit feinen Nadelstreifen. Aus der Westentasche hing der Bügel einer Lesebrille (Cardin), er hatte sie so eingesteckt, wie ich sie immer einstecke, ohne Etui. Sein Gesicht war meinem nicht unähnlich: die schweren, klar gezeichneten Augenbrauen, die langen Wimpern, die etwas fliehende Stirn, die schmalen Lippen, überhaupt das fast vollständige Fehlen der oberen Lippe, das spitze Kinn, eine Falte, die etwas unschön über die Stirn lief – daher ein Ausdruck, als denke er noch im Tod. Ich suchte nach Namen, aber es wollte mir nicht einfallen, wer er hätte sein können. Dabei kannte ich ihn ganz bestimmt.

Josephines Gesicht war nicht anders, als ich sie kannte, nur heller, weißer, irgendwie bestimmter, härter, ohne Melancholie.

Das Meer war jetzt ganz still.

Daneben ein Holzkreuz, provisorisch, aus ungehobelten Balken zusammengezimmert ohne Inschrift.

Eine seltsame Symbolik, fand ich.

Ich rührte mich kaum. Ich hatte, wie gesagt, das Gefühl, als könnten sie jeden Moment erwachen und aufstehen. Einmal, als ein Palmblatt auf sein Gesicht fiel, zuckte ich zusammen und war einen Augenblick bis in die Knie gelähmt.

Unmöglich, das, was ich sah, mit meinen Erinnerungen in Einklang zu bringen. Ich redete mir ein, daß die Ähnlichkeit mit Josephine Hofmann rein zufällig war. Zufall: ihr Körper, ihre schlangenhaften Arme, ihr Kleid – es war jenes, das sie am Literaturabend getragen hatte –, ihre Uhr – eine Donna Karan, die mir ebenfalls bekannt vorkam –, ihre leicht und spöttisch geknickten Augenbrauen, ihre Ohren, das Haar. Selbst ihre Brille war Zufall. Und ich setzte alles daran, mir einzureden, daß auch die Ähnlichkeit des Mannes mit mir reiner Zufall war.

Ich war entschlossen, wegzufliegen, diese Insel so schnell wie möglich zu verlassen. Ich hatte Angst, Spuren zu hinterlassen, die mit dem, was hier geschehen war, in Verbindung gebracht werden könnten. Nein, ich kannte die Toten nicht! Ich hatte sie nicht gesucht. Sie gingen mich nichts an. Ich machte die paar Schritte zurück an den Strand, zog die Schuhe aus und krempelte die Hosen bis zu den Knien hinauf. So stand ich eine Weile im Wasser, die Wellen kamen bis zur Gürtellinie herauf, neben meinen Füßen lag das Gehäuse einer Meeresschnecke, so schlingernd wie meine Beine, unbelebt, aber sehr schön, ich ging noch einige Schritte weiter hinein, bis ich ganz im Wasser schwamm, ich hätte die Kleider ausziehen können, aber es hätte mir nicht zugestanden, mich nackt zwei Toten zu zeigen.

In niedriger Höhe flog ein Vogel den Strand entlang, er war schwarz, nicht pechschwarz, eher mattschwarz wie Josephines Haar, er zog hin und her, machte an einem Ende kehrt und schoß gleich wieder zurück wie das Schiffchen eines Webstuhls, er störte mich, ich weiß nicht, warum, ich fühlte mich von ihm beobachtet.

Wunsch, mit einem einzigen Strich alles auszulöschen.

Wunsch, nicht zu existieren.

Ich stapfte noch einmal zurück. Ich riß ihre Bluse auf, auch sein Hemd, so daß die Knöpfe flogen, ich redete sie laut an, ich schrie, ich packte sie an den Schultern, nahm ihren Kopf in meine Hände, hielt ihn fest wie in einem Schraubstock, diesen Kopf, den ich noch nie so richtig als Schädel gespürt hatte, jetzt hielt ich Knochenmaterial in den Händen, ich redete den Sand an.

»Sie fliegen zurück. Ich bleibe hier«, befahl ich dem Piloten. Ich gab ihm alles Bargeld, das ich hatte, schrieb, falls es nicht reichen sollte, die Kreditkartennummer samt Ablaufdatum auf meine Visitenkarte. »Hier. Starten Sie, bevor es Nacht wird.«

»Und Sie?«

»Ich bleibe hier.«

»Kein Wasser weit und breit.«

»Ich weiß schon, was ich zu tun habe.«

»Sie sind wahnsinnig.«

»Meinetwegen.«

»Kommen Sie, ich nehme Sie wenigstens bis nach Nassau mit.«

»Guten Flug, junger Mann.« Ich winkte demonstrativ.

Ich half ihm, die Cessna aus den Sandlöchern zu stoßen. Ich glaube, er war froh, daß ich ihn ziehen ließ. Spätestens morgen mittag würde man ihn in Teterboro, New Jersey, zurück erwarten. Auch war er wohl erleichtert, daß er allein starten durfte, ohne das Gewicht einer zusätzlichen Person. Der Wind wehte von der gegenüberliegenden Seite des Strandes. Der Sand war erstaunlich hart, beinahe pistenhart. Wir rissen alles aus der Maschine, was irgendwie überflüssig war, um das Abfluggewicht zu reduzieren – die Ölkanister, die Notwerkzeuge, das Schlauchboot, die Schwimmwesten, den zweiten Sitz, den zweiten Kopfhörer.

Von dem, was ich gesehen hatte, sagte ich kein Wort.

Der Motor sprang sofort an.

Aus reinem Übermut stülpte ich mir den Kopfhörer über, nahm zwei abgebrochene Äste in die Hände, stand vor der Cessna und winkte, wie man einem Airbus zum Start winkt. FOLLOW ME.

Das Dröhnen des Motors. Die Propeller, die man sieht und durch die man sieht, ich stand wie gefangen vor der Maschine. Sie zitterte leicht im Wind hin und her.

Vollgasprobe.

Die Propeller wirbelten eine Sandfontäne auf.

Ich weiß nicht, warum mir plötzlich einfiel, einen Kündigungsbrief zu schreiben. Auf einmal war es wichtig, die Form zu wahren. Ich pflanzte mich direkt vor dem Propeller auf, was fahrlässig war, ich spürte den Sog der Luft, der in die blitzende Propellerscheibe hineinströmte, ich warf meine Arme hoch, winkte, aber er sah mich nicht. Ich pochte seitlich ans Cockpitfenster. Stephen war mit den Instrumenten beschäftigt, mit dem Höhenmesser und den Kompaßeinstellungen, er trug diese dicken, schallvernichtenden Kopfhörer, er drückte selbstverloren an seinen Knöpfen und Schaltern herum. Ich schlug nochmals ans Fenster. Endlich bemerkte er mich. Er öffnete. Ich bat um einen Kugelschreiber und ein Blatt Papier, aber statt Papier reichte er mir die Flugkarte. Der Propellerwind riß sie mir beinahe aus der Hand. Er verstand mich kaum in diesem Lärm.

»Machen Sie schnell«, rief er mir zu, »ich habe kein Benzin zu verschenken!«

Ich stellte mich mit dem Rücken zum Wind, zum künstlichen Standsturm, strich die Rückseite der Flugkarte mit den Ellbogen auf dem Schwanzruder glatt, beugte mich mit dem ganzen Körper wie ein Architekt über den aufgespannten Bogen und schrieb:

»Sehr geehrter Herr Sievers, sehr geehrte Herren des Aufsichtsrates. Hiermit kündige ich. Mit sofortiger Wirkung trete ich von allen Positionen zurück. Ich bedanke mich für das während zwanzig Jahren entgegengebrachte Vertrauen. Mein Entschluß, anders mit dem Leben umzugehen, kommt selbst für mich überraschend, und noch ist alles sehr unklar, was geschehen ist und was geschehen wird. Aber ich bin bereit, mich in dieses neue Wasser zu stürzen. Ich danke für Ihr Verständnis. Grüßen Sie alle herzlich von mir.

Ihr Philip Himmelreich

P.S. Was meinen Jahresbonus, das aufgelaufene Salär und die Pensionskasse betrifft (zusammen schätzungsweise 5 Millionen Franken), so bitte ich, dieses Geld in Zwanzigernoten an einem windigen Tag unangekündigt vom Turm des Zürcher Großmünsters zu werfen.

P. S. Ich bitte Sie eindringlich, diesem Wunsch Folge zu leisten.«

»Hier, nehmen Sie das, und schicken Sie es meiner Sekretärin. Sie weiß dann schon, was damit zu machen ist.«

Ich faltete die Karte zusammen und drückte sie ihm in die Hand. »Guten Flug!«

Die Maschine dröhnte.

Wie ein vorsichtiges Tier begann sie auf dem Sand zu rollen. Die drei winzigen Reifen kämpften gegen Sandhügel. Die Propeller schleuderten Berge von Sand nach hinten, es sah aus wie eine kleine Windhose, die sich den Strand entlangwälzte. Immer kleiner wurde die Maschine, sie wackelte, schließlich hüpfte sie. Auf dem letzten Meter hob sie ab. Sie drehte eine weite Kurve über das Meer, dann stieg sie in einem flachen Winkel, ganz vorsichtig, und schrumpfte zu einem Würmchen. Ihr Rumpf blitzte im Licht der untergehenden Sonne. Ich schaute ihr noch nach, als sie schon lange verschwunden war.

Jetzt stand ich da, barfuß, und wirbelte mit beiden Händen den Sand aus dem Haar.

Ohne Wasser würde ich höchstens drei, vier Tage überleben, das wußte ich natürlich auch. Auf einmal empfand ich es als schönen Gedanken: Einfach sterben. Aufhören. Daliegen und ein letztes Mal ausatmen. Eingehen in den Staub. Hoffnung auf Seele, die überlebt.

Mein Entschluß, sie am folgenden Tag zu bestatten.

Ich stapfte noch einmal zurück. Eine Hochzeit im Grab, so machte es den Eindruck. An Josephines Schädel, knapp über dem rechten Ohr, klebte vertrocknetes Blut, an verschiedenen Stellen war das Haar zerzaust und legte Schrammen bloß. Sein Gesicht, wie gesagt, nicht ohne Ähnlichkeit mit meinem eigenen. Seine zu Schlitzen geöffneten Augen, so als müßte er noch im Tod ganz fest nachdenken, seine gut gezeichneten Augenbrauen, die dieses Denken unterstützten, seine Haare – ein langweiliges Hellbraun, farblich zwischen Jauche und Haselnuß –, sein hervorstehendes Kinn. Den kleinen Finger der linken Hand, eigentlich nur sein vorderstes Glied, mußte er irgendwo verloren haben, bei einem Unfall vermutlich. Seine Uhr – eine IWC Portugieser Chrono-Automatic Special Edition – war exakt das gleiche Modell, wie ich es trug, selbst das Lederarmband (Shark Skin Anthrazit) war das gleiche. Seine Papiere wiesen ihn als Philip Himmel-reich aus, und ich fragte mich, woher zum Teufel er meinen Ausweis hatte.

Ich legte mich in den Sand und schaufelte mir ein Kopfkissen. Ab und zu das Geheul eines Hundes, vermutete ich, keine Ahnung, was es sonst hätte sein können. Eine Explosion von Licht, eine Glut, und ich dachte: Schaut sie euch an, diese Sterne, es wird eure letzte Nacht sein, ihr zwei, eure letzte Nacht im Freien, Hand in Hand.

Die Bestattung am anderen Morgen.

4

Heute war ich noch ein letztes Mal im Büro. Park Avenue. Auf dem Schreibtisch lag der Arbeitsvertrag für die Position als Konzernchef (»The Company hereby employs the Employee, and the Employee hereby accepts such employment, subject to the terms and conditions hereinafter set forth... The Employee is engaged by the Company as Global Chief Executive Officer starting January 1...«), unterschrieben M. Sievers, Präsident des Aufsichtsrates, gelb markiert das offene Feld für meine Unterschrift. Ich sollte es mir doch nach meiner Rückkehr aus Cancun noch einmal überlegen, richtete mir Mimi aus, indem sie die Anrufe der letzten Tage aus dem Zürcher Headquarter sinngemäß wiedergab. Ob sie denn meine Kündigung nicht erreicht habe, fragte ich Mimi. Doch, natürlich habe sie die Notiz auf der Flugkarte gleich in die Schweiz gefaxt, aber dort hätten sie nur gelacht und den Jux als vortrefflich gelobt. Erst als sie geschworen habe, daß ich tatsächlich seit über einer Woche verschwunden war, hätten sie sie gebeten, die Karte sofort im Original zu schicken, was sie dann auch per FedEx erledigt habe. Noch am gleichen Tag kam dann dieser Vertrag – sie verstehe auch nicht.

»Mimi, ich war nicht in Cancun.«

Ihr Blick, als hätte ich sie soeben betrogen.

Ich erklärte.

Wenn man zum ersten Mal unter Wasser seine Augen öffnet – einen solchen Blick hatte sie.

Ob ich die Stelle als Konzernchef jetzt trotzdem annähme, wollte sie wissen. Sie hoffe es jedenfalls – vielleicht dürfe sie dann meine persönliche Sekretärin in Zürich sein, sie hätte schon so viel Schönes von Zürich gehört.

Ich faltete den Arbeitsvertrag zusammen und steckte ihn in mein Jackett.

Ich umarmte sie – ein für mich ganz fremdes Verhalten, was sie in seiner Ungewöhnlichkeit als Zusage für den Job in Zürich deuten mußte, denn sie funkelte mit ihren Augen, stellte sich auf die Fußspitzen und verpaßte mir ganz spontan einen Kuß auf die Wange, wenn auch einen ganz trockenen, preßte aber vor Scham dann gleich den Handrücken auf ihre Lippen.

»I am sorry«, sagte sie, »I am so sorry.«

Vielleicht war sie einfach froh, daß ich noch am Leben war.

»I love you.« Ich sagte es so, wie es die Amerikaner meinen: als ungefährliche Sympathiekundgebung. Ich fand Mimi in diesem Moment wirklich sehr süß. Dann verließ ich das Büro.

Ich schlenderte durch New York, als wäre es der letzte Tag überhaupt. Ich schlenderte am Spital vorbei, wo ich schon am Morgen gewesen war, ich schlenderte einfach weiter. Der Arbeitsvertrag in meiner Jacke, der Himmel orangerot, das Gekreisch von Möwen. Das Glucksen des Hudson. In Zeitlupe eine Handvoll Schlepper, deren Wellenbahnen sich kreuzten. Positionslampen grün und rot. Damit hätte man mit etwas Übung ihre Richtung bestimmen können, selbst bei mondloser Nacht. Später: der Himmel violett mit einem Stich ins Sirupgrün. Der Hudson in derselben Farbe; die ganze Stadt. Öllachen um Pfähle herum. Die Ausflugsboote festgetaut. Die Eiscremeverkäufer längst verschwunden. Eine kühle Luft vom Meer her machte die Bay unruhig. Möwen im Zickzackkurs. Das Knacken der wuchtigen Taue, dann Stille, dann wieder das hämmernde Knacken. Holzpfähle im Wasser, auf denen Möwen hocken und in den Wind starren. New Jersey jenseits des Ufers – dort beginnt der Westen, aus dem dieses Land gemacht ist.

Daß ich es war, der dort tot am Strand gelegen hatte, daß dieser Mann im ausgedienten Nadelstreifenanzug, der in allen Zügen mir glich, ja sogar meine Uhr, meine Lesebrille und meine Ausweise bei sich trug, ich selbst gewesen sein mußte – ich konnte es noch immer nicht verstehen. Wie fassen, was unfaßbar ist, daß man sich selbst als einem Toten begegnet, als Mensch, der einem bis aufs Haar gleicht, der jedoch aufgehört hat zu sein? Kein Doppelgänger, sondern ein und derselbe. Kann es möglich sein, daß eine Existenz sich an Punkten wichtiger Entscheidungen gabelt und als zwei Entwürfe munter weiterentwickelt, ohne daß der eine vom anderen weiß? Ist es denkbar, daß jede Entscheidung immer auch ihr Gegenteil enthält? Daß ich die New-York-Maschine bestiegen und nicht bestiegen habe? Daß immer alles ist, immer alles zugleich ist, das Ja und das Nein, nur daß wir die Wirklichkeit niemals in ihrer Gesamtheit zu sehen kriegen, sondern ausschließlich durch einen fadendünnen Schlitz?

Aber was mich noch viel mehr beschäftigte, was mich schmerzte und quälte, so daß es mir den ganzen Körper zusammenzog: daß Josephine tot war. Ich hätte alles darum gegeben, weinen zu können, aber statt dessen hörte ich einen Augenblick lang einfach auf zu funktionieren, ja auch die Welt um mich herum hörte auf zu existieren, alles war ganz still und hell und weiß, alles schien auf eine eigenartige Weise zu schweben, dabei war ich ja bloß stehengeblieben, um nachzudenken... Ihre Brüste sind klein, aber schwer wie volle Cappuccinotäßchen, sie liegen tief, was mich nicht stört, im Gegenteil, ich finde sie aufreizend, gerade in Proportion zu ihrem sehr schlanken Körper. Ihr Haar ist schwarz, aber nicht pechschwarz, und wollte man es malen, so wäre man gezwungen, etwas Weiß beizumischen. Wenn sie den Kopf dreht, dann schwingen die Spitzen wie ein Jahrmarktkarussell über ihre Schultern. Irgendwie ist alles etwas anders, und doch paßt alles zusammen. Eine Handanfertigung, dieser Körper. Gott hatte entweder einen Anflug von Genie, oder er war betrunken, als er diese Frau geschaffen hat. Ich stelle mir Josephine in der wilden Natur vor und sehe einen Löwen, der sie verschlingt... Ich mußte mitten auf einer Straßenkreuzung stehengeblieben sein, denn plötzlich brauste eine Autokolonne auf mich zu, lärmte, hupte, stoppte quietschend vor mir und ließ mich wie einen Verletzten über die Straße humpeln. Ich krallte mich an der ersten Fußgängerampel fest, die ich greifen konnte, ich umarmte sie, als wäre sie eine Frau.

Es war weit nach Mitternacht. Ich stand auf dem Balkon meines Apartments, Hände in den Hosentaschen, und beobachtete die Lichter, kriechende, manchmal huschende Lichter, durch die Spur getrennt in Rot und Weiß. Licht, wahllos über Wolkenkratzer verspritzt. Eine Stadt ohne Sinn für Tageszeiten. Müllabfuhr um drei Uhr morgens. Das Aufbrausen des Motors, wenn der Müll zusammengepreßt wird. Die Männer schleppen die nächsten Säcke an und lesen zusammen, was sonst noch herumliegt. Sobald der Müllrachen wieder frei ist: hinein in hohem Bogen, selbst wenn es Metallstücke sind, scheppernde, Auspuffrohre oder Pfannen. Wie der Rachen eines Löwen. Weg mit der ganzen Vergangenheit.

Das große menschliche Bedürfnis nach Abschluß, nach einem Leben, aufgeteilt in Sinfoniesätze, in Kapitel, die für sich selbst stehen. Damit verbunden der Wunsch nach Auferstehung, als fordere jeder Lebensabschnitt seine eigene Geburt, seine eigene Taufe, seinen eigenen Höhepunkt, seinen eigenen Grabstein. Wie dieses New York zum Abschluß bringen? Wie New York beenden, so daß es für sich selbst steht, abgeschlossen, ohne Möglichkeit, die Zukunft zu verseuchen?

Ich verbrachte insgesamt vier Tage und vier Nächte auf jener Insel. In den Trümmern fand ich eine Schaufel. Das Grab war schnell ausgehoben. Ich bettete die beiden Toten – Josephine und mich – hinein und deckte sie mit Sand zu. Ich ließ sie in ihren Kleidern. Ich weiß auch nicht, weshalb ich dem Mann sogar noch die Krawatte festzog. Ich begrub sie mitsamt ihren Ausweisen.

Als ich die letzte Schaufel Sand darüberstreute, vernahm ich von irgendwoher ein Wimmern. Zuerst dachte ich an ein Tier, an einen verendenden Hund, der vielleicht unter den eingestürzten Mauern eingeschlossen war. Es war ein Geräusch, wie ich es noch nie gehört hatte. Ich stand, auf die Schaufel gestützt, und horchte. Doch so wie es gekommen war, war es wieder verstummt. Dann begann es erneut. Ich hatte Mühe, die Richtung zu orten. Vielleicht lag es am Wind, diese Unstetigkeit. Einmal hörte ich ein Knacksen im Gebüsch. Vielleicht eine Echse, redete ich mir ein, der Brunftruf eines Iguanas. Vermutlich war es nur der Wind. Natürlich war es idiotisch, anzunehmen, Echsen würden sich zum Paaren rufen, aber ich war zum Umfallen müde, die Sonne stand schon wieder unsäglich hoch und versengte alles Leben auf dieser Insel. Ich legte mich in den Schatten einer Palme. Das Gewimmer gab keine Ruhe. Ich stand erneut auf und suchte. Auf einmal fand ich mich vor einer Garbe sorgfältig ge- büschelter Palmenblätter.

Ich schob sie mit dem Fuß zur Seite.

Es gibt Bilder, Eindrücke, die man ein Leben lang mit sich herumträgt. Man trägt sie herum wie Steine im Kopf. Bilder, die sich zuvorderst ins Bewußtsein eingebrannt haben. Sie sind nicht zu tilgen, weder durch Zeit noch durch Absicht, sie können höchstens durch noch stärkere, noch schrecklichere Bilder überschrieben werden. Eigentlich sind es nicht Bilder, es sind Schmerzen.

Da lag es.

Ein Kind, nackt, ein Winzling.

Es lag auf ein Kissen gebettet in diesem Loch. Uringeruch. Ich war wie betäubt, wie jemand, der Zeuge eines Unfalls ist, einen erschrockenen Blick auf die Blutlache wirft und dann weitergeht, ohne etwas abbekommen zu haben, aber ich ging nicht weiter, sondern blieb in der Hocke vor diesem Grab sitzen, ungläubig, daß das, was ich hier zu sehen bekam, auch nur das geringste mit der sogenannten Wirklichkeit zu tun hatte. Ich zog es an seinen Armen heraus. Sie fühlten sich tot an, und als ich den winzigen Körper an meiner Brust festhielt, fielen die Arme gleich wieder herunter. Ich lief zum Meer, wo ich das Kind ins Wasser tauchte, um den erhitzten Körper abzukühlen, um den Sand wegzuwaschen, den zur Kruste vertrockneten Speichel, den Kot, ich lief zu den Ruinen, wo ich am Tag zuvor Wasserflaschen gesehen hatte. Ich schüttete das Trinkwasser über seinen Kopf. Ich sperrte den Mund mit meinen Fingern auf und schüttete Wasser in diese winzige Öffnung hinein. Ich wußte nicht, was ich tun sollte, ich wollte Wasser und Luft und Leben in diesen kleinen, nackten Körper pumpen. Sein Puls raste, gehetzt wie ein Tier unmittelbar vor dem Zusammenbruch. Ich versuchte, die Zeit anzuhalten, die mit jeder Sekunde das Leben aus diesem Wesen riß.

Ich wußte nicht, woher dieses Kind kam, was es bedeutete, ich verstand überhaupt nichts mehr. Meine ganze Aufmerksamkeit war ausschließlich darauf ausgerichtet, die Mechanik dieses Körpers in Gang zu halten. Gegen Abend stabilisierte sich der Puls. Das heißt, er war nach wie vor unstet, aber die Phasen der Raserei waren abgeklungen. Die Atmung war einem Hundehecheln ähnlicher als einem geregelten Ein- und Ausströmen von Luft, aber auch dieses jagende Röcheln legte sich allmählich und ging in Atmung über. Nur das heftige Fieber wollte nicht abklingen – und mit dem Fieber die Schweißausbrüche.

Ich sah, daß es ein Mädchen war. Es fiel mir erst jetzt auf.

Es kam die Nacht – die zweite auf dieser Insel – und mit der Nacht die Kühle. Die Sterne kochten am blauen Himmel. Ich bekam kein Auge zu. Jedesmal, wenn sich der winzige Körper regte, fuhr ich hoch und flößte Wasser ein. Meine andere Hand ließ die Wasserflasche die ganze Nacht über nicht los.

Am nächsten Morgen nannte ich sie Lily – ihr Name kam wie ein Befehl über mich. Ich konnte dieses Geschöpf nicht namenlos leiden sehen, ich weiß nicht, warum Lily, ich glaube, es war dieser Raphael, der mir von einer Lily erzählt hatte.

Dann wieder die blaue, elektrische Hitze über dem Meer.

Was konnte ich anderes tun, als ihr Wasser einzuflößen, ihr Gesicht zu kühlen, es mit Trinkwasser zu besprenkeln, den ganzen Tag. Wie konnte ein Kind, das schon den Tod gesehen hatte, so am Leben hängen? Wie konnte es mit so einer Kraft und Ausdauer das Regime des Lebens an sich zurückreißen, das in der brütenden Hitze untergegangen war? Ich ernährte Lily mit Brot, das über die ganze Insel verstreut war, man hätte hundert Körbe damit füllen können, keine Ahnung, woher es kam, Semmeln wie Pilze im Sand, ich kaute es in meinem Mund vor, rieb es zwischen den Fingern zu kleinen Kügelchen, die ich in ihren Mund legte und mit Wasser hinunterspülte. Sie schrie kaum. Ihr Atem, so schien mir, war jetzt regelmäßig, ebenso der Puls. Ich bettete sie auf Decken, die ich in den Trümmern fand, spannte ein Leintuch darüber, machte es an den Stämmen der Palmen fest und setzte mich zu ihr in den Schatten. Ihre Augen waren sehr dunkel und sehr groß. Zum Zeitvertreib grub ich mit den Zehen im Sand.

Dann wieder die Nacht. Das Blinken der Marina von Staniel Cay. Jedes Mal, wenn ich dieses einsame orange Licht sah, nahm ich mir vor, am nächsten Morgen hinüberzuschwimmen, um Hilfe zu holen, doch sobald die Sonne wieder da war, schrumpfte Staniel zu einer unerreichbaren Hoffnung. Fünf Kilometer, das würde ich niemals schaffen. Selbst ohne Strömung, die mich rücksichtslos in den Atlantik hinausgetrieben hätte – von den Haien ganz abgesehen.

Am dritten Tag ging das Trinkwasser zur Neige. Die einzige noch intakte Wasserflasche, die ich in den Trümmern der Backstube – es war tatsächlich eine Backstube, genau wie es dieser Raphael gesagt hatte – finden konnte, legte ich für Lily zur Seite. Alle anderen Flaschen waren zerschlagen, auch der 200-Gallonen-Trinkwassercontainer, der offenbar eine Brotproduktion gespeist hatte, war ausgelaufen. In der Zisterne lagen Äste, Blätter und Sand.

Sobald der Tag da war, war auch die Sonne wieder da, und mit ihr die höllische Hitze. Dazu die Libellen, die wie ferngesteuerte Spionagedrohnen kreuz und quer über die Insel zogen, ab und zu direkt vor meinem Gesicht stehenblieben, reglos. Wenn ich sie mit der Hand zu vertreiben suchte, wichen sie bloß ein paar Zentimeter aus, um sich gleich wieder in die Luft zu stellen. Manchmal standen vier, fünf Libellen gleichzeitig vor mir. Ihre Augen wie Knöpfe, die ihrerseits wiederum aus tausend Augen bestanden.

Einmal ein Segelboot, das schätzungsweise eine Meile entfernt nach Norden zog. Ich lag im Schatten neben Lily, als ich das weiße Segel jenseits des Riffs erblickte. Ich riß das Leintuch vom Baum, rannte zur Küste, schwenkte das Tuch hin und her, fuchtelte mit den Armen, sprang in die Luft, schrie, schrie mir die Kehle aus dem Leib, versuchte Feuer zu machen, vergeblich, weder Streichhölzer noch Kleinholz waren zu finden. Ich schrie, meine Hände zum Trichter geballt, Richtung Horizont, während das Segelboot lautlos vorbeizog und allmählich verschwand. Dann hielt ich sie wieder stundenlang einfach in meinen Armen, auf ein Wunder hoffend.

Ich weiß nicht, weshalb ich nicht früher auf die Idee gekommen bin. Wir hatten ja ein Schlauchboot, jenes, das wir aus der Cessna gerissen hatten, es lag dort, als gepreßtes Paket im Sand, zusammen mit dem zweiten Flugzeugsitz, den Schwimmwesten, den Motorenölkanistern und dem restlichen Gerümpel. Ich riß an der roten Leine. Mit einem Zisch lag es bereit. Zwei Ruder aus dünnem Kunststoff befanden sich darin, die nur noch zusammengeschraubt werden mußten.

Minuten später stießen wir – der Bankdirektor und sein Findelkind – von der Insel ab und paddelten Richtung Staniel.

Ich versuchte an verschiedenen Stellen, das Riff, das die Insel umschloß, zu durchbrechen. Die Wellen, die vom Atlantik her anstürmten und auf den Korallensteinen zerbarsten, waren mächtige Walzen, mannshohe Wasserwände voller Gischt. Wann immer ich mit Schwung eine Welle zu überlisten versuchte, folgte auf die ruhige Phase eine um so mächtigere Wellenbank, die uns sogleich wieder zurückwarf. Manchmal waren sie so mächtig, daß sie das Schlauchboot beinahe umgekippt und uns zwischen Wasser und Riff zermalmt hätten. Nach zwei Stunden waren wir noch immer nicht über diese Maginot-Linie hinweggekommen, wir schaukelten und drehten, erbärmlich wie ein Papierschiffchen in einem Flußwirbel, dazu die Sonne, die gnadenlos auf uns niederbrannte. Erschöpft ließ ich die Ruder fallen. Lily schlief, so schien es, oder war schon tot, ich wollte nicht daran denken, was in diesem Körper vor sich gehen mußte.

Als ich erwachte, befanden wir uns auf der anderen Seite der Insel. Aus einiger Distanz zu sehen: die Palmen, die wie Härchen aus dem einsamen Sandstrich stießen, der zerbrochene Segelbootrumpf, die Ruine. Die Strömung mußte uns über den Riffgürtel getragen haben. Das Tosen der Riffs jetzt als tiefes, dumpfes, fernes Grollen. Staniel war entfernter denn je. Die Sonne brannte mit einer gnadenlosen Unerbittlichkeit. Manchmal hatte ich Angst, sie würde das Schlauchboot zum Zerplatzen bringen, so glühend heiß war das gelbe Plastikgummi. Pausenlos zerrten die Wellen an unserem Boot. Paddeln sinnlos. Die Strömung, der Wind, alles war jetzt gegen uns. Mir blieb nichts anderes übrig, als Lily Schatten zu spenden, mich so über sie zu beugen, daß sie möglichst von der Sonne verschont blieb. Ich wußte nicht, ob sie noch atmete. Ich wußte es nicht einmal von mir selbst.

Es mußte am folgenden Morgen geschehen sein, daß uns ein Patrouillenschiff der amerikanischen Küstenwache fand. Plötzlich ging alles sehr schnell. Ein Helikopter flog uns zur Basis in Andros Town, Bahamas, und von dort aus weiter nach Miami. Nach zwei Tagen wurde ich aus dem Spital entlassen, und Lilys Zustand war stabil genug, um sie nach New York zu transportieren – Lower Manhattan Community Hospital, wo sie mich schon kannten.

5

Heute meint der Arzt, es könne noch drei Wochen dauern, bis Lily entlassen würde. Eine Entzündung der Herzklappen durch Rheumatisches Fieber (sogenannte bakterielle Endokarditis), ausgelöst durch die klimatischen Bedingungen, durch die zwei Tage als Totgeglaubte in der Grube – in ihrem Grab –, durch die Höllenqual der Hitze, den Mangel an Flüssigkeit, nichts Unkorrigierbares, eine unter solchen Umständen fast schon normale Entzündung. Daher ihr rasender Puls und das Fieber vor und während der Bergung. Operiert werden müsse nur dann, wenn sich der Zerstörungsprozeß der Herzklappe nicht durch Medikamente aufhalten läßt. Hier nicht der Fall, weil in den Händen eines Arztes. Therapie: Antibiotika zuerst als Infusion, dann ambulant für sechs bis vierzehn Monate.

Nur sehr selten soll es zum Tod kommen.

»But then again, probabilities are always theoretical.«

Nach dem Tod von Anna glaube ich ihm kein Wort mehr, Statistik hin oder her.

Ich verlasse das Spital. Auf der gegenüberliegenden Straßenseite drehe ich mich um und schaue noch einmal die Fassade hoch, wo sich mein Blick im Wirrwarr der rostigen Kästen des Air-conditioning verfängt, die wie die Symptome einer Krankheit aus fast jedem Fenster quellen – dann folge ich meinen Schritten, die offenbar wissen, wohin es geht: die 8th Avenue entlang hinunter zur abgerundeten Spitze, wo Manhattan aufhört.

Wie dieses New York zum Abschluß bringen?

Den Arbeitsvertrag, den ich seit gestern mit mir herumtrage – ich ziehe ihn aus dem Jackett, dann werfe ich ihn in den Hudson. Dort bleibt er liegen, schaukelt minutenlang auf und ab und verschwindet unter der Brüstung. Einen Augenblick lang die Hoffnung, eine Möwe würde das Papier herausfischen und mir vor die Füße werfen – ein Zeichen, daß wir füreinander geschaffen sind, die Karriere und ich. Ich tue jetzt alles für ein Zeichen. Ich werfe mein Taschentuch in den Wind – aber dieses bleibt nicht an der Immigrant Statue im Battery Park hängen wie erhofft, sondern flattert durch den Park, über die Straße und wird von einer Limousine überfahren. Gesucht: jemand, der all das ist, was ich nicht bin... Meine Gedanken sind lächerlich. Ich weiß es.

Wie New York zum Abschluß bringen?

Ich hätte mich jetzt gern gespürt, meinen Körper, meine Anwesenheit, und sei es nur durch kalte Füße oder einen Schweißausbruch. Aber ich spüre nichts. Ab und zu Wind im Gesicht, aber das könnte Einbildung sein. Nur mein Denken ist da. Die vorbeiziehende Möwe ist nicht schwarz, sondern weiß. Auf dem Seziertisch aufgespannt sähe sie aus wie ein Segelschiff im Sturm. Als ich mit weichen Knien und am ganzen Körper erschöpft, über das Geländer gebeugt in das Wasser des Hudson starre – etwa an der Stelle, wo man Anna herausgefischt hat –, ein Anruf von Sievers auf meinem Handy. Und dies, obwohl ich mir geschworen habe, mit Ausnahme des Spitals keine Anrufe mehr entgegenzunehmen.

»Sie leben ja noch!« meint er erstaunt und lacht in den Hörer. »Ich dachte schon, Sie seien von Marsmenschen entführt worden.«

Als ich nichts erwidere, auch nicht nach einer Weile, sein Versuch, mich zu bearbeiten: »Also, Himmelreich, geben Sie sich einen Ruck! Das kann jedem mal passieren, daß er den Kopf verliert und in eine Krise abrutscht, völlig normal, aber deswegen doch nicht alles hinschmeißen, besonders nicht bei einer solchen beruflichen Aussicht. Come on.«

»Come on«, er sagt es immer wieder. »Kommen Sie zur Vernunft!«

Ich verweise auf meine schriftliche Kündigung.

»Come on.«

Als er nicht verstehen will, lasse ich das Handy bei laufender Verbindung in den Hudson plumpsen.

Nach drei Wochen kann ich Lily mit nach Hause nehmen. Nach Hause heißt: in die eigene Wohnung, Upper East Side, die schon seit Wochen leer steht. Der Koffer, ein Trolley, steht gepackt an der Tür, nur Rasierapparat und Zahnbürste liegen noch herum, auch ein Wecker. Meine Anzüge bin ich losgeworden – ich habe sie einen nach dem anderen in die Reinigung gebracht und einfach nicht mehr abgeholt. Die Krawatten habe ich an einem besonders windigen Tag aus dem Fenster geworfen. Außer dem Bett sind alle Möbel weg, verschenkt an ein junges Pärchen, Expatriates aus Südafrika, das auf meinem Stockwerk eingezogen ist. Er, neuer Partner bei PricewaterhouseCoopers, arbeitet Tag und Nacht, und sie, ausgebildete Apothekerin, wartet noch auf die amerikanische Arbeitsbewilligung. Beide, erfahre ich, möchten in diesem Land bleiben. Nur unser Bett steht noch da.

Lily, voller Bewegungsdrang, macht sich sofort über das Gepäck her, bis alles kreuz und quer auf dem Wohnzimmerteppich verstreut liegt. Ich schaue ihr zu, wie man einem Haustier zuschaut, das man soeben erworben hat.

Meine – unsere – letzte Nacht in New York.

Ich bin es nicht gewohnt, mit einem Kind zu leben, und das Kind nicht, mit mir. So halten wir uns beide gegenseitig wach, die ganze Nacht.

Es soll schneien, heute, sagt der Portier, als ich am anderen Morgen, hundemüde, über die Straße schlurfe, um irgendwo Babynahrung aufzutreiben – gelber Brei in Gläschen. Auch Windeln, habe ich gemerkt, braucht es. »Der erste Schnee. Machen Sie, daß Sie noch rechtzeitig aus der Stadt kommen, bevor der Schnee den Verkehr zum Erliegen bringt«, warnt er. Seine Hände stecken in den Manteltaschen, und von allen Bewegungen läßt er nur jene der Lippen und der Augen zu.

Am frühen Nachmittag mit dem Taxi hinaus nach Newark, New Jersey. Lily, ihr Blick auf das Foto des Taxifahrers geheftet, ein Schwarzweißgesicht mit starren Augen, ein Verbrecherfoto, darunter die Nummer des Cabs und die 800er Nummer der Stadtverwaltung für Beschwerden. Draußen New Jersey – eine einzige Müllhalde. Drahtzäune markieren die Grenze zwischen ausgeschlachteten Fabrikarealen. Oft sind sie aufgerissen und liegen stückweise im Gras. Äste wachsen aus Mauerlöchern. Fensterscheiben nur noch als Splitter. Öl wie eine zarte Regenbogenhaut über Tümpel gezogen. Die Natur ist nicht zu stoppen. Eine Raffinerie – Öltonnen, Destillierkolonnen, Kamine – alles längst stillgelegt. Alles überwuchert. Schienenstränge ziehen sich über die Sümpfe. Manchmal hören sie einfach auf oder hängen geknickt ins Gras. Ziehbrücken so hoch wie der Himmel, aus einer Zeit, in der Fracht auf Kanäle angewiesen war. Gigantische Zugräder mit Speichen, Flaschenzügen, Stahlseilen. Dazwischen schlängelt sich eine Interstate. In zehntausend Jahren werden Ausgrabungen hier eine Sensation bedeuten.

Newark Airport: Wir sind viel zu früh da. Roll-treppe hoch, per Förderband geradeaus, mit dem Lift hinunter, eine Überführung, dann eine halbe Treppe hoch, die Magnetbahn zum Terminal C, wieder ein Lift, wieder eine Rolltreppe, dann ge-radeaus zum Gate, aber das geht nicht wegen Bau-arbeiten, also um die Absperrungen herum mit der Aufschrift »we apologize for the inconvenience as we improve the airport for you« – alles ist »for you« in diesem Land –, die Absperrungen scheinen sich um den ganzen Flughafen zu ziehen, man geht zwi-schen weißgestrichenen Sperrholzplatten, orien-tierungslos. Lily trage ich in einem Kindersitz auf dem Rücken, der mir von der Verkäuferin der Baby-nahrung heute früh wärmstens empfohlen wurde.

Sicherheitskontrolle. Vor mir der gewaltige Haar-schopf einer Frau. Haare wie Wolle. Ein großer, schlanker, junger Körper. Dem Metalldetektor paßt er nicht. Als ich mein Handgepäck aufs Förderband lege, sehe ich zu, wie der Mann vom Sicherheits-dienst mit einem langen schwarzen Stab um ihren Körper kreist, dann mit Handschuhen ihre Arme und Beine entlangfährt und schließlich mit den Fin-gern in ihren mächtigen Haarschopf eintaucht auf der Suche nach Bomben. Ich meinerseits verlegen, wie man das macht: mit einem Kleinkind durch die

Sicherheitskontrolle. Für einen Augenblick hätte ich Lily beinahe aufs Förderband gelegt, doch der Mann mit dem schwarzen Stab winkt uns beide durch den Metalldetektor und liefert so den Beweis, daß wir zusammen nur ein einziges Sicherheitsrisiko sind.

»Our flight time will be APPROXIMATELY seven hours and 26 minutes.«

New York – Zürich: Abflug mit Verspätung. Wieder einmal. Unerklärlich, weshalb die Flight Attendants vor jedem Flug unermüdlich die Funktion der Sitzgurte demonstrieren. Wer atmen kann, dürfte verstanden haben, wie man sich anschnallt. Trotzdem wird vorgeführt, als würden sie sich selbst vorführen und nicht die Gurte. Lily auf meinem Knie. Dieses warme Bündel Leben. Wenn ich meine Hände um ihr Becken lege, reicht es nicht ganz, sie zu umfassen. Zukunft in meinen Händen. Ein Spezialgurt, an meinem Sitzgurt eingeklinkt, hält Lily fest. Jetzt ist sie es, die mit den Knöpfen der automatischen Sitzsteuerung spielt. Ich schaue zum Fenster hinaus. Wie vom Portier vorhergesagt: die ersten Schneeflocken. Augenblicke später der anbrausende Sturm, Schnee in Schwaden, dicht wie Styropor. Also werden wir zur Enteisung geschickt, wo sie uns mit hellgrünem Schleim bespritzen, man gafft durch die Scheiben hindurch, während der Strahl direkt auf einen zielt, es trommelt an die Scheibe, man gafft und wird nicht naß. Lily streckt dem Strahl die Zunge raus.

Dann der Abflug. Ein Monitor hängt an der Decke und zeigt: Start gegen Westen, also in die falsche Richtung. Das Aufbrausen der Triebwerke. Zuerst nichts als Lärm. Lärm ohne Geschwindigkeit. Nach Sekunden endlich Beschleunigung. Pistenmarkierungen in immer schnelleren Abständen. Auf dem Taxiway neben der Piste stehen Flugzeuge und warten auf ihren Start, aufgereiht wie Muschelstücke auf einer Schnur. Pisten, Lichter, Markierungen. Fahrzeuge mit Kreisellichtern im Schnee. Geflecht aus asphaltierten Streifen, die ein Schneefeld in verschiedenen Winkeln zerschneiden. Bis wann kann ein Start abgebrochen werden? Endlich kippt der Horizont nach unten. Augenblicke später heben wir ab. Zweihundertdreißig Tonnen – eine Zahl, die mir bei jedem Start in den Sinn kommt. Die Kette grüner Lichter markiert das Pistenende. Time to Destination: 7 Hours 25 Minutes. Schnee. Dann Dächer, Häuser – eng und zweistöckig, eigentlich bunt, aber jetzt weißgrau, mit Giebeldächern, aneinandergepreßt, als würden sie sich gegenseitig warm halten. Time to Destination: 7 Hours 24 Minutes. Straßen. Autowracks in den Straßen, Häuserzüge. Ein Stadtteil. Plötzlich Wasser. Netze von Dunst. Industrie wie Sediment. Der Morast hat sich allmählich alles wieder zurückgeholt – die Frachter auf dem Grund, die nur vom Flugzeug aus zu sehen sind, Gerippe von Schiffsstegen, die Pfähle als Punkte im Wasser, in einer Linie. Time to Destination: 7 Hours 20 Minutes. Die Inletts von New Jersey. Flecken von Schnee auf Inseln von Marshland. Hinter dem Schleier die Verazzano Bridge, dann Manhattan. Kindergeschrei irgendwo weit hinten, irgendwo in der Economy Class. Frachter im Hafen. Dann die Linkskurve, was auch der Monitor bestätigt. Die linke Flügelspitze wie ein Messer, das in langsam drehender Bewegung ein beliebiges Quartier aus Brooklyn schneidet. Wieder Marshland. Dann der Anfang von Long Island. Der linealgezogene Strand. Die ersten Häuserreihen, zurückversetzt, in beträchtlichem Abstand zum Atlantik. Die Längs- und Querstraßen rechtwinklig wie in Manhattan. Ab und zu führen Brücken zum Festland hin, dann wird die Insel breiter, wird selbst zu einer Art Festland. Das zuckende Licht der Positionslampen draußen bei der Flügelspitze. Der Lippenstiftstrich auf dem Monitor zeigt die anfängliche 180-Grad-Drehung und jetzt einen geraden Verlauf nach oben rechts. Ich bin erleichtert, daß die Flugrichtung stimmt. Time to Destination: 7 Hours 09 Minutes. Wieder Wolken, diesmal unter den Flügeln, ein aufgelöster Schneesturm, ausgeschneit, Fetzen, die durch die Luft schweben, wie Quallen. Die fesselnde Stille, wenn die Landeklappen und Spoiler endlich eingezogen sind. Die Flight Attendants lösen sich aus den Sitzen. Das Meer ist nicht blau, sondern in der Farbe von nassem Fels. Fasten Seatbelt Sign off. Die Spitze von Long Island, wie sie hinter dem Triebwerk verschwindet. Montauk. Dann nichts als Atlantik.

Flug nach Osten in die Nacht hinein, die vier Stunden dauert. Man liegt in Wolldecken wie ein Kranker. Immer ist die Stewardess da und füllt Wasser nach.

Ich mache kein Auge zu. Lily schläft.

Ich stelle mir vor: unsere Wochen und Monate vor dem Wirbelsturm. Mittlerweile haben wir einen Generator, der genug Strom für eine Klimaanlage, den Kühlschrank und die Backstube liefert. Etwa 80 Baguettes pro Tag, 120 Rolls, 50 Pains au Chocolat, manchmal Käsekuchen und an den Wochenenden Patisserie – entweder Kirschtorte, Cremeschnitte,

Pain de Raisin, je nach Verfügbarkeit von Zutaten. Das ist zwar kein Geschäft, aber es hält uns beschäftigt. Was am schwierigsten aufzutreiben ist: Milch und Sahne. Alles andere – Zucker, Mehl, Hefe – haben wir auf Lager, Anlieferung monatlich mit dem rostigen Postboot nach Staniel Cay (5 Kilometer entfernt), wenn sie's nicht vergessen haben, sonst im nächsten Monat. Eier täglich frisch von unserer eigenen kleinen Hühnerfarm – etwa hundert Hühner in einem Gehege so groß wie ein halbes Fußballfeld.

Wir sind die einzigen Menschen auf dieser winzigen Insel – mit Ausnahme der Segler und Hobbytaucher, die allerdings selten über Nacht bleiben. Wir sind die erste Zivilisation. Adam und Eva. Nur daß es keine Äpfel gibt, die uns verführen könnten, dafür Kokosnüsse. Mit der Zeit lernen wir, sie an einem Korallenfels aufzuschlagen, ohne daß die Milch ausläuft. Kurze Zeit nach unserer Landung Bekanntschaft, dann Freundschaft mit den Bewohnern von Staniel Cay. Es stellt sich heraus, daß unsere Insel der Familie von Joe-Joe gehört, einem untersetzten, kräftig gebauten, einfallsreichen Einheimischen um die 50, einem Schwarzen mit glattrasiertem Schädel, in dessen Gesicht, neben den Schweißperlen, eine Gucci-Sonnenbrille glitzert –

vermutlich Imitat. Seine schneeweißen Zähne, wenn er lacht. Joe-Joe, so nennen ihn hier alle, ist Unternehmer, Bauunternehmer, der die zwei Dutzend arbeitswilligen Männer von Staniel am Sonntagabend mit seinem rostigen Kahn nach Nassau kuttert – fünf Stunden Überfahrt je nach Wellengang – und mit ihnen Freitagnacht wieder zurückfährt. Spezialisierung auf Akkordmaurerei. Das Geschäft läuft gut, meint Joe-Joe, besonders bei so vielen Neubauten in der Hauptstadt.

Die Idee mit der Bäckerei kam einfach so: Mangel an frischem Brot, besonders bei Seglern. Also: keine Tiki-Bar, kein Scuba-Reparatur-Shop, keine Lobsterfischerei und was an konventionellen Ideen sonst noch herumschwirrt, sondern – eine Bäckerei. Jawohl, Bankdirektor Himmelreich als Entrepreneur! Eine Ladung Backsteine, abgezweigt von einem gigantischen Resortneubau auf Nassau, genügen für den Ofen. So kommen wir auch zum Kühlschrank – einem brandneuen ›Frigidaire Gallery‹ –, zum Generator, zum Diesel für den Generator, zur Verkabelung. Als Gegenleistung offerieren wir Joe-Joe und seinen Männern kostenlos Brot für alle Zukunft.

Brot backen ist nicht schwierig. Wie wir es lernen? So wie wir segeln gelernt haben – indem man es tut. Vorrang der Aktion gegenüber der Kontemplation. Probieren statt nachschlagen. Handeln statt fragen. Nach wenigen Wochen des Experimentierens rollen die ersten eßbaren Exemplare aus dem Ofen.

Überhaupt das Kneten. Spiel mit dem Widerstand des Materials. Urform von Tätigkeit. Ich bohre meine Finger in den Teig, hebe ihn aus der Schüssel und schmettere den Klumpen auf den gepuderten Tisch. Mehlwolken. Wuchtig. Genau so. Mit allen neuneinhalb Fingern. Der Teig mit seinem angenehmen Eigensinn.

Ein paar Monate später beschafft uns Joe-Joe, ich will nicht wissen, woher, einen richtigen elektrischen Backofen mit Temperaturkurvenprogrammierung, Nachheizstufe und anderen Schikanen. Das ist der Beginn unserer Patisserie-Produktion. Es spricht sich herum, daß auf dieser Insel »ein Bäcker-Ehepaar« lebt, und so werden wir zur Anlaufstelle von Segelcrews, ja man zeigt uns bereits entsprechende Einträge in Segelhandbüchern: »This adorable bakery, approx. 5 miles north of Staniel Cay, couldn't be a nicer place to spend a long afternoon sipping delicious coffee and tasting unbelievably yummy food. It is operated by the Swiss-German couple Philip and Josephine Himmelreich who landed here after an exhausting transatlantic Odyssee and ›restarted their life‹ in paradise.« Oder, in einem deutschen Segelführer: »Alles, was Philip und Josephine Himmelreich produzieren, schmeckt ausgezeichnet. Dies ist der ideale Ort, an dem Sie Ihre Vorräte an haltbarem Vollkornbrot aufstocken oder sich dem frischen, knusprigen Weißbrot hingeben können, wenn Sie durch die Exumas segeln. Sie werden von der Schönheit dieser kleinen Insel begeistert sein. Philip und Josephine haben den perfekten Ort gefunden – den Himmel auf Erden.«

Josephine betreibt nebenher einen Buchtauschladen, wo die Segler ein Buch mitnehmen können, wenn sie eines der ihren dalassen – take one, leave one. Angefangen mit Ulysses, den niemand mitnehmen wollte, wächst die Bibliothek schnell auf hundert Titel an. Die meisten Segler, besonders jene auf kurzen Segeltörns, lassen mehr Bücher da, als sie mitnehmen. So kommt Josephine zu ihrer Literatur.

Wir sind glücklich.

Ein Jahr nach unserer Landung auf den Bahamas stellt sich heraus, daß Josephine schwanger ist. Wir beschließen: Geburt auf der Insel. Zuerst bin ich dagegen, ich schlage Miami vor, in drei Stunden per Kleinflugzeug zu erreichen – Ärzte, ein Heer von Hebammen, allerlei Apparatur auf dem neuesten Stand. Josephine möchte die Insel nicht verlassen. Auf Staniel Cay höre ich mich um. Natürlich gibt es hier keine Ärzte, kein einziger Arzt auf der ganzen Exuma-Kette, nicht einmal ausgebildete Hebammen, aber wir werden zu einer Frau geführt, die bei den meisten Geburten dabei war, so sagt man uns. Einmal pro Woche kommt sie vorbei, die Bahama-Frau, eine Matrone, deren ganzer Körper, wenn sie lacht, wie Pudding wackelt. Quasseln mit Josephine, es entwickelt sich eine schöne Freundschaft, die beiden schlendern am Strand wie in einem Park, manchmal hört man sie laut herauslachen, selbst aus einiger Entfernung, dieses rußige, über alle Oktaven springende Lachen der Schwarzen, am Abend jeweils tuckert sie wieder zurück nach Staniel. Wir geben ihr Brot mit – den unverkäuflichen Rest unserer Tagesproduktion.

Die Schwangerschaft nicht ohne die üblichen Schwierigkeiten, Sodbrennen, Übelkeit, Rückenschmerzen. Wir bestellen Medikamente. Joe-Joes

Leute organisieren alles innerhalb kürzester Zeit – eine ganze Hotelapotheke schleppen sie an, die sie dem Paradise Island Resort auf Nassau entwendet haben.

Dann die Geburt. Ein Mädchen. Wir taufen sie Lily, und sie wächst in dieses Jahr hinein wie in einen blauen Himmel.

Im darauffolgenden September der Wirbelsturm. Schwarze Bänder am Himmel, schöne, wie aus Lehm geformte, dunkle, edle Walzen. Wir stehen am Strand, Josephine und ich, es ist ein später Nachmittag, und wissen nicht, was diese Wolkenbänder zu bedeuten haben. Sie bleiben fast stehen. Nur wenn man einen Moment lang wegschaut, sieht man, daß sie kriechen. Das Meer liegt da wie ein Spiegel. Nur diese stillen Wolkenbänder und an ihren Unterseiten massige, schwarze Säcke. Dazwischen Sicheln von hellem Himmel. Alles sehr bizarr. Das Blinklicht der Marina von Staniel Cay wie immer.

Ein Funkruf bestätigt: Hurrikan-Warnung. Josephine mit ihrem melancholischen Blick, den ich so liebe, der jetzt aber wirklich nicht hilfreich ist. Ich stehe am Strand, das Funkgerät mal in der einen,

mal in der anderen Hand. Alles still. Alles wie eingeschlafen. Wohin mit uns? Ich erkundige mich,
aber das einzige Flugzeug, eine vierplätzige Cessna
des Marina-Besitzers, habe schon am Morgen Staniel Cay Richtung Miami verlassen.

Keine Zeit, um sentimental zu werden. Wir nageln
unser Haus zu, die Türen, die Fenster. Wir nageln
Bretter auf das Dach zur Verstärkung, falls Bäume
knicken sollten. Ein letzter Blick in die Backstube –
das Mehl in Säcken, das frische Brot in Körben,
die Plastikfolien über den Maschinen ausgerollt,
falls es vom Dach tropfen sollte – dann lösche ich
das Licht und nagle auch dieses Häuschen zu. In
der Nacht kommt der Wind. An Schlaf ist nicht zu
denken. Überall das Knacken und Zerren im Ge-
bälk. Ich lasse das Funkgerät eingeschaltet und höre
Notrufe – ohne Aussicht auf Antwort. Einen Kel-
ler gibt es nicht, und so verbringen wir die Nacht
im Wohnzimmer. Lily in einem Kokon von Wolldecken. Manchmal reißt es an den Mauern, als wäre
ein Panzer dabei, das Haus niederzuwalzen. Das
Trommeln von Regen, das Schütten und Zischen.
Das Heulen des Windes. Zuerst kommt das Wasser
unter dem Türspalt herein. Ein kleines Rinnsal, Augenblicke später von allen Seiten. Plötzlich bricht
ein Stück Dach weg. Dann das ganze Dach. Auf

einmal sitzen wir draußen. Das Fauchen der Palmblätter. Regentropfen wie Geschosse. Wir halten uns gegenseitig fest. Ich höre, wie eine Palme knickt. Bald darauf saust eine weitere Palme auf das Gemäuer nieder. Im Leuchtkegel zu sehen: Äste, Blätter, Baumstrünke, alles in aufgewühlter Bewegung, die zertrümmerte Mauer, ab und zu ein Brett oder eine Pfanne, scheinbar in der Finsternis schwebend, aber vielleicht ist es Einbildung, die horizontale Gischt wie eine Bildstörung. Weit reicht sie nicht, meine Taschenlampe, und was sie zeigt, ist nicht erhellend, ich schalte sie aus, um Batterie zu sparen, dann schalte ich sie wieder ein, dann wieder aus. Die ganze Nacht so. Einmal saust ein Baumstamm auf uns nieder, reißt Sperrholzplatten und ein Büchergestell mit. Ich höre es nur, das Aufschlagen auf dem Wohnzimmertisch. Ich will wissen, ob Josephine noch lebt. Sie sagt kein Wort. Ich kneife sie. Ihr Körper reglos.

Als ich mich am Morgen in der ersten Tageshelle aus der Umarmung löse, meinen Kopf einigermaßen aufrichte, sehe ich: die Mauern unseres Hauses, der Kühlschrank in Trümmern, das Sofa, tropfend und von Geäst übersät, sonst ist alles weg. Das Dach, die Bücher, die Stühle – alles weg. Von der Backstube ist ebenfalls nur noch das Gemäuer vorhanden. Über allem liegt ein Urwald von Blättern, Ästen und Gebüsch. Jetzt regnet es nur noch. Josephine weigert sich zu schauen. Sie hat ihren Körper um Lily geschlungen. Josephines Gesicht in Wolldecken. Ich lege meine Hand auf ihren Rücken und spüre keinen Atem. Ich packe sie an den Schultern und will sie wachrütteln. Ihr Körper ist steif. Ich zerre die Tücher weg, die Wolldecken, alles, worin sie sich eingewickelt hat, ich reiße alles weg, den ganzen verdammten Kokon, bis sie leicht vornübergeneigt dasitzt, in ihrem olivgrünen Frühlingsrock und T-Shirt – als Tote. Lily aus ihren steifen Armen halb auf die Schenkel gerutscht. Auch sie reglos. Die Verletzung an Josephines Hinterkopf, jetzt sichtbar, das Blut, schon teilweise vertrocknet, das von Blut verklebte Haar. Splitter von Palmrinden in ihrem Haar.

Und Lily – ich hebe sie auf, trage sie einfach herum, in meinen Armen, rede mir ein, es wäre nichts geschehen, rede ihr lebloses Gesicht an, ich rede die ganze Zeit laut mit ihr, ich weiß nicht, was ich diesem Kind erzähle. Lily zeigt keine auffallenden Verletzungen, keine Schrammen, Schnittwunden oder Beulen, vielleicht rede ich darum wie zu einer Lebenden, ich erzähle ihr Geschichten vom Meer oder von der Bank, ich weiß nicht, was ich rede.

Einmal glaube ich, daß sie noch lebt, ein Zucken auf ihrer Stirn... Ich hätte mich am liebsten per Knopfdruck von meiner Existenz befreit.

Ich ließ mich in den Sand fallen und krümmte mich um Lilys Körper herum. So blieb ich liegen. Ich weiß nicht, wie lange.

Noch am gleichen Tag beerdigte ich Lily und Josephine.

Für Lily hob ich ein kleines Grab aus, staffierte es mit Kissen aus, bettete den Körper hinein und deckte es mit einer Garbe Palmblättern zu. Ich riß Blütenzweige von einem Lianenstrauch und steckte sie in den Sand. Josephine ließ ich einfach schlafen. Im Sand.

Ich ging zurück zu dem, was einmal unsere Backstube war, um Balken für ein Kreuz zu zimmern.

Am Strand unten: das schlaffe, entfärbte Meer. Große, weiße Scherben, die einmal ein Segelboot waren. Lesbar, was einmal das Heck gewesen sein mußte: NOVA CASA. Das erste A hing verdreht als winziger nach oben geöffneter Trichter. Das V war ganz weg. Trümmer trieben in der Bucht, Holzstücke, ein Stuhl, Bücher, ich fischte eines heraus: ein aufgeweichter Ulysses.

»Staub ist das Fleisch der Zeit. Brodsky – Ufer der Verlorenen.« Ich höre ihre Stimme noch immer. Und immer wieder: »Dann muß ich dich halt entführen.« Vielleicht ist es wahr: die Stimme als das einzige, was es mit dem Tod aufnehmen kann.

Josephine ging einfach so, ohne sich zu verabschieden. Sie ging, wie sie in mein Leben gekommen war.

Da waren die Pillen und Schlafmittel aus dem Hotelmedikamentenkasten. Paradise Island, Nassau. Ich schüttete sie aus allen Dosen direkt in meinen Mund und schluckte mit Salzwasser.

Das Holzkreuz steckte ich in den Sand. Ich suchte nach meinem alten Anzug, meiner einzigen feierlichen Kleidung auf dieser Insel, und fand ihn, zusammengefaltet in einem Koffer, den es unter einen Haufen abgeknickter Palmblätter geschwemmt hatte. Ich zog ihn aus dem Koffer und hielt ihn hoch. Er kam mir vor wie eine fremde Haut, wie das nasse, tropfende Fell einer seltsamen, nadelgestreiften Tierart. In der rechten Hosentasche fand ich meine IWC. In der Innentasche des Sakkos steckte mein Paß, und als ich den Anzug hochhielt, fiel meine Lesebrille (Cardin) zu Boden; ich habe auch ohne sie die letzten drei Jahre auf dieser Insel überlebt. Ich nahm mir vor, sie weit fortzuschleudern, aber ich fand dazu keine Kraft. Ich hängte sie mit dem Bügel nach außen in die Brusttasche des Jacketts. Eine ganze Weile lang hielt ich den schlaffen Anzug hoch und ließ den Wind diese Hülle durchfahren. Dann zog ich ihn an und legte mich neben Josephine in den Sand, just als mich die Müdigkeit überfiel.

Ich denke: Nichts hätte anders kommen können. In seiner Beliebigkeit ist das Leben äußerst wählerisch.

Einleiten des Sinkflugs kurz nach Paris – das unmerkliche Vernichten von potentieller Energie zugunsten der Vorwärtsbewegung. Leerlauf der Triebwerke. Die plötzliche Stille. Das einschläfernde Wippen der Tragflächen. Das gleichmäßige Rauschen der den Rumpf entlangstreichenden Luft.

Rückblickend betrachtet, mußte es sich wohl um einen Schock gehandelt haben, in den Lily verfallen war, einen Kollaps des Herz-Kreislauf-Systems nach dem Wirbelsturm, der Aufregung, dem Chaos, dem Krach, den knarrenden und knackenden Bäumen, nach dem Regen, der auf uns niederschoß. Wie sonst hätte ich am anderen Morgen annehmen können, sie sei tot? Ja – ich war es, der sie lebend beerdigt hatte, aber ich war es auch, der sie lebend wieder geborgen hat. Ich sehe das Bild noch heute vor mir, und es wird mich in alle Ewigkeit begleiten, der Anblick, der sich mir bot, als ich mit der Schuhspitze die Garbe Palmblätter zur Seite schob.

Fasten Seatbelt Sign on. Frankreich, ein braungelber Teppich, durchzogen von Straßen, die Dörfchen verbindend, die wie Fliegendreck über die Landschaft verstreut sind. Endlich der Montblanc, im Dunst wie so oft, trotzdem mächtig, königlich und erhaben, dann die ganze Alpenkette, die Firne, das Finsteraarhorn, der Eiger, unvermittelt aus der Landschaft ausbrechend und knotig nach Osten hin abklingend. Linkskurve. Die Stadt Basel mit den sich nach Norden auflösenden, gut gezeichneten Rheinläufen, die Kehre über Süddeutschland, die sanft angeschnitten Hügelkuppen, ein Stausee. Rechtskurve. Überflug des Rheins, die Wirbel, aus denen man die Fließrichtung ableiten könnte, wenn man sie nicht schon wüßte. Landeklappen, ausgefahren wie dicke Unterlippen. Das Fauchen unter den Tragflächen. Das Scheppern aus der Küche –

hundert Deckel, Türchen, Schubladen und Cateringtrolleys, die noch vor der Landung verstaut und festgemacht sein wollen. Immer mehr Landschaft. Waldfetzen zerspringen in einzelne Bäume, ein Wildbeobachtungsposten auf Höhe der Baumkronen, die Ruinen einer Burg, Spielzeugautos, ein Traktor mit einer Staubfahne, noch mehr Landeklappen, Dächer, dazwischen Verkehr, Schindeln, das ausgefahrene Fahrwerk. Der Parkplatz der Schaulustigen, der Kebab-Stand von oben, die Kette grüner Lichter, die das Pistenende markieren, das pflaumige Aufsetzen, das Auslaufen, kein Umkehrschub, sondern ein allmähliches Verlangsamen, als würden zweihundertdreißig Tonnen elastisch abgebremst. Zürich.

Time to Destination: 0 Hours 00 Minutes.

6

Zurück in der Villa. Ich reiße die Türen und Fenster auf, flute die Zimmer mit Novemberluft. Sonst alles noch so wie vor drei Jahren, die Aussicht, die Möbel, die Kunst an den Wänden (Gursky, Ruoff, Damien Hirst), die Bücher (selbst Ulysses auf dem Nachttischchen), alles in bester Ordnung, nur auf dem Kiesplatz vor dem Haus haben die liegengebliebenen Kastanienblätter einen glitschigen Teppich gebildet. Auf dem Küchentisch das Durcheinander von Fotos, hastig ausgebreitet, Aufnahmen in Schwarzweiß, unscharf, Abzüge von Videoaufnahmen, so scheint es, Fahndungsbilder mit eingeblendetem Datum und Uhrzeit (fast drei Jahre altes Material), Bilder, die ich kenne und nicht kenne, auch ein polizeiliches Fahndungsfoto von Josephine. Dazu Unterlagen der bankinternen Sicherheitsabteilung, Rapporte, unterzeichnet von einem Herrn Renfer, an den ich mich knapp erinnern kann, und Berichte der Kantonspolizei in einem holprigen Deutsch – die Verfolgung quer durch

Frankreich hindurch und dann weiter durch Spanien und Portugal – die letzte Sichtung der Verschollenen im Jachthafen Doca de Belém in Lissabon –, die Bestätigung, daß die Fahndung eingestellt worden sei, Übergabe der Dokumente an das Eidgenössische Departement für auswärtige Angelegenheiten (EDA), also in die Hände der Diplomaten. Ich wische es zusammen und werfe es weg.

Lily in ärztlicher Betreuung den ganzen Winter hindurch. Kinderspital der Universitätsklinik Zürich. Die Entzündung der Herzklappen (Endokarditis) ist mit Antibiotika nicht zu stoppen, das haben eine Herzkatheteruntersuchung und mehrere Ultraschalluntersuchungen bestätigt. Ein Medikamentenwechsel hat ebenfalls nicht überzeugt. »Tatsache ist: Eine Operation ist unvermeidlich geworden«, meint der Arzt. »Unvermeidlich, aber nicht dringlich, ich möchte dem kleinen Körper Zeit lassen, sich noch etwas weiterzuentwickeln, bevor wir den Eingriff wagen.«

Ab und zu ein Spaziergang. Reif auf den Feldern. Gefrorener Nebel. Stillstand. Wunsch nach Kaminfeuer den ganzen Tag. Lily in der Bauchtasche. Ich genieße es, das warme Bündel unter meiner Jacke zu spüren, ihr Kopf draußen in der eisigen Kälte.

An meinem Schal klebt Atem in kristalliner Form. Die gefrorenen Pfützen auf den Feldwegen. Die hauchdünne Schicht aus Eis. Wenn man darauf tritt, zerspringt sie wie Glas. Klirrend. Gefrorene Erde, glitzernd und hart. Abdrücke von Schuhprofilen im Lehm – auch sie wie gemeißelt. Der Feldweg verliert sich nach hinten und nach vorne. Bisweilen Ahnung eines Bauernhauses in der Ferne. Das Geräusch eines Traktors. Dann wieder Stille. Nur das rhythmische Knacken der eigenen Schritte.

Ich sitze oft am Fenster. Ich kann etwa eine Stunde am Stück lesen, dann werde ich müde und sehe in die gelbe Bewegung des Nebels im Vier-Uhr-Nachmittagslicht hinaus. Dann lese ich weiter. Ich lese viel, fresse mich durch den Bücherstapel hindurch, nicht gierig, sondern so, wie wenn man Zuckerwatte ißt. Bellow, Roth, Čechov, Faulkner, Proust, Ozick – alles, was mir Josephine angetragen hat. Zum ersten Mal in meinem Leben Zeit für jene gewöhnliche Beschäftigung, die man Lesen nennt. Ich entdecke Welten in jedem Satz.

Das gibt es auch: Tage ohne Nebel, dafür handbreit Schnee auf den Dächern. Scheibenkratzen. Luft wie Kristall.

Lily kann jetzt schon ziemlich gut laufen. Es macht mir Freude, ihr zuzusehen, wie sie die Treppenstufen nimmt, vor allem die oberste, von der sie sich wieder aufrichten muß. Sie rennt geschickt, auch ein wenig stolz vielleicht. Sie spricht, die ersten holprigen Sätze, und ich entscheide mich, fortan mit ihr Hochdeutsch statt Mundart zu reden. So hätte sie es auch von Josephine gelernt. Ihre Augen sind groß und dunkel und rätselhaft, und wenn sie mich anschaut, dann in der Farbe von Gefieder, blauschwarzgrün. Noch bemühe ich mich, möglichst wenig an ihre Mutter zu denken, wenn ich in diese Augen schaue.

Frühling. Dann die ersten Sommertage. Lärmen der Vögel. Himmel wie Tequila. Boote, zu Hunderten, weiße Punkte, wahllos über den Zürichsee verstreut. Es sieht aus, als würden die Segelboote an unsichtbaren Schnüren befestigt über das Wasser gezogen. Das Surren von Motorbooten, ihr dumpfes Aufklatschen mit dem Bug. Aufgeregte Oberfläche, selbst am Ufer. Jenseits des Sees immer wieder Land, das man kennt, ein Berg, ein Hügel, den man bestiegen hat, oft allein und oft nur aus Langeweile. Das schmiedeeiserne Gitter unseres Balkons zerschneidet Seeoberfläche im Muster des 19. Jahrhunderts. Blütenstaub auf den Metallstühlen. Ich wische ihn mit der Hand weg. Jetzt klebt er an den Fingern. Die Silhouette eines Segelflugzeugs an der Wolkenbasis. Seine perfekten, stillen Kreise. Ich öffne eine Flasche Wein – mitten am Tag – und sehe zu, wie der Wein im Glas verdunstet. Der Abend kommt nicht als Schatten, sondern als Schleier, der unmerklich über die Welt fällt, ein Schleier nach dem anderen. Ansonsten schwarz. Stille. Das Glucksen von dort, wo man den See vermutet.

Ebenfalls in diesem Sommer nehme ich meine ersten Segelstunden. Lange genug habe ich mit Blick auf diesen See gewohnt. Ich lerne, wie man ein Segel aufschießt, was eine Klampe ist, den Unterschied zwischen Fall- und Schotleine, wie man die Wende segelt, das Mann-über-Bord-Manöver. Alles sehr natürlich, sehr intuitiv. Das Wasser kräuselt sich wie ein riesiges Bärlauchbeet, während ich Figur um Figur übe. Ich habe Zeit wie noch nie.

Wunsch, einmal im Leben über den Atlantik zu segeln.

Im Herbst die Operation. Einweisung an einem Samstag. Draußen die letzten Zungen des Sommers. Wir nehmen den Umweg über den General-Guisan-Quai. Der See, schattenblau, das Gewirr der Segelboote auf dem See. Ich umrunde den Bellevue-Platz einmal, zweimal, dreimal, aus bloßer Lust. Dann die Rämistraße hinauf zum Universitätsspital. Die Dame bei der Einlieferung versteht nicht, daß man den Geburtstag seiner eigenen Tochter nicht kennen kann, geschweige denn die Geburtsstadt, sie drückt mir das Formular noch einmal in die Hand: »Seien Sie nicht albern, Herr Himmelreich.«

Ich bin gezwungen, eine Biographie zu erfinden.

Die Operation am Montag. Um halb zehn wird sie abgeholt und in die Narkose gebracht. Von dort aus direkt weiter in den Operationssaal, wo sie mich nicht hineinlassen, nicht einmal vor der Tür mit der kreisrunden Scheibe darf ich stehenbleiben. Man muß mich mit Gewalt von dieser Tür wegzerren. Um zwölf Uhr nehme ich den Lift in die Cafeteria. Dort versuche ich etwas zu essen. Es gelingt mir nicht einmal, die Cola-Flasche aufzudrehen. Die Zeitungen im Warteraum – Bilder von Staatsempfängen, von einer Bank, die eine andere Bank verschluckt, dazu Interviews mit den Aufsichtsräten, die Börsenkurve, die mit ihrem Auf und Ab einen Stromgenerator antreiben könnte, die Sportseiten – alles nur Buchstaben. Ich blättere, ohne zu lesen, ich blättere um des Raschelns willen.

Die Operation dauert länger als geplant. Ich stehe im Garten des Spitals, Hände in den Hosentaschen, noch immer derselbe Herbst, schattenblaugolden, ein kleiner Rasen, fast schon ein Park, Bäume, an die sich die Blätter klammern wie an einen Liebhaber.

Um 14 Uhr die Nachricht, daß die Operation durch sei.

Um 16 Uhr, nachdem man sie vom Aufwachraum in ihr Zimmer gebracht hat, darf ich sie sehen. Lily in ihrem Bett. Der Infusionsschlauch, die Herzstromkurve, das elektronische Thermometer, dieses ganze Kabelgewirr, alles viel zu groß. Das Heben und Senken ihres winzigen Körpers. Ihre Lippen sind schmal, die Lider fast durchsichtig. Ich frage mich, was hinter diesen Lidern vor sich geht, was in diesem Hirn vor sich geht, was sie träumt, falls sie etwas träumt. Ihre Augen wissen nicht, wohin. Aber sie scheint die Vögel zu hören, als ich das Fenster kurz öffne. Ich streue Brotkrümel auf den Fenstersims, damit sie kommen und zwitschern.

Ich verbringe Tag und Nacht im Krankenhaus.

Dann bricht der Herbst zusammen. Tagelang regnet es. Keine Vögel. Ich öffne das Fenster ihres Zimmers und höre dem Spritzen des Verkehrs zu. Hinter der Kaltfront die Alpen in Weiß.

Ich denke viel an den Meeresgrund in diesen Tagen. Meeresgrund, den man auf Schulkarten sieht, gigantische Berge, eingefärbt in Schwarz, Blau und Violett, und nur wo die Spitzen das Wasser durchstoßen, sind es weiße Tupfer mit exotischen Namen.

Eines Tages kommt ein Assistenzarzt und zieht den letzten Infusionsschlauch weg.

Dann kommt ein letztes Mal der Herbst. Noch einmal die Sonne, noch einmal die Wärme um die Mittagszeit, die kühlwarme Luft am späteren Nachmittag. Je nachdem, ob man in der Sonne steht oder im Schatten, ist es warm, oder man friert ein bißchen.

Am Tag der Entlassung bin ich schon in aller Herrgottsfrühe im Spital. Am Empfang vertröstet man mich auf den Nachmittag – die Schlußuntersuchung hat sich verzögert. Über Mittag besuche ich ein letztes Mal den kleinen Park neben dem Spitalgebäude. Das Knirschen im Kies. Ich lege mich ins Gras. Das flüssige Gold dieses Mittags. Ich träume. Ich sehe: unendliche Ebenen, Flußläufe, Weiden an den Ufern, langes, sanftes Gras in Fließrichtung wie gekämmtes Haar. Ein Strom in der Farbe von Haselnuß. Ab und zu ein Schiff, das vorwärts kriecht in diesem Wasser. In der Ferne: Striche von Pappeln, Augenbrauen in einer Flußebene. Weiter in der Ferne: die harten Begrenzungen der Buchen- und Eschenwälder, ausgestanzt im Hellgrün der Wiesen. Wege, wie von Hand gezogen, gerade, aber leicht verzittert, die sich über die Ebene spannen, die Pappeln entlangfahren und die Wälder durch-kreuzen. Am Fluß brechen sie ab, kriechen als An-legestellen noch ein wenig ins Wasser hinaus, als Holzstege oder Anlegeplätze für Fähren. Weit weg, im Dunst, sehe ich Berge, weiße Ungetüme, mit Eiszacken und Firnen und schwarzen Felskanten, über die hinab das Wasser in Staubbächen fällt und je nach Wind an anderen Felswänden versprüht. Über der Kante steigt ein leichter Wasserrauch auf, heller als die Luft, und über dem Wasserrauch, ganz dünn, ein Kondensstreifen.

Wo Flüsse zusammenfließen: Geröll, vom Wasser abgeschliffen, Dreiecke aus Kies, wo nichts wächst, Sand bis hin zum letzten Korn, das die Gewässer voneinander trennt. Ab und zu der vergebliche Versuch eines Strauches, im Geröll zu nisten. Es bleibt, einzeln und meist abgeknickt, verdorrt, ein junger Strunk. Bei tiefem Wasserstand liegen Sandbänke stellenweise frei, liegen in der Sonne, werden heiß und hell, und ich setze mich in diesen Sand, mit angezogenen Beinen und nach hinten abgestützten Armen. Wärme, die sich lebendig zwischen den Fingern und den Zehen ansammelt. Ich lege mich ganz hinein, in den feinen, erhitzten Sand, auf den Rücken, mein Haar mit winzigen Sandkörnern vermengend, und ich beginne, Engelsabdrücke zu machen – mit den Armen hin und her rudern, bis sich Flügel gebildet haben, und dann vorsichtig aufstehen und daneben gleich noch einen Engel in den Sand zeichnen und noch einen. In manchen Flügeln sehe ich Augen aufgehen. Ich liege da, mein Haar im Sand, und ich fühle, wie der Sand sich allmählich abkühlt und wie das Wasser kommt mit seinen unruhigen Wellen und am ganzen Körper zerrt, bis um Mitternacht das Hochwasser da ist und die Engel aus der Ebene spült, aber ich bleibe liegen, ich kralle mich im Untergrund fest, bis es nicht mehr geht, bis der Strom mich mitnimmt und dorthin schwemmt, wo die Engel liegen...

Am Nachmittag hole ich mein Auto aus dem Parkhaus und fahre vor den Spitaleingang. Eine Krankenschwester hält Lily in den Armen, eingepackt in dieselbe Decke, in der ich sie gebracht habe. Auch der Arzt steht da. Passen Sie gut auf Ihre Kleine auf. Was sie jetzt braucht, ist vor allem Ruhe, viel Schlaf. Ich nehme Lily aus den Armen der Schwester entgegen, die sie, so habe ich das Gefühl, ein bißchen ungern hergibt. Wie leicht sie geworden ist, denke ich. Ich küsse sie auf die Stirn. Ihr Hals, ihre schmalen Lippen. Ihre Augen im Sonnenlicht. Ich bette Lily in den Kindersitz, den ich auf dem Rücksitz festgeschnallt habe. Ich kurble die Scheibe hinunter. Danke, rufe ich dem Arzt zu, und dann – einfach so – leben Sie wohl! Dann löse ich die Handbremse, und wir rollen die Rämistraße hinunter, es ist wie Schlittenfahren, ich brauche kaum Gas zu geben, wir rollen wie von selbst zum Bellevue, wo wir eine, zwei, drei Pirouetten um den Platz drehen, dann weiter, über den General-Guisan-Quai hinweg aus der Stadt hinaus. Es herrscht wenig Verkehr. Ab und zu ein Flugzeug, das aus Zürich-Kloten in den Himmel steigt. Einmal schaue ich noch zurück, der See, die Dächer und Türme der Stadt, auch die obersten Stockwerke der Bankzentrale sichtbar im Gewimmel, wir nehmen die A1 Richtung Bern, Genf, Richtung Frankreich – Dijon, Paris, Nantes, wer weiß? –, vielleicht über Andorra nach Spanien, vielleicht nach Portugal, vielleicht auch noch viel, viel weiter.